講談社文庫

罪責の神々(上)

リンカーン弁護士

マイクル・コナリー｜古沢嘉通 訳

講談社

チャーリー・ハウンチェルに捧ぐ

目次

罪責の神々　リンカーン弁護士(上)

罪責の神々
リンカーン弁護士（上）

●主な登場人物〈罪責の神々　上下共通〉

マイクル（ミッキー）・ハラー　刑事弁護士
アール・ブリッグス　ハラーの運転手
デイヴィッド・〝リーガル〟・シーゲル　引退した弁護士　ハラーの導師的存在
ジェニファー・アーロンスン　ハラーの事務所のアソシエイト
ローナ・テイラー　ハラーのマネージャーで前妻
デニス（シスコ）・ヴォイチェホフスキー　ハラーの調査員
ジゼル・デリンジャー／グロリア・デイトン　死体で発見された売春婦　ハラーの元依頼人
アンドレ・ラコース　容疑者のポン引き
ヘイリー・マクファースン　ハラーの娘
マーガレット（マギー）・マクファースン　文書整理担当検事補　ハラーの元妻
ヘクター・アランデ・モイア　麻薬密売人　終身刑で収監中
リー・ランクフォード　元殺人課刑事
ステーシー・キャンベル　売春婦
ダニエル・デイリー　モイアの担当弁護士
ウィリアム・フォーサイス　検事補
レゴ　売春婦殺害事件担当判事
フェルナンド・バレンズエラ　保釈保証人
シルヴェスター・フルゴーニ　往年の有名弁護士
ケンドール・ロバーツ　元エスコート嬢　ヨガ講師
ジェイムズ・マルコ　麻薬取締局捜査官
トリナ・ラファティ　売春婦　重要証人

第一部　グローリー・デイズ　十一月十三日火曜日

1

わたしは温かい歓迎の笑みを浮かべて証人席に近づいた。むろん、真の意図を隠すためだ。わたしをはたとねめつけている女性を完膚なきまでに叩き潰すという意図を。クレア・ウェルトンは、自分を去年のクリスマスイヴに銃をつきつけてメルセデスE60からむりやり降ろした男がわたしの依頼人であると、たったいま証言した。そののち、男は、ウェルトンを地面に突き倒し、車とハンドバッグと、後部座席に置いていたショッピングモールで買った品物を入れた袋とともに走り去ったと言った。質問する検察官にウェルトンはいましがた答えたのだが、犯人は彼女から安心感と自信をも奪い取ったのだという。そうした個人的な心に関する窃盗に対して、告発はされていなかったとはいえ。

「おはようございます、ミセス・ウェルトン」

「おはようございます」

ウェルトンは、〝お願いだからわたしを傷つけないで〟の同義語であるかのように挨拶の言葉を口にした。だが、法廷にいる人々はみな、きょうここで彼女を傷つけ、それによってわたしの依頼人であるレナード・ワッツに対する検察の主張を傷つけるのがわたしの仕事であると知っている。ウェルトンは六十代の恰幅のいい女性だった。か弱くは見えなかったが、実際にはか弱い相手であるようわたしは願わざるをえなかった。

ウェルトンは、ビバリーヒルズに住む主婦で、クリスマスまえの犯罪増加期に発生した事件で、怪我を負わされ、金品を盗まれた三人の被害者のひとりだった。この三つの事件で、ワッツは九件の容疑をかけられていた。警察は、ワッツに〝バンパーカー強盗〟というレッテルを貼った。目星をつけた女性をショッピングモールから尾行し、住宅地区に入って赤信号で停まったところを遊技場のバンパーカーよろしくうしろから追突し、車のダメージを確かめようと降りてきたところに銃を突きつけ、車と所持品を奪い取るという手荒い強盗方法だった。犯人はそののち現金を手元に置き、ほかの物品はすべて質に入れるか、転売し、車はヴァレー地区にある盗難車故買店に乗り捨てた。

だが、それらはすべて容疑であり、だれかがレナード・ワッツを陪審のまえで犯人であると確認するかどうかにかかっていた。それゆえにクレア・ウェルトンは特別な立場にあり、本裁判の重要証人になっていた。三人の被害者のなかで、ウェルトンだけが、陪審に向かってワッツを指差し、彼が犯人である、彼が犯行に及んだのだと明白に指摘した。ウェルトンは、二日間の審理で、検察が証言を求めた七番目の証人だったが、わたしに言わせれば、彼女が唯一の証人だった。ウェルトンは、ボウリングの一番ピンだ。そしてもしわたしが正しい角度で彼女を倒せば、ほかの全部のピンがいっしょに倒れるだろう。

わたしはここでストライクを取る必要があった。さもなければ、見ている陪審員たちはレナード・ワッツをとても長いあいだ塀の向こうへ送りこむだろう。

わたしは一枚の紙を手に、証人席に近づいた。その紙は、クレア・ウェルトンがカージャックにあったあと、他人から借りた携帯電話からかけた九一一番通報に最初に応じたパトロール警官が作成した事件報告書である、とわたしは明らかにした。その報告書はすでに検察側証拠物件の一部になっていた。判事に許可を求め、承認を得たのち、わたしはその書類を証人席のまえの台に置いた。わたしがその動作をすると、ウェルトンは体を引いて、わたしから遠ざかった。大半の陪審員がその様子も目にしているはずだ、とわたしは思った。

わたしは検察側テーブルと弁護側テーブルのあいだにある発言台に戻りながら最初の質問をはじめた。

「ミセス・ウェルトン、あなたのまえにあるのは、あなたが被害者になった不幸な出来事の発生当日に作成された最初の事件報告書です。あなたを助けるためにやってきた警官と話をしたのを覚えていますか？」

「ええ、もちろん覚えていますとも」

「あなたはその警官に起こったことを話した、そうですね？」

「はい。わたしはそのときまだ動揺していて——」

「ですが、あなたは警官に起こったことを話して、その結果、警官は、あなたに盗みを働き、あなたの車を奪っていった男について報告書を書くことができた、そうですね？」

「はい」

「その警官は、コービン巡査でした、そうですね？」

「だと思います。名前は覚えていませんが、この報告書にはそう書いてあります」

「ですが、起こったことをその警官に話したのは覚えている、そうですね？」

「はい」

「そして彼はあなたが言ったことの要約を書き記した、そうですね？」

「はい、彼はそうしました」

「そして彼はその要約に目を通して、イニシャルを記すようあなたに頼みすらした、そうじゃないですか?」

「ええ、ですが、わたしはとても動揺していたんです」

「報告書の要約部分の段落ですが、その下にあなたのイニシャルが記されていますね?」

「はい」

「ミセス・ウェルトン、コービン巡査があなたと話したあとで書き記したものを陪審に読み上げて下さいますか?」

ウェルトンは読み上げるまえに要約をじっくり見つめながらためらった。

検察官のクリスティーナ・メディナがその機会を捉えて、立ち上がり、異議を唱えた。

「判事閣下、証人が巡査の要約にイニシャルを記していようといなかろうと、弁護人は証人が書いたものでない文章で証人の証言の信憑性を攻撃しております。検察は異議を唱えます」

マイクル・シーベッカー判事は、鋭く目を細くして、わたしのほうを見た。

「判事、巡査の報告書にイニシャルを記すことで、証人は、その供述を承認したのです。それは記録された記憶の提示であり、陪審はそれを聞くべきです」

シーベッカーは異議を却下し、ミセス・ウェルトンに報告書のイニシャルを記した供述を読み上げるよう指示した。ウェルトンは、ようやく従った。

「『カムデン・ドライヴとエレヴァード・アヴェニューの交差点で停車したすぐあと、うしろからやってきた車に追突された、と被害者は述べた。彼女が車を降りて損傷を確認しようとドアをあけたとき、三十から三十五のＹＯＡである黒人男性に出くわし――』ＹＯＡがどういう意味かわかりません」

「年齢《イヤー・オブ・エイジ》の略称です」わたしは言った。「読みつづけて下さい」

「『男は彼女の髪の毛を摑んで、車から道路中央の地面まで引きずりだした。男は彼女の顔に黒い短筒のリボルバーを突きつけ、動いたり、音を立てたりしたら撃つと脅した。そののち、容疑者は被害者の車に飛び乗り、北向きに走り去り、被害者の車に追突した車を置いていった。被害者はその時点では……』」

わたしは待ったが、ウェルトンは先をつづけなかった。

「閣下、証人に事件当日に書かれた供述を全部読むようご指示いただけますか？」

「ミセス・ウェルトン」シーベッカー判事は、声に抑揚をつけて言った。「供述をそ、つ、く、り、そのまま読みつづけて下さい」

「ですが、判事、これはわたしが言ったことが全部書かれているわけじゃありません」

「ミセス・ウェルトン」判事は厳しく言い渡した。「被告側弁護人があなたに頼んだように、供述すべてを読み上げなさい」

ウェルトンは渋々と従い、要約の最後の一文を読み上げた。

「『被害者はその時点では容疑者のそれ以上詳しい特徴を提供できなかった』」

「ありがとうございます、ミセス・ウェルトン」わたしは言った。「さて、容疑者の特徴に関して、ろくに話せなかった一方、容疑者の用いた銃については最初から詳しくその特徴を述べることができた。そうじゃないですか？」

「どれくらい詳しいかはわかりません。犯人は銃をわたしの顔に突きつけたので、よく見えて、わたしは見たものを表現できました。応対した警察官の方が、リボルバーとほかの種類の銃との違いの表現を教えてくれました。ほかのは自動拳銃と呼ぶのだと思います」

「しかもあなたは銃の種類と色、銃身の長さすら言い表すことができた」

「銃はみんな黒いんじゃないですか？」

「そうした質問をいまここでわたしがしたとしたらどうでしょう、ミセス・ウェルトン？」

「えーっと、警察官の方は、銃に関してたくさんの質問をされました」

「ですが、あなたは自分に銃を突きつけた男の特徴を述べることができなかったのに、二時間後、顔写真の束のなかから、レナード・ワッツの顔を選びだした。わたしがいま言ったことにまちがいはありませんね、ミセス・ウェルトン？」

「ひとつ理解してもらわねばなりません。わたしは、わたしから金品を奪い、銃を突きつけた男を目にしました。彼の特徴を表現できるのと、彼を認識できるのとは、べつのことです。写真を目にしたとき、わたしは彼だとわかりました。あの席に座っているのが彼だとわかっているのとおなじように確かに」

わたしは判事のほうを向いた。

「閣下、質問への回答ではないとして、証人の発言の削除を申し立てます」

メディナが立ち上がった。

「判事、弁護人は質問の形を借りて、おおざっぱな意見の表明をしています。弁護人が意見の表明をおこない、証人はたんにそれに応答しているだけです。削除申し立ては、根拠がありません」

「削除申し立ては認めません」判事はすばやく言った。「次の質問をどうぞ、ハラー弁護士。質問ですよ」

わたしは質問をし、懸命に努力した。つづく二十分間、わたしはクレア・ウェルトンにしつこく問い迫り、わたしの依頼人を犯人とした彼女の人物同定を問いただした。ビバリーヒルズの主婦として人生において何人の黒人の知り合いがいるのか訊ね、異人種間の人物同定の困難さの問題の扉をあけた。だが、成果はまったくなかった。どうやってもレナード・ワッツが自分に盗みを働いた男であるという彼女の断固たる思い、あるいは信念を揺るがすことができなかった。途中で、ウェルトンは強盗で失ったと言っていたもののひとつを取り返したようだった。自信だ。わたしが彼女に働きかければ働きかけるほど、彼女はいっそう口撃を持ちこたえ、言い返してくるように見えた。終わるころには、彼女は岩になっていた。わたしの依頼人が犯人であるという彼女の認識はいっこうに崩れずに、ピンはまだ立っていた。そしてわたしの投じたボールはガターに落ちた。

わたしは判事にこれ以上の質問はありませんと伝え、弁護側テーブルに戻った。メディナが判事に短い再直接訊問があると言った。ワッツが犯人であるというウェルトンの人物同定をひたすら補強するであろう一連の質問をメディナが証人に訊くのはわかっていた。わたしがワッツの隣の席に腰を滑りこませると、ワッツの目はなんらかの希望の兆しを求めて、わたしの顔を探った。

「さて」わたしはワッツに囁いた。「打つ手はない。われわれはもう終わりだ」

ワッツはまるでわたしの息あるいは言葉あるいはその両方を不快だと感じたかのようにわたしから身を引いた。

「われわれだと？」ワッツは言った。

ワッツの声はメディナの発言を遮るくらいの大きさで、検察官は弁護側テーブルのほうを振り向いた。わたしは両手のてのひらを下に向けて、宥める仕草をし、口パクで〝落ち着け〟とワッツに伝えた。

「落ち着けだと？」ワッツは声に出して言った。「落ち着いていられるもんか。あんたは任せとけとおれに言った、あの女は問題じゃないと言った」

「**ハラー弁護士！**」判事が吠えた。「ご自分の依頼人を鎮めたまえ。さもなくば、わたしは――」

判事がやろうとして脅しにかかるのがどんなものであれ、ワッツは待たなかった。彼はわたしに体をぶつけてきた。パス・プレーをさせまいとするコーナーバックのようにわたしにぶつかった。椅子ごとわたしはひっくり返り、われわれはメディナの足下の床に転倒した。メディナは、ワッツが右腕を振り上げると、巻きこまれて怪我をするのを避けようとして横に飛びのいた。わたしは左側を下に床に横になり、右腕はワッツの体の下になって動かせなかった。なんとか左手を上げて、わたしに振り下ろされるワッツの拳を摑んだ。その動きはたんに一撃の衝撃を緩めただけだった。ワッツの拳は、わたしの手ごと、わたしの顎にぶつかった。

自分のまわりで悲鳴が上がり、動きが生じているのを意識の片隅でわたしは気づいていた。ワッツが二発目のパンチを繰り出そうと拳を引き戻した。だが、保安官補である廷吏たちがそのまえにワッツにたどり着いた。彼らはワッツにアメフトでいうギャングタックルをかました。その勢いでわたしからワッツは離され、両方の弁護人テーブルのまえにある窪地《ウエル》こと、開けた空間の床に転がった。

万事、スローモーションで動いているかのようだった。判事はだれも耳を貸していない命令を吠えたてていた。メディナと法廷速記者は、乱闘から遠ざかろうとしていた。法廷書記官は囲いの向こうで立ち上がり、恐怖に戦きながら目を丸くしていた。ワッツは床に俯せにされ、ひとりの廷吏が片手でワッツの頭を横向きにタイルに押さえつけていた。背後にまわされた両手に手錠がはめられたとき、ワッツは奇妙な笑みを浮かべていた。

そして、次の瞬間、すべては終わった。

「保安官補諸君、その男を法廷から連れだせ！」シーベッカー判事は命じた。

ワッツは法廷の側面にある鋼鉄の扉の向こうに引きずられていき、拘禁中の被告を収容するために用いられている勾留房に連れていかれた。わたしは床に座ったまま残っており、被害状況を確認した。血が口と歯についており、着ているパリッとしたワイシャツに流れ落ちていた。ネクタイが弁護側テーブルの下の床に落ちていた。勾留房にいる依頼人を訪れる日に着用しているクリップ留め式のネクタイだった。鉄格子越しにネクタイを摑んで引っ張られたくないからだ。

わたしは片手であごをさすり、舌で歯列をなぞった。万事異常なしで、動きに支障はないように思えた。上着の内ポケットから白いハンカチを抜き取り、顔を拭いはじめる。同時に空いている手で弁護側テーブルを摑み、体を持ち上げた。

「ジーニー」判事は法廷書記官に言った。「ハラー弁護士に救急隊員を呼びなさい」

「いえ、判事」わたしはすぐさま言った。「大丈夫です。少々汚れを落とさないとならないでしょうけど」

わたしはネクタイを拾い上げ、シャツの前面を台無しにした深紅の染みがついているのに、襟にネクタイをつけ直そうとして礼儀正しい服装を守ろうという哀れな試みをした。わたしがボタンをはめた襟にネクタイをクリップ留めしていると、判事が押したにちがいない法廷の非常ボタンに反応した何人かの保安官補が、奥の主扉から雪崩れこんできた。シーベッカー判事は、彼らの警戒態勢をほどき、緊急事態は終了した、とすばやく告げた。保安官補たちは法廷の奥の壁に沿って扇形に広がり、法廷でほかのだれかが感情的な行動を示すことを考えた場合に備えて、威嚇した。

わたしはハンカチで最後にもう一度顔を拭ってから、口をひらいた。

「閣下。依頼人の行動に心からの謝罪を――」

「いまはいいです、ハラー弁護士。席について下さい、あなたもおなじです、メディナ検察官。みな落ち着いて、座りなさい」

わたしは畳んだハンカチで口元を押さえながら、指示されたとおりに座り、判事が椅子を回転させて、陪審席と正対するのを見ていた。まず、判事は、証人席から退席するよう、クレア・ウェルトンに告げた。ウェルトンはおずおずと立ち上がると、弁護人テーブルの背後にあるゲートに向かった。ウェルトンは、法廷にいるほかのだれよりも怯えているようだった。そうなって当然だろう。ワッツがわたしに襲いかかったのとおなじくらい易々と自分に襲いかかってこられたはずなのをウェルトンはたぶんわかっていた。そして、ワッツがすばやく動けさえすれば、ウェルトンにたどり着けただろう。

ウェルトンは、傍聴席の一列目に腰を下ろした。そこは証人と裁判関係職員のためとっておかれている席だった。次に判事は陪審に話しだした。

「紳士淑女のみなさん、いまここで繰り広げられたものをあなたたちが目にせざるをえなかったことを申し訳なく思います。法廷はけっして暴力の場であってはなりません。街で繰り広げられている暴力に文明社会が立ち向かう場なのです。このような事態が起こってしまったのをわたしはたいへん心苦しく思っています」

金属的なカチリという音がして、勾留房の扉がひらき、ふたりの法廷付き保安官補が戻ってきた。勾留房のなかで身柄を拘束する際、彼らはどれほど手荒くワッツを扱ったのだろう、とわたしは思った。

判事はいったん口をつぐんでから、ふたたび陪審に関心を戻した。

「不幸にして、みずからの弁護人に襲いかかるというワッツ氏の判断は、裁判をつづけるわれわれの能力に予断を与えてしまいました。わたしが思うに――」

「閣下？」メディナが口をはさんだ。「検察の意見を聞いていただけないでしょうか？」

メディナは判事が向かう先とやらねばならないことを正確に把握していた。

「いまはだめです、メディナ検察官、また裁判官の言葉を遮らないで下さい」

だが、メディナは執拗に迫った。

「閣下、法壇脇での相談を要求してもよろしいでしょうか？」

判事はメディナにいらだっている様子だったが、折れた。わたしはメディナに先に立たせて、法壇に歩み寄った。判事はわれわれがひそひそ声で話す内容が陪審に聞こえないよう、ノイズキャンセリング・ファンのスイッチを入れた。メディナに意見を述べさせるまえに、判事は医学的な手当てをしなくてもよいのか再度わたしに訊いた。

「大丈夫です、判事、ですがお気遣いのほど痛み入ります。唯一被害の大きかったのは、わたしのシャツだけだと思います」

判事はうなずき、メディナのほうを向いた。

「あなたの異議の意図はわかります、メディナ検察官、ですが、わたしにできることはなにもありません。陪審はいましがた目にしたもので予断を抱いてしまいました。ほかに選択の余地はないのです」

「閣下、本件は、非常に暴力的な行為を犯した非常に暴力的な被告を扱ったものです。陪審は、そのことを知っています。彼らはいま目にしたものによって過度に予断を抱くことはないでしょう。陪審は、被告の態度を自分たちの目で見て判断する権利を有しています。被告が自発的に暴力行為に及んだ以上、被告への予断は、過度なものでもなければ、不公正なものでもありません」

「発言を許可いただけるなら、閣下、わたしは異論を唱えたい――」

「かてて加えて」メディナはわたしの言葉を遮って付け足した。「本法廷がこの被告に操られていることを懸念します。こんな形で新しい裁判を手に入れることを彼は充分承知しているのです。彼は――」

「うへっ、ちょっと待ってくれ」わたしは抗議した。「検察官の異議は、いわれのない中傷に満ちあふれており、そして――」

「メディナ検察官、異議は却下します」判事はそう言って、議論をすべて切り捨てた。「たとえ予断が過度なものでもなければ、不公正なものでもなくとも、ワッツ氏はたったいま自分の弁護士を実質的に首にしました。かかる状況でハラー弁護士に先をつづけさせることはできませんし、ワッツ氏が本法廷に戻ってくるのを認めるつもりもありません。下がって下さい。両名とも」

「判事、検察の異議を記録に残したいです」

「そうなるでしょう。さて、下がって」

われわれは自分たちのテーブルに戻り、判事はファンのスイッチを切ると、陪審に話しかけた。

「紳士淑女のみなさん、さきほど言いかけましたように、みなさんがたったいま目撃した出来事が被告にとって予断を抱かせる状況を生ぜしめました。被告がかけられている容疑について有罪あるいは無罪を評議する際に、いま目にしたものを切り離して考えるのは、みなさんにとってきわめて困難なものになるであろうとわたしは考えます。それゆえにいまこの時点で、わたしは審理無効を宣言し、本法廷ならびにカリフォルニア州政府の感謝の念とともにみなさんの陪審義務を免除しなければなりません。カーライル保安官補がみなさんを集会室まで案内します。そこで荷物をまとめ、帰路について下さい」

　陪審員たちはなにをすればいいのか、あるいはなにもかも終わったのかどうか、判然としていない様子だった。やがて陪審席のひとりの勇敢な男性が立ち上がると、まもなくほかの陪審員たちもつづいた。彼らは法廷の奥の扉から縦に並んで出ていった。

　わたしはクリスティーナ・メディナのほうを見た。彼女はうなだれ、悄然として検察側テーブルに座っていた。判事は本日の審理をこれまでにすると不意に宣言すると、法壇を離れた。わたしは台無しになったハンカチを畳み、しまった。

2

きょうの予定は丸一日、審理に当てていた。いきなりそれから解放され、わたしには会いにいく依頼人がなく、取り組む検察官がおらず、どこにも居場所がなかった。わたしは裁判所をあとにし、テンプル・ストリートをファースト・ストリートに向かって歩いた。その角にゴミ箱があった。わたしはハンカチを取りだし、口元に持っていくと、口のなかに残っている欠片を全部そこに出した。そののち、ハンカチをゴミ箱に捨てた。

ファースト・ストリートを右に折れ、歩道沿いに並んでいるタウンカーを見た。まるで葬列の車のように六台が並んでおり、それぞれの運転手が歩道に集まって、無駄話をしながら待っていた。模倣は最高の形のお世辞だとはよく言われるが、あの映画以来、リンカーン弁護士の大変な分隊が突然現れ、ロスの裁判所という裁判所の外の縁石にごく普通にひしめくようになった。わたしは誇らしいと同時に困ってもいた。そこにいるほかの弁護士が、自分たちがあの映画の着想元だと言っているのを耳にしたのは、二度や三度ではなかった。かてて加えて、わたしは前月少なくとも三度、まちがったリンカーンに飛び乗ってしまった。

今回は乗り間違いはしないだろう。坂を下りながら、わたしは携帯電話を取りだし、運転手のアール・ブリッグスに電話していた。そこから前方に彼の車が見えるはずだ。アールはすぐに電話に出た。わたしはトランクをあけろと伝えてから、電話を切った。

並んでいる三台目のリンカーンのトランクが持ち上がるのが見え、行き先がわかった。自分のタウンカーにたどり着くと、わたしはブリーフケースを下に置き、上着とネクタイとシャツを脱いだ。下にTシャツを着ていたため、通っている車を止めることはなかった。トランクに置いてある予備のシャツのなかから淡いブルーのオクスフォードシャツを選び、ひろげ、袖を通しはじめた。アールはほかの運転手たちとのおしゃべり会から戻ってきた。彼は散発的に十年近く、わたしの運転手を務めている。厄介事に出くわすたび、アールはわたしのところにやってきて、弁護料代わりに運転手として働くのだった。今回、彼が対価を支払っているのは彼自身の厄介事ではなかった。わたしは彼の母親の住宅差し押さえ《フォークロージャー》の弁護を扱い、母親がホームレスにならずにすむようけりをつけた。それによりおよそ六ヵ月分の運転をアールにしてもらうことになった。

わたしはダメになったシャツをフェンダーにかけた。アールはそれを手に取り、じろじろと見た。

「うわっ、だれかがハワイアン・パンチかなにかをそっくりこぼしたんですか？」

「そのようなものだ。さて、出かけよう」

「きょうは一日じゅう法廷じゃなかったんですか？」

「おれもそう思っていた。だが、事情は変わるものだ」

「じゃあ、どこへいきましょう？」

「まず〈フィリップ〉にいこう」

「了解しました」

アールは前部座席に乗りこみ、わたしは後部座席に勢いよく乗りこんだ。アラメダ・ストリートのサンドイッチ店で小休止したのち、わたしはアールに車を西に向かわせた。次に止まったのは、フェアファックス・ディストリクトにあるパーク・ラブレアに近いメノラー・マナーという名の場所だった。一時間ほどかかる、と言ってから、わたしはブリーフケースを携えて車を降りた。新しいシャツの裾をズボンにたくしこんでいたが、ネクタイはつけなおさなかった。その必要はない。

メノラー・マナーは、フェアファックスの東、ウィロビー・アヴェニューにある四階建ての老人ホームだった。受付デスクで記名すると、エレベーターを使って三階にあがり、ナース・デスクにいる女性に、依頼人のデイヴィッド・シーゲルと法律相談があるので、彼の居室にだれも入ってこないようにしていただきたいとわたしは告げた。彼女はわたしの頻繁な訪問に慣れている感じのいい女性だった。彼女はうなずいて訪問を認め、わたしは廊下を通って三三四号室に向かった。

部屋に入ると、外の把手に〝入室禁止〟の標識を下げてから扉を閉めた。デイヴィッド・〝リーガル《法律》〟・シーゲルは、ベッドに横になっていた。ベッドの向かいの壁にボルト留めされたTV画面に目を向けている。音は消してあった。細くて白い手が毛布の上に乗っている。彼の鼻に酸素を運んでいるチューブから低いヒス音がしていた。リーガルはわたしを見ると笑みを浮かべた。

「ミッキー」

「リーガル、きょうの調子はどうだ？」

「きのうとおなじだよ。なにか持ってきてくれたのか？」

わたしは壁際から来客用の椅子を引っ張り、リーガルの視界に入って座れるような場所に移動させた。齢《よわい》八十一にして、彼はあまり動けなかった。わたしはベッドの上でブリーフケースをひらき、向きを変え、彼がなかに手を伸ばせるようにした。

「〈フィリップ・ジ・オリジナル〉のフレンチ・ディップだ。どうだい？」

「ああ、これはこれは」

メノラー・マナーはユダヤ教の食事規定に従った食品を出すコーシャー居住施設だった。わたしはその規定を迂回するための方法として法律相談を利用していた。リーガル・シーゲルは、ダウンタウンで弁護士事務所を営んでいた五十年近く食事をしていた店を恋しがっていた。わたしは彼に食の喜びを嬉々として運んだ。彼は父の弁護士事務所の共同経営者だった。リーガルが戦略家である一方、父は表向きの人間で、リーガルの立てた戦略を法廷で実行するパフォーマーだった。わたしが五歳のとき父が亡くなり、それ以降、リーガルがそばにいた。子どものころ、最初のドジャースの試合に連れていってくれたのはリーガルであり、長ずるに及んでわたしをロースクールに送りこんでくれた。

一年まえ、スキャンダルと自滅のまっただなかで地区検事長選挙に敗れたあと、わたしはリーガルの下を訪れた。わたしは人生の戦略を求めており、リーガル・シーゲルがそこにいてくれた。そういう意味では、以後の面談は弁護士と依頼人間の法律相談だった。ただし、デスクにいる人々は、わたしが依頼人であることをわかっていなかった。

わたしはサンドイッチの包装を剥くのを手伝ってやり、〈フィリップ〉のサンドイッチをとても美味しいものにしているタレを入れたプラスチック製の容器をあけた。アルミホイルにくるまれたピクルスのスライスも入っていた。

リーガルは最初の一嚙みのあと笑みを浮かべ、偉大な勝利を収めたばかりのようにガリガリの腕を激しく振った。彼になにか持ってくるのはわたしの喜びだった。リーガルにはふたりの息子とおおぜいの孫がいたが、彼らは祝日以外にけっしてやってこない。リーガルからかつて聞いた話では、「養う必要がなくなったら必要とされないものだ」という。

リーガルといっしょにいるとき、われわれはもっぱら訴訟案件の話をし、リーガルは戦略を提案してくれるのがつねだった。検察の計画と訴訟の展開を予想する段になると、リーガルは絶対的なエースだった。今世紀になって彼が法廷に立ったことがないことや、往時から刑法が変わっていることは関係なかった。リーガルには土台となる経験があり、つねに策を持っていた。実際には、その策のことを彼はチェスになぞらえて手《ムーブ》と呼んでいた——二重盲検の手、判事の法服の手、などなど。わたしは選挙後の暗黒期に彼を訪ねるようになった。自分の父親について学び、人生の不遇時期にどう対処していたのか学びたかった。だが、結局、法律についてより深く学び、それがどれほど軟鉛に似ているかを学ぶことになった。どれほど曲げられ、型にはめられるものなのか、学んだのだ。

「法律には可塑性があるのだ」リーガル・シーゲルはつねづねわたしに話した。「柔軟なのだよ」

わたしはリーガルをチームの一員だと見なしており、それにより自分の抱えている訴訟案件を彼と話し合うことができた。リーガルは自分のアイデアや手を投げかけてくれる。わたしがそれを利用し、うまくいった場合もあれば、いかなかった場合もあった。

リーガルはゆっくりと食べた。彼にサンドイッチ一個を与えたら、着実に少量ずつついばんで、食べるのに優に一時間はかかりうるのをわたしは学んでいた。なにひとつ無駄にしない。彼はわたしが持ってきたあらゆるものを食べた。

「三三〇号室の女の子が昨夜亡くなった」リーガルは食《は》んでいるあいまに言った。

「なんたることだ」

「それは残念な知らせだ。彼女はいくつだったんだい？」

「若かったよ。七十代前半だ。寝ているあいだに亡くなって、今朝、運びだされていった」

わたしはうなずいた。わたしは言うべき言葉を知らなかった。リーガルはあらたにぱくつき、ナプキンを取りだそうとブリーフケースに手を伸ばした。

「タレを使っていないじゃないか、リーガル。とても美味しいのに」

「ベトベトしないほうが好きなんだ。なあ、血塗られた旗の手を使ったんだろ？　どうだった？」

ナプキンを手に取ったとき、リーガルはわたしがジップロックの袋に入れていた予備の血糊カプセルに気づいたのだった。まちがって最初のカプセルを呑みこんでしまった場合に備えて、持っていた。

「魔法のようにうまくいったよ」わたしは答えた。

「審理無効を勝ち取ったのか？」

「ああ。ところで、バスルームを使わせてもらえるかい？」

わたしはブリーフケースに手を伸ばし、べつのジップロックを掴んだ。なかには歯ブラシが入っている。居室のバスルームに入って、歯を磨いた。赤い染料は、最初、歯ブラシをピンク色に染めたが、すぐに全部流れ落ちていった。

椅子に戻ると、リーガルがまだ半分しかサンドイッチを食べていないのに気づいた。残り半分は冷めてしまっているはずだとわかってはいたが、談話室に持っていき電子レンジで温めるわけにはいかなかった。だが、リーガルは嬉しそうだった。

「詳しく教えろ」リーガルはせがんだ。

「そうだな、証人を打ちのめそうとしたが、彼女はふんばった。岩のようだった。テーブルに戻ると、おれはやつに合図を送り、やつは予定どおりの行動をした。予想よりちょっとばかりきつめにおれを殴ってくれたが、文句を言うつもりはない。なによりもよかったのは、審理無効を宣言してもらう申し立てをおれがする必要がなかったことだ。判事はすぐに自分で宣言してくれた」

「検察側の異議を乗り越えてか？」

「ああ、そうだ」

「けっこう。連中などクソくらえだ」

リーガル・シーゲルは根っからの刑事弁護士だった。彼にとって、倫理的な問題や灰色の領域は、依頼人のため最高の弁護をすることこそ刑事弁護士が遂行を誓った職務であるという認識によって克服しうるものだった。もし切羽詰まった状況に陥ったとき、審理無効を得られそうなら、そうするがいい。

「さて、問題は、検察官の彼は交渉するだろうか、ということだ」

「実際には、検察官は女さ。ああ、彼女は交渉すると思う。取っ組み合いのあとの証人の顔は見物だったぜ。証人は怯えており、あらたな裁判のため、戻ってきたいとは思わないだろうな。一週間待ってから、ジェニファーに担当検察官に連絡させる。彼女は交渉の用意ができているだろう」

ジェニファーというのは、わたしのアソシエトのジェニファー・アーロンスンのことだった。彼女がレナード・ワッツの代理人を引き継ぐ必要があるだろう。というのも、もしわたしが留任すれば、あれが八百長のように見えてしまうだろうからだ。実際にそうであり、クリスティーナ・メディナが法廷で暗にほのめかしたことでもあったのだが。

裁判まえの司法取引をメディナは拒んでいた。レナード・ワッツが相棒を、すなわち車を運転していて、被害者の車に追突させた人間を差しだすのを拒んだからだった。ワッツは相棒の正体を明かそうとせず、そのため、メディナは取引をしようとしなかった。この先一週間で事態は異なるものになるだろう、とわたしは思っている。さまざまな理由から——最初の裁判で、わたしは検察側の主張の大半を目にしており、メディナの主証人はきょう法廷で自分の目のまえで起こったことに震え上がっており、二度目の裁判をはじめるには納税者の多額の金を使うことになるだろう。それに加えて、もし弁護側が陪審に反証することになればなにが起こるかの一端をわたしはメディナにちらつかせてやった——すなわち、専門家証人を通じて、人種間認識と人物同定の落とし穴を探ってやるつもりでいることを。それはどんな検察官も陪審のまえで対応したいとは思わない事柄だった。

「こっちが向こうに出向かなきゃならなくなるまえに向こうから連絡してくるかもしれないぜ」わたしは言った。

その部分は希望的観測だったが、わたしに授けた手のことでリーガルにいい気分になってもらいたかった。

立っているあいだにわたしはブリーフケースから予備の血糊カプセルを取りだし、室内の医療廃棄物処理容器に投じた。もはやこれの必要はないし、まちがって割って書類を台無しにしたくなかった。

携帯電話が鳴り、わたしはポケットから取りだした。ケース・マネージャーのローナ・テイラーからの電話だったが、留守録に任せることにした。リーガルとのおしゃべりが終わったらかけ直すつもりだった。

「ほかにはなにを抱えているんだ？」リーガルが訊いた。

わたしは両手を広げた。

「うーん、いまは裁判はない。だから、今週の残りはオフだな。あした罪状認否法廷に顔を出し、依頼人をひとりかふたり手に入れられるかどうか確かめてみるかもしれない。その仕事で時間を潰せるだろう」

その仕事による収入を使えるだけでなく、その仕事で忙しくなり、自分の人生で起こったまずいことについて考えなくてすむだろう。その意味で、法律は技能や使命以上のものになっていた。法律がわたしを正気でいさせてくれていた。

ダウンタウンの刑事裁判所ビルの罪状認否法廷である第百三十号法廷をチェックすることで、公選弁護人が利益相反によって引き受けなかった依頼人を拾い上げるということをわたしはやってみた。地区検事局が被告の複数いる事件を起訴すると、公選弁護人はたったひとりの被告しか引き受けられず、ほかの被告たちは利益相反を理由に落とされる。もしそうしたほかの被告たちが私選弁護人を持っていなければ、判事は被告たちに弁護士をあてがう。もしわたしが手持ち無沙汰で、その場にいれば、たいていの場合、わたしは訴訟案件を拾い上げる。政府の支払い水準での仕事だったが、仕事がなく、支払いがないよりはましだった。

「去年の一時期、きみは地区検事長選挙で五ポイント、リードしていたのになあ。それがいまじゃこのざまだ。政府の施し金目当てに冒頭手続き法廷を漁りまわっている」

歳を取るにつれ、リーガルは礼儀正しい関係に普通は必須の社会的フィルターの大半を失っていた。

「ありがとな、リーガル。おれの人生の運命に関する公正で正確なあんたの意見はいつも頼りになる。爽快な気分になるよ」

リーガル・シーゲルは骨の浮いた両手を掲げた。謝っている仕草だとわたしは推測した。

「言ってみただけさ」

「わかるよ」

「で、きみの娘さんはどうなんだ？」

これがリーガルの心の働き様だった。朝食になにを食べたか思いだせないときもあるのに、去年の選挙以上にわたしが失ったものがあることはけっして忘れないようだった。あのスキャンダルで、わたしは娘の愛情といっしょにいる機会を失い、壊れた家族関係を元に戻そうとするわたしの試みを全部台無しにされてしまった。

「状況は変わらない。だけど、きょうはその話をむし返すのはやめよう」わたしは言った。

携帯メールが届いたことを知らせる振動を感じて、わたしは再度携帯電話を確認した。ローナからの携帯メールだった。わたしが電話に出ようとしないか、ボイスメールを聞かないつもりだろうとローナは推測したのだ。携帯メールは事情が異なる。

今すぐ電話して――187

殺人の定義を規定するカリフォルニア州刑法一八七条を持ちだしてこられて、気を惹かれた。立ち去る頃合いだ。

「いいかね、ミッキー、きみが話題に出さないから、わたしが娘さんのことを話題に出しただけだ」

「あの子の話はしたくない。あまりに心が痛いんだ、リーガル。金曜日の夜ごとにおれは飲んだくれている。そうすれば土曜日の大半を寝て過ごせるからだ。なぜだかわかるか？」

「いや、なぜきみが飲んだくれるのかわからんね。きみはなにも悪いことはしていない。きみはあいつ、ギャロウェイだったかなんだったかよく覚えていないが、あの男の件で自分の仕事をしたんだ」

「おれが金曜の夜に飲むのは、土曜日をなしにしたいのであり、それは土曜日が娘に会う曜日になっていたからだ。あいつの名前は、ギャラガーだ。ショーン・ギャラガー。そしておれが自分の仕事をしたかどうかは関係ない。人が亡くなり、それはおれのせいなんだ、リーガル。自分が自由の身にしてやった男が交差点でふたりの人を死なせてしまったとき、仕事をやっただけという言い訳の陰に隠れることはできない。いずれにせよ、もういかないと」

わたしは立ち上がり、出ていかねばならない理由であるかのように携帯電話をリーガルに見せた。

「なんと、きみと一月《ひとつき》ぶりに会ったというのに、もういかなきゃならんのか？　まだサンドイッチを食べ終えておらんぞ」

「あんたとはこのまえの火曜日に会ってる、リーガル。それに来週のいつか会いにくる。もしこなかったとしたら、その次の週にくる。がんばれ。そしてしがみつけ」

「しがみつく？　なにを言いたいんだね？」

「手に入るものはなんでも放すなという意味だ。おれの腹違いの兄弟の警官がそう言ってくれた。連中がこの部屋に入ってきてあんたから取り上げるまえにそのサンドイッチを食べてしまうんだな」

わたしは扉に向かった。

「ヘイ、ミッキー・マウス」

わたしはリーガルを振り返った。わたしが二千グラムで生まれた赤ん坊だったとき、彼がわたしにつけたニックネームだった。いつもなら、もうそのあだ名で呼んでくれるなと言うところだった。だが、出ていけるよう、言わせておいた。

「なんだい？」

「きみの父親は、陪審員たちのことをいつも〝罪責の神々《ゴッズ・オブ・ギルト》〟と呼んでいた。覚えているかね？」

「ああ。連中が有罪《ギルティ》か無罪《ノット・ギルティ》かを決めるからだ。なにが言いたいんだ、リーガル？」

「言いたいのは、われわれの暮らしのなかでの毎日を、そしてわれわれがするすべての動きに対して批判する人がおおぜいいるということだ。罪責の神々はおおぜいいるのだ。それをわざわざ増やす必要はない」

わたしはうなずいたが、どうしても返事をせずにはおれなかった。

「サンディ・パタースンと彼女の娘のケイティ」

リーガルはわたしの返事に困惑している様子だった。彼はその名前に聞き覚えがなかった。わたしは、当然ながら、一生忘れないだろう。

「ギャラガーが殺した母と娘だ。そのふたりがおれの罪責の神々だ」

わたしは後ろ手で扉を閉め、〝入室禁止〟標識をノブにかけたままにした。看護師がリーガルの様子を確認にきて、われわれの犯行に気づくまえに彼はサンドイッチを食べ終えるかもしれない。

3

リンカーンに戻ると、わたしはローナ・テイラーに電話をした。ローナは、挨拶代わりに、わたしにつねに両刃の剣を突き刺してくる言葉を口にした。昂奮させてくれると同時に不愉快にさせる言葉を。

「ミッキー、もしあなたが望むなら、殺人事件を手に入れられる」

殺人事件を頭に浮かべると、さまざまな理由で血のなかにスパークを起こしうる。第一にそしてなによりも、法の上で最悪の犯罪であり、それとともに弁護士という仕事の上で最高の褒美がやってくる。殺人事件容疑者の弁護をするためには刑事弁護というゲームのなかで最上位にいなければならない。殺人案件を手に入れるには、ゲームの最上位にいるというそれなりの評判を保っていなければならない。そしてそういうことすべてに加えて、金が存在する。殺人事件の弁護は——事件が裁判になろうとなるまいとにかかわらず——金がかかる。とても時間がかかるものだからだ。必要な金を払ってくれる顧客つきの殺人事件を手に入れれば、一年分の事務所維持費を稼げるようなものだ。

マイナス面は依頼人だ。たいていの場合、警察や検察がきちんと仕事をしていることから、無実の人々に殺人容疑をかけられるなんてこれっぽちも思っていない以上、弁護士の仕事はもっぱら、刑期や刑罰の中身を交渉したり、有利な条件を引きだしたりすることになる。その間ずっと、弁護側テーブルで、人の命を奪った人物の隣に座ることになる。心地よい経験であることはけっしてない。

「詳細はどうなっている？」わたしは訊いた。

わたしはタウンカーの後部座席で折りたたみ式の作業台に法律用箋を用意した。アールの運転する車はダウンタウンに向かってサード・ストリートを走っていた。フェアファックス・ディストリクトからまっすぐダウンタウンに向かう道筋だ。

「電話はセントラル男性拘置所からコレクトコールでかかってきた。あたしがその電話を受けたところ、アンドレ・ラコースという名前の人だった。彼が言うには、昨日の夜、殺人容疑で逮捕され、あなたを雇いたいそうよ。それから、聞いて、だれの紹介か訊ねたところ、自分が殺したことになっている女性にあなたを推薦されたという。その女性はあなたが最高の弁護士だと話してくれたと彼は言ってた」

「その女性とはだれなんだ？」

「そこが変なの。ラコースによると、彼女の名前は、ジゼル・デリンジャー。うちの利益相反アプリで調べたところ、その名前は出てこなかった。あなたが彼女の弁護を引き受けたことは一度もない。だから、どうして彼女があなたの名前を知って、その推薦をしたのか、わからない。たとえその人に殺されたとされるまえだとしてもね」

利益相反アプリは、うちの事務所の案件ファイルをすべてデジタル化したコンピュータ・プログラムで、依頼人候補が以前の案件で証人や被害者あるいはあまつさえ依頼人として登場したことの有無を数秒で判定してくれる。二十年以上この仕事をやってきて、わたしは依頼人の名前をかならずしも全部覚えているわけではなく、ましてや案件に関わる補助的な登場人物になるととても覚えていられなかった。利益相反アプリは、膨大な時間を節約してくれた。以前は、案件を深く調べてはじめて、新しい依頼人が昔の依頼人や証人や被害者だったため、弁護を引き受ければ利益相反になるのがわかるということが頻繁に起きた。

わたしは法律用箋を見下ろした。いまのところ、名前しか書き記していなかった。ほかにはなにも書いていない。

「わかった、事件担当はどこだ？」

「ロス市警西部管区署殺人課」

「その件についてほかになにかわかっているのか？　ほかになにかその男は言ってた

か？」

「あすの朝、冒頭手続きをすることになっていると言ってた。その場にあなたにいてほしいそうよ。自分は罠にはめられたのであり、彼女を殺していないと言ってたわ」

「彼女は妻なのか、ガールフレンドなのか、仕事上の仲間なのか、なんなんだ？」

「自分のところで働いていたとラコースは言ってたけど、それだけ。刑務所の電話で依頼人が話をするのをあなたが嫌っているのはわかっているので、事件についてはなにも訊ねなかった」

「それは賢明だ、ローナ」

「ところで、あなたはいまどこにいるの？」

「おれはリーガルに会いにいってたんだ。いまダウンタウンに戻ろうとしている。そいつに会って、様子を見るため、拘置所に入れるかどうか確かめてみる。シスコに連絡して、彼に事前調査をやってもらえるだろうか？」

「もう取り組んでいるわ。いまだれかと電話で話しているのが聞こえる」

シスコ・ヴォイチェホフスキーは、わたしの調査員だ。ローナの夫でもあり、ふたりはウェスト・ハリウッドにあるローナのコンドミニアムで仕事に当たっていた。ローナはたまたまわたしの前妻でもあった。わたしのたったひとりの子ども――いまや十六歳になり、父親といっさい関わりたくないと思っている子どもを産んでくれた最初の妻と別れたあと結婚した二番目の妻だった。ときどき、全員の動向と関係を把握するために黒板にフローチャートを書く必要がある気がするが、少なくともわたしとローナとシスコのあいだに嫉妬の感情はなく、仕事仲間としての固い絆だけがあった。

「わかった、シスコに電話させてくれ。あるいは、拘置所から出たあとでこちらから彼に電話する」

「了解、幸運を」

「さいごにひとつ。ラコースは、支払い能力のある客だろうか？」

「ええ、そう。現金は持っていないけど、金《きん》や、金銭と交換可能なほかの〝商品〟を持っていると言ってたわ」

「金額は話したのか？」

「着手するだけで二万五千ドルは必要で、あとからもっとかかると話しておいた。彼はまったくひるまなかった」

いついかなるときでも、二万五千ドルの着手金を支払う能力があるだけでなく、それを惜しまずに手放す意思のある被告の数は、司法制度のなかでとてもまれだった。

わたしは、この事件のことをなにも知らないが、それでもずいぶん耳に心地よく響いた。

「よし、なにかわかったら改めて連絡する」

「じゃあね」

新しい依頼人の姿を目にするまえに、風船から若干の空気が漏れた。拘置所の事務所で委任状を提出し、刑務官がラコースを見つけて、面会室に連れてくるのをわたしが待っていると、われわれがこの案件を手に入れてから一時間かそこらで人的情報源とデジタルの情報源から拾い集めることができた事前情報をシスコが電話で伝えてきた。

「さて、ふたつある。ロス市警は、昨日の殺人事件に関する報道発表をしたが、いまのところ逮捕に関してはなにも触れていない。三十六歳のジゼル・デリンジャーは、ラブレア・アヴェニューを西に折れたフランクリン・アヴェニューにある共同住宅の自室で、月曜日の早朝に発見された。通報を受けた消防士に発見されたんだ。部屋が放火されたからだ。遺体は焼けていたが、殺人を隠蔽し、事故に見せかけようとして放火されたと疑われている。検屍はまだおこなわれていないが、報道発表では、彼女が絞殺されていた形跡があるとのことだ。その発表では、被害者はビジネスウーマンだとレッテルを貼っていたが、ロサンジェルス・タイムズは自社のウェブサイトの速報で、法執行機関筋の話として、彼女は売春婦だという情報を載せている」

「そうか。じゃあ、わが依頼人は何者なんだ、客か？」

「実際には、タイムズの記事では、警察は仕事仲間を取り調べていると書かれている。それがラコースなのかどうかは書いていないが、二足す二は——」

「ポン引きだな」

「おれにはそう思える」

「すごいね。立派な男のようだ」

「明るい面を見るんだな。ローナの話では、支払い能力のある依頼人だそうだ」

「現金がおれのポケットに入ったら、それを信じる」

不意に娘のヘイリーのことを、また、彼女が連絡を絶つまえにわたしに言った言葉のひとつを思い浮かべた。わたしの依頼人リストに載っている連中は、社会の屑であり、賄賂を受け取る人間や麻薬常用者や殺人犯ですらある、と言ったのだ。現状では、わたしは娘に反論できない。わたしの名簿には、老婦人たちを獲物にするカージャッカーや、デートを装ったレイプ魔の容疑者、学生旅行基金から金を奪った横領者、それ以外にもさまざまな社会のごろつきどもが載っていた。いま、そのリストに殺人事件容疑者をおそらく加えるのだ――売春を仕事にしている殺人事件容疑者を。連中がわたしにふさわしいのとおなじくらい、わたしが連中にふさわしいという気がしはじめていた。われわれはみな運の悪い案件であり、負け犬だった。罪責の神々がけっしてほほ笑まないたぐいの人間だ。

娘はわたしの依頼人であるショーン・ギャラガーが殺したふたりの人間の知り合いだった。ケイティ・パタースンは級友だった。ケイティの母親は、ＰＴＡの役員だった。ロサンジェルス郡地区検事長立候補者であるＪ・マイクル・ハラー・ジュニアが細かな専門的法律事項を利用して、飲酒運転による前回の逮捕をギャラガーに免れさせたことをマスコミ――この場合はあらゆるマスコミという意味だ――が暴いたとき、ヘイリーは自分に向けられる軽蔑を避けるため転校せざるをえなかった。

要するにギャラガーは、わたしの刑事弁護士としてのいわゆる卓越した技倆のおかげで、娑婆に出て酒を飲み、車を運転していたのだった。たとえリーガル・シーゲルが〝きみは自分の仕事をしていただけだ〟という使い古された文句でどれほどわたしの気の咎めを和らげようとしても、評決が有罪であることを心の暗い影のなかで、わたしは承知していた。わが娘の目には有罪であり、わたし自身の目で見ても有罪だった。

「聞いているか、ミック？」

わたしは暗い追想から目覚め、まだシスコと電話で話していたことを思いだした。

「ああ。この事件を担当しているのがだれかわかったか？」

「報道発表では、捜査責任者として西部管区署のマーク・ウィッテン刑事が挙げられている。ウィッテンのパートナーは、載っていなかった」

わたしはウィッテンを知らなかったし、思いだせるかぎりでは、事件で彼と立ち向かったことは一度もなかった。

「了解。ほかになにかあるか？」

「いまのところ、おれが持っている情報はそれだけだが、調べはつづけている」

シスコの情報はわたしの昂奮を萎ませた。だが、いまのところまだ今回の案件を投げ捨てるつもりはなかった。罪悪感はべつとして、支払い小切手は支払い小切手だ。わたしにはマイクル・ハラー&アソシエッツ法律事務所を支払い能力のある法人として維持するための金が必要だった。

「本人と面会したあとで連絡する。もうすぐ会えそうだ」

拘置所の刑務官が弁護士・依頼人用ブースのひとつに向かうようわたしに指示して

いた。わたしは立ち上がり、そちらに向かった。

アンドレ・ラコースは、高さ九十センチのアクリル樹脂板で半分に仕切られたテーブルの向かい側ですでに椅子に座っていた。わたしがセントラル男性拘置所に面会に訪れる依頼人の大半が、監獄にいることについて、のんびりして、余裕綽々の尊大な態度を採用していた。鋼鉄製の建物に千二百名の暴力的な犯罪者とともに閉じこめられて平気な態度をとっていれば、ひょっとしたら放っておかれるかもしれない。逆に、恐怖を見せれば、捕食者たちがそれに気づいて、それを利用してくるだろう。獲物になってしまうのだ。

だが、ラコースは異なっていた。まず第一に、彼はわたしの予想より小柄だった。華奢な体つきで、バーベルを一度も持ち上げたことがないように見えた。ブカブカのオレンジ色の囚人用つなぎ服《ジャンプスーツ》を着ていたが、自分の置かれている状況と矛盾する誇りを抱いているように見えた。必ずしも恐怖を見せているわけではなかったが、こういう場所で以前に何度も見たことがあるわざとらしい無頓着な態度も示していなかった。動かずにじっとしているラコースの様子には、なにかがあった。髪の毛は両サイドを入念に短くカットされていて、その髪型から、ここに入れられるまえはアイラインを引いていたのかもしれないと思わせた。

「アンドレ？」そう言いながら、わたしは腰を下ろした。「マイクル・ハラーだ。きみの事件を担当してほしいとわたしの事務所に電話してきたね」

「ああ、電話した。ぼくはここにいるべきじゃないんだ。ぼくがあそこにいたあとにだれかが彼女を殺したのに、だれもぼくの言うことを信じてくれない」

「あせらないで、まずわたしに準備をさせてほしい」

わたしはブリーフケースから法律用箋を取りだし、シャツのポケットからペンを抜いた。

「きみの事件について話をするまえに、まずふたつほど訊きたいことがある」

「どうぞ」

「それから、のっけから言うが、きみはけっしてわたしに嘘をついてはならないんだ、アンドレ。それはわかるか？　もしきみが嘘をついたら、わたしは辞める——それがわたしのルールだ。きみがわたしに話すあらゆることが真正の真実であるとわたしが信じられる関係を築けないのなら、きみのためにわたしは働けない」

「ああ、それは問題にならないだろう。真実こそ、ぼくがいま味方につけている唯一のものだ」

わたしは基本事項のリストに目を落とし、ファイル用に依頼人に関する簡略な情報を集めた。ラコースは三十二歳、未婚で、ウェスト・ハリウッドにあるコンドミニアムに住んでいた。近所に親戚はおらず、もっとも近場に住んでいるのが、ネブラスカ州リンカーンにいる両親だった。カリフォルニア州やネブラスカ州、あるいはほかのどこの州でも前科はないし、スピード違反の切符すら切られたことがない、とラコースは言った。両親の電話番号と、自分の携帯電話番号と固定電話の番号を彼はわたしに伝えた——それらの情報は、ラコースが監獄から出て、弁護料の取り決めを守らなかった場合、彼の行方を突き止めるのに用いられるだろう。基本的な情報を確認すると、わたしは法律用箋から顔を起こした。

「きみの生計の手段はなんだ、アンドレ？」

「ぼくは自宅で働いている。ぼくはプログラマーだ。ウェブサイトをひらいて、運営している」

「今回の事件の被害者、ジゼル・デリンジャーとどうやって知り合った？」

「ぼくは彼女のソーシャル・メディアを全部運営していた。彼女のウェブサイトやFacebook、電子メールなど、あらゆるものを」

「ということはきみはある種のデジタル・ポン引きなのか？」

ラコースの首がたちまち真っ赤になった。

「だんじてちがう！　ぼくはビジネスマンであり、彼女はビジネスウーマンだ——だった。それにぼくは彼女を殺していない。なのに、ここの連中はだれもぼくを信じてくれないんだ」

わたしは空いているほうの手で宥める仕草をした。

「ちょっと落ち着こう。わたしはきみの味方だ、覚えてるな？」

「そんな質問をすると、味方には見えない」

「きみはゲイか、アンドレ？」

「それがなにか問題？」

「ひょっとしたらなにも問題じゃないかもしれないし、検察官が動機の話をしはじめたとき大きな問題になるかもしれない。どうなんだ？」

「ああ、もし知らなければならないのなら。ぼくは隠していない」

「ここでは、隠したほうがいいかもしれない。きみの安全のために。きみがあす罪状認否を終えたなら、きみを同性愛者用居住区に移動させる手続きを取れるんだが」

「そんなことはしないでくれ。ぼくはどんな形でも分類されたくない」

「お好きなように。ジゼルのウェブサイトというのはどんなものだ？」

「ジゼル・フォー・ユー・ドットコム。それがメインのサイトだ」

わたしはそれを書き記した。

「ほかにもあるのか？」

「彼女は、だれかが特定の言葉や事柄を求めて検索している場合にヒットするように特定の嗜好に合わせたサイトを複数持っていた。それがぼくの提供するものだ――マルチ・プラットフォームの露出。そのおかげで彼女はぼくのところにきた」

ラコースの創造性と商売の読みの深さに感心しているかのようにわたしはうなずいた。

「で、彼女とビジネス上の付き合いをするようになってどれくらいになる？」

「およそ二年まえに彼女はぼくのところにきた。マルチ・ディメンショナル・オンライン・サービスを所望だった」

「彼女がきみのところにきただと？　それはどういう意味だ？　どうやってきみにたどり着いたんだ？　きみはオンライン広告かなにかを出しているのか？」

ラコースは子どもを相手にしているかのように首を振った。

「いや、広告なんて出さない。すでに知り合いで信頼しているだれかに推薦された相手としか仕事をいっしょにしないんだ。彼女はべつの顧客から推薦された」

「それはだれだ？」

「それには秘匿義務の問題がある。ぼくはジゼルを推薦した女性をこの件に巻きこみたくない。その女性はなにも知らないし、この件になんの関係もない」

今度はわたしが子どもを相手にしているかのように首を振った。

「いまのところは、アンドレ、それで済ませよう。だが、もしこの事件をわたしが引き受けるなら、いずれかの時点で、ジゼル・デリンジャーを紹介したのがだれなのか知る必要が出てくる。この事件にだれがあるいはなにが関係しているか決めるのは、きみではありえない。わたしが決める。わかるか？」

ラコースはうなずいた。

「彼女にメッセージを送る」ラコースは言った。「彼女の了解を取れれば、あんたに繋ぐ。だけど、ぼくは嘘をつかないし、信頼を裏切らない。ぼくの仕事とぼくの人生は信頼の上に成り立っているんだ」

「わかった」

「それから『もしこの事件をわたしが引き受けるなら』とはどういう意味だい？　あんたはこの件を引き受けたんだと思っていた。つまり、だから、あんたはここにきているんだろ？」

「まだ決めかねている」

　わたしは腕時計を確認した。わたしが面会手続きをした刑務官は、ラコースとの面会時間は半時間だけになるだろうと言っていた。話し合うべき分野がまだ三つ残っていた——被害者と犯行とわたしの報酬だ。

「あまり時間がないので、先へ進めよう。きみが最後にじかにジゼル・デリンジャーを見たのはいつだ？」

「日曜日の夜遅くだ——ぼくが彼女の下を去ったとき、彼女は生きていた」

「どこで？」

「彼女のマンションの部屋で」

「きみはなぜそこにいった？」

「彼女から金を手に入れるためいったんだが、一ドルも手に入らなかった」

「なんの金で、なぜ手に入らなかった？」

「彼女は仕事に出かけ、彼女との取り決めでは、彼女が稼いだ金の一部を手数料としてぼくに支払ってもらうことになっていた。ぼくが彼女を〝プリティ・ウーマン・スペシャル〟に仕立てあげたんだから、取り分をもらいたかった——あの手の女性は、すぐに金を払わせないと、鼻のなかやどこかほかの場所に金が消えてしまう傾向にあるんだ」

ラコースがいま言ったことの要約をわたしは書きつけたが、話の大半の意味が定かではなかった。

「ジゼルが麻薬常用者だと言ってるのか？」

「ああ、そう言ったつもりだ。不可抗力というわけじゃないが、それはああいう仕事の一部であり、ああいう人生の一部だ」

「〝プリティ・ウーマン・スペシャル〟について話してくれ。どういう意味なんだ？」

「客は映画『プリティ・ウーマン』のように、ビバリー・ウィルシャー・ホテルのスイートルームを押さえる。ジズはジュリア・ロバーツに似た雰囲気なんだ。とりわけぼくが彼女の写真を修整して載せたあとじゃ。そこからあとはわかるだろ」

わたしはその映画を見たことがなかったが、心優しい売春婦がビバリー・ウィルシャー・ホテルでの有料デートで理想の男性に出会う物語だと知っていた。

「そのための料金はいくらだったんだ？」

「二千五百ドルだったはずだ」

「きみの取り分は？」

「千ドル。だけど、取りっぱぐれた。ジズは、空依頼だと言った」

「なんだそれは？」

「現地にいってみたところ、だれもいなかった。あるいは部屋で応対に出た人間がだれであれ、彼女を呼んでいないと言った。ぼくはできるかぎり事前に調べておいたんだ。ＩＤとかあらゆることを調べておいた」

「だから、きみは彼女の話を信じなかったんだな」

「疑わしいと思ったと言わせてくれ。ぼくは事前にその部屋にいた男と話している。ホテルのオペレーター経由で電話を繋いでもらった。だけど、彼女は部屋にだれもいなかったし、その部屋は借りられてさえいなかったと主張したんだ」

「で、きみたちはその件で言い争ったんだな？」

「ほんの少し」

「そしてきみは彼女を殴った」

「なんだって？　殴ってない！　ぼくは女に手を上げたことは一度もない。男も殴ったことは一度もないんだ！　そんなことはしていない。信じてくれないのか――」

「いいか、アンドレ、わたしはここで情報を集めているだけだ。では、きみは彼女を殴らなかったし、傷つけなかった。物理的に彼女の体にはどこにも触れなかったんだな？」

ラコースは答えをためらい、そこに問題があることをわたしは知った。

「話せ、アンドレ」

「彼女を摑んだんだ。ぼくのほうを見ようとしなかったので、それで彼女が嘘をついているのだと思った。だからぼくは彼女の首を摑んだ――片手だけで。彼女は腹を立て、ぼくも腹を立て、それでおしまいだ。ぼくは立ち去った」

「ほかにはなにかないのか？」

「ああ、なにもない。んー、ぼくが表の通りに出て、自分の車に向かっていたとき、彼女がバルコニーから灰皿を投げつけてきた。外れたけど」

「だが、彼女の部屋で争っていたとき、どうしてきみは出ていったんだ？」

「ホテルにいって、客が泊まっているはずの部屋を自分でノックして、金を取ってくる、とぼくは言ったんだ。そして、立ち去った」

「部屋番号はなにで、客の名前はなんだ？」

「野郎は八三七号室にいた。名前はダニエル・プライスだ」

「きみはホテルに出向いたのか？」

「いや、まっすぐ自宅に帰った。徴収を試みる価値はないと判断したんだ」

「彼女の喉を摑んだときは、その価値があると思っていたようだが」

ラコースはその矛盾した言葉にうなずいたが、それ以上の説明はしなかった。わたしはその話題から外れた――いまのところは。

「で、そのあとなにがあった？　いつ警察がきたんだ？」

「きのうの五時ごろやってきた」

「午前五時か、午後五時か？」

「午後だ」

「どうしてきみにたどり着いたのか、警察は話したか？」

「彼女のウェブサイトを知っていたんだ。そこからぼくにたどり着いた。訊きたいことがあると言うので、ぼくは話すのに同意した」

警官に自発的に話をするのは、いつの場合もミスだった。

「彼らの名前を覚えているかい？」

「ウィッテン刑事というのがいて、そいつがほとんど話していた。パートナーの名前は、ウィーダーとかなんとかいうものだった。そんな感じの名前だ」

「なぜきみは彼らと話をすることに同意したんだ？」

「わからない。ひょっとしたら、なにも悪いことをしていないし、協力したかったからかもしれない。ぼくは愚かにも、連中が哀れなジゼルの身になにが起こったのか突き止めようとしているのだと思ってしまった。なにが起こったのか連中が予断をもっ

てやってきて、そこにぼくを繋げたがっているだけというのではなく

わが世界にようこそ、とわたしは思った。

「連中がくるまえにジゼル・デリンジャーが死んでいたのをきみは知っていたのか？」

「いや、ぼくは一日じゅう彼女に電話し、携帯メールを送りつづけ、メッセージを残した。まえの夜の喧嘩をぼくは悔やんでいた。だけど、彼女は電話をかけ直してこず、まだ言い争いのことで怒っているんだと思った。そこへ連中がやってきて、彼女が死んだと言った」

売春婦が死んでいるのを発見された場合、まっさきに捜査が向かう場所のひとつがポン引きのところなのは明らかだった。たとえ残忍な虐待者というステレオタイプに当てはまらず、威嚇と肉体的な虐待で自分の厩《うまや》に女性たちを繋ぎ留めているのではないデジタル・ポン引きだとしても。

「彼らはきみとの会話を録音したか？」

「ぼくの知るかぎりでは録音していない」

「きみには弁護士を立ち会わせる、憲法で保障された権利があることを彼らは伝えたか？」

「ああ、だけど、それは警察署にいってからだ。弁護士が要るとは思っていなかった。ぼくはなにも悪いことをしていなかった。だから、けっこうだ、話をしよう、とぼくは言った」

「きみはなんらかの権利放棄書類に署名したか？」

「ああ、なにかの書類に署名した――ろくに読まずに」

わたしは不満を表に出さなかった。刑事司法制度の世界に入ってくるたいていの人間は、みずからが自身の最悪の敵になりがちだ。彼らは口をひらいたせいで自分たちに、文字どおり手錠を掛ける。

「どうしてこうなったのか話してくれ。きみはまず自宅で彼らと話をし、そのあと西部管区署に連れていかれたんだな？」

「ああ、まず、ぼくの部屋に十五分ほどいて、それから署に連れていかれた。容疑者の写真を何枚か見てもらいたいと言われたんだけど、それは真っ赤な嘘だった。連中はなんの写真も見せなかった。連中はぼくを狭い取調室に入れ、質問をつづけた。それから、ぼくを逮捕すると言ったんだ」

彼らが逮捕するには、ラコースをなんらかの形で殺人と結びつける物証あるいは証言が必要だとわたしにはわかった。加えて、彼が警察官に話したなにかが事実と矛盾していなくてはならない。ラコースは嘘をついて、あるいは彼が嘘をついたと警察官が考えて、彼は逮捕されたのだ。

「きみは日曜日の夜に被害者の部屋に出かけたと彼らに話したんだな？」

「ああ。出ていったとき、彼女は生きていたとも言った」

「彼女の首を摑んだことについて話したのか？」

「ああ」

「それは連中がきみの権利を読み上げて、権利放棄書に署名させるまえか、あとか？」

「うーん、思いだせない。まえだったと思う」

「かまわない。あとで突き止める。なにかほかの証拠のことを連中は話していたか？連中の持っているほかの証拠をなにか突きつけたか？」

「いいや」

わたしは腕時計を再確認した。時間がなくなりかけていた。事件に関する質問をここでやめようと判断した。もしこの事件を引き受けたなら、大半の情報は開示請求で手に入るだろう。それに加えて、依頼人から直接入手する情報を限定するのは、いい考えだった。ラコースが口にするどんなことにもわたしは縛られるだろうし、のちにこの事件の取り扱いや裁判でわたしが取るどんな手にも影響を与えうる。たとえば、仮にラコースが実際にジゼルを殺したとわたしに打ち明ければ、それを否定するために彼を証人席に座らせることはわたしにはできなくなる。そんなことをすればわたしは偽証教唆で有罪になる。

「オーケイ、いまのところは、これで充分だ。もしこの事件をわたしが引き受けるとすれば、きみはどうやってわたしに金を払うつもりだ？」

「金《きん》で払う」

「そうだと言われたが、どうやってだ？　その金はどこからやってくる？」

「安全な場所に保管しているんだ。ぼくの金《かね》は全部金《きん》にしている。もしあんたがこの事件を引き受けてくれたら、きょうじゅうにあんたに届けさせる。あんたのマネージャーは、着手金として二万五千ドル必要だと言ってた。ニューヨーク商品取引所の金相場評価額を使って、その分の金《きん》を届けさせる。ここでは市場は確認できないけど、一ポンド（四百五十四グラム）の金塊で着手金は賄えるだろう」

「それで初動費用を賄えるだけだということはわかっているよな？　もしこの事件が予審を経、本裁判に進むなら、きみはもっと金が必要になる。わたしより安い弁護士を雇うことはできるが、それではわたしより優れた弁護士は雇えない」

「ああ、わかってる。ぼくは自分の無実を証明するため、金を払わねばならない。ぼくには金《きん》がある」

「わかった、では、きみの配達人にその金《きん》をうちのケース・マネージャーに届けさせてくれ。あしたのきみの冒頭手続きまえにその金をわたしの手元に置いておく必要がある。そうなればきみはこの件に本気だとわたしにわかる」

時間がどんどんなくなりつつあるのはわかっていたが、わたしはしばらく黙ってラコースの様子を観察し、彼を読み取ろうとした。無実を訴える彼の話は、もっともらしかったが、警察がなにを知っているのか、わたしは知らなかった。アンドレの話しか手元になく、この事件の証拠が明らかにされるにつれ、ラコースが主張するほどには、無実ではないことをわたしは学ぶだろう。つねにそんなふうになる。

「わかった、最後の質問だ、アンドレ。わたしをきみに推薦したのはジゼル自身だと、きみはうちのケース・マネージャーに言ったそうだが、それはほんとかい?」

「ああ、彼女は、きみが街一番の弁護士だと言ってた」

「どうして彼女はそれを知ったんだろう?」

ラコースは驚いた様子だった。まるで、いままでのこの会話が、当然のこと——わたしがジゼル・デリンジャーを知っているということ——に基づいていたのだと言わんばかりに。

「彼女はあんたと知り合いだと言ってた。彼女のために何度も事件を扱ってくれた、と。一度、あんたがとても凄い取引をしてくれたと言ってたぞ」

「で、彼女が話していたのがわたしだということにまちがいはないのか？」

「ああ、あんたにまちがいない。彼女のためにあんたがホームランを打ってくれたと言ってた。彼女はあんたをミッキー・マントルと呼んでいた」

それを聞いて、わたしの息が止まった。かつて、わたしをそう呼んでいたひとりの依頼人がいた――彼女も売春婦だった。だが、彼女とは久しく会っていない。新規まき直し、ここにはけっして帰ってこなくていいだけの金を渡して、彼女を飛行機に乗せてからというもの。

「ジゼル・デリンジャーというのは、本名じゃないんだな？」

「知らない。ぼくが知っているのはその名前だけだ」

わたしの背後にある鋼鉄の扉を強く叩く音が聞こえた。わたしの持ち時間は終了した。だれかほかの依頼人と話をするため、だれかほかの弁護士がこの部屋を必要としていた。わたしはテーブルの向こうにいるラコースを見た。彼を依頼人として弁護を引き受けるべきかについて、わたしはもはやとやかく言うつもりはなかった。

まちがいなく、わたしはこの事件を引き受けるつもりだった。

4

アールはわたしを乗せてセントラル・アヴェニューの〈スターバックス〉に向かい、店のまえの縁石に車を寄せて停めた。アールが店内に入り、ふたりのコーヒーを買ってきてくれるあいだ、わたしは車のなかに留まっていた。作業台にノートパソコンをひらき、コーヒー店の信号を利用してネットに繋げた。〝ジゼル・フォー・ユー・ドットコム〟のURLとして三種類のバリエーションを試したのち、www.Giselle4u.comを突き止め、アンドレ・ラコースが殺した疑いをかけられている女性のウェブサイトを呼びだした。写真は修整されており、髪の毛の色は変わっていて、最後にわたしが彼女に会ってから整形外科医の手が加わっているものの、ジゼル・デリンジャーは、わたしの昔の依頼人、グロリア・デイトンであることにわたしは疑いを持たなかった。

そのことが事態を変えた。わたしの依頼人を殺した容疑をかけられているあらたな依頼人の弁護を引き受けることに関する法的利益相反の問題をべつにして、グロリア・デイトンに対するわたしの気持ちの問題があり、グロリアに利用されていたのを突然悟ったという問題もあった。グロリアが彼女のほぼ全生涯を通じて男たちに利用されていたやり方とさほど変わりないやり方でわたしは利用されたのだ。

グロリアはわたしにとってひとつの大きな課題だった。弁護士と依頼人間の関係という通常の境界を越えて、わたしが特に気にかけていた依頼人だった。なぜそんなことになったのか、自分でもよくわからない。グロリアの傷ついたほほ笑み、皮肉っぽく気の利いた物言い、悲観的な自己認識にわたしは惹きつけられた。永年にわたり、彼女が関わる少なくとも六件の事件をわたしは扱った。それらはいずれも売春や麻薬、売春の勧誘などに関わっていた。彼女はそうした暮らしに深く埋没していたが、そこから浮上して抜けだすに値する人物であるようにわたしにはいつも思えた。わたしはヒーローではないが、彼女のためにできるかぎりのことをした。裁判前事件処理更生プログラムの適用を受けさせ、社会復帰訓練所に入らせ、セラピーを受けさせ、一度など、文章を書くことに興味があると言ったのでロサンジェルス・シティカレッジに入学さえさせた。そのいずれも長続きしなかった。一年ほど経つと、わたしに電話がかかってくる――拘置所にまた収監され、弁護士を必要としている、と。グロリアと手を切るか、べつの弁護士に任せるべきだとローナが言いだした。グロリアは更生の見込みがないのだ、と言って。だけど、わたしは見放せなかった。実を言えば、グロリア・デイトン、あるいは、当時仕事の上で使っていたグローリー・デイズという女性を知るのが好きだった。彼女は、特徴的な歪んだほほ笑みと同様、世の中に対して歪んだ見方をしていた。彼女は野良猫であり、わたし以外のだれにも手なずけられなかった。

われわれの関係にロマンティックなものや性的なものがあったというわけではない。そういうものはなかった。それどころか、おたがいを正面切って友人と呼べたとは思えなかった。そう呼べるほど会っているわけではなかった。だが、わたしはグロリアを気にかけており、だからこそ、彼女が亡くなったのを知って、心が痛かった。この七年間、わたしはグロリアはわたしが与えた金を受け取って、ハワイに飛んだと思っていた。グロリアはわたしがグロリアが逃げおおせたと思い、わたしがその役に立てたと思っていた。そこには永年の顧客がいて、彼女を受け入れ、再出発をさせるのに手を貸したがっている、とグロリアは言っていた。わたしはときおりグロリアからの葉書を受け取っていた。クリスマス・カードも一、二度届いた。どのカードにも、元気でやっていて、悪いことに手を染めていないと書かれていた。そしてそれらのカードは、法廷や法の回廊ではめったに達成されないものを達成したという気持ちにわたしをさせた。わたしはひとりの人間の人生を変えたのだ。

アールがコーヒーを持って戻ってくると、わたしはノートパソコンを閉じ、自宅に運んでくれと彼に言った。それからローナに電話して、あすの朝八時に全スタッフ・ミーティングをひらくよう伝えた。アンドレ・ラコースは、第二グループで呼びだされて罪状認否法廷に出廷することになっていた。すなわち、午前十時から正午までのどこかで冒頭手続きをするということだった。それまでにわたしはうちのチームと会い、準備を整えておきたかった。ローナにグロリア・デイトンに関するうちのファイルを全部引っ張りだして持ってくるようにと伝えた。

「なぜグロリアのファイルが要るの?」ローナは訊いた。

「なぜなら、彼女が被害者だからだ」

「ああ、なんてこと、確かなの? シスコから聞いたのはその名前じゃなかったわ」

「確かだ。警官たちはまだそれがわかっていないが、グロリアであることに間違いはない」

「残念だわ、ミッキー。あなたが彼女を好きだったのを……知ってるだけに」

「ああ、好きだった。こないだグロリアのことを考えていて、裁判所がクリスマス休みに入ったらハワイにいってみようと思ったんだ。ハワイに着いたらグロリアに電話してみるつもりだった」

ローナは返事をしなかった。ハワイ旅行は、子どもに会えずにいる休暇を過ごすため、頭に浮かんだ考えだった。だが、事態は変わるだろうという期待から、その考えを捨てていた。ひょっとしたら、クリスマスに食事にこないかという誘いの電話があるかもしれない。もしハワイに出かけていたら、その機会を逸してしまう。

「なあ」あれこれ思うのを途中で切って、わたしは言った。「シスコは近くにいるかい？」

「いいえ、被害者が——つまり、グロリアが——住んでいたところに出かけたと思う。なにか見つかるか確かめようとして」

「わかった、おれから連絡する。じゃあ、あした」

「あ、ミッキー、待って。ジェニファーもミーティングに参加させたい？　ジェニファーは郡裁判所での二件の出廷案件を抱えている」

「ああ、必ず参加してもらう。時間が重なっているなら、ジェダイの騎士のだれかに代わってもらえるかどうか確かめさせろ」

わたしは数年まえ、サウスウエスタン・ロースクールを出たてのジェニファーを雇い、当時わが事務所で急成長を遂げていた住宅差し押さえ案件で法の実践を積ませていた。まえの年、住宅差し押さえ訴訟の件数は下り坂になり、一方で刑事弁護の数は増えはじめていたが、ジェニファーはまだ大量の案件を抱えていた。住宅差し押さえ訴訟界隈には、つねにその訴訟を担当する弁護士のグループがあり、彼らは訴訟関連の話や戦略を交換するために月例の昼食会や夕食会をひらくようになっていた。彼らはジェダイの騎士と自称していた。ＪＥＤＴＩ（弁護士という肩書の高潔さを守るこ《ジュリスツ・エンゲージド・イン・デフェンディング・》とに携わっている法律家集団《タイトル・インテグリティ》）の愛称であり、その仲間意識から、時間が重複する際にたがいの出廷を肩代わりするまでに至っていた。

ジェニファーは少しのあいだ刑事弁護側に寄り道するため住宅差し押さえ業務から引き離されることを厭わないと、わたしにはわかっていた。彼女を雇ったとき、まず最初に、刑事弁護でのキャリアを積みたいと彼女はわたしに言った。近ごろでは、電子メールや週ごとのスタッフ・ミーティングで、自分がもっと全面的に刑事弁護の仕事に没頭できるよう、あらたなアソシエトを雇う頃合いだと、ジェニファーは繰り返し主張していた。わたしはそれには抵抗していた。あらたなアソシエトを雇うことによって、オフィスと秘書、コピー機などなどが備わった伝統的な事務所がますます必要になっていくからだ。わたしはそのための諸経費あるいは物理的な建物のある拠点という考えが好きではなかった。車の後部座席で働き、自分の経験と勘を頼りにするのが好きだった。

ローナとの電話を切ってから、わたしは車窓を下げ、外気を顔に吹きつけさせた。それは自分のやり方で気に入っているものを思いださせた。

ほどなく、携帯電話でシスコの声が聞こえるように車窓を閉め直した。彼に電話をかけたところ、ジゼル・デリンジャーが暮らし、そこで亡くなった建物の住戸を一軒ずつ訪ねているところだ、という返事だった。

「なにかいい情報は手に入ったか？」

「細々とした情報だけだ。被害者はほとんど人付き合いをしていなかった。来客は多くなかった。商売をマンションの外でおこなっていたにちがいない」

「その建物に入るにはどうすればいい？」

「一階玄関に防犯扉がある。住民がなかから操作しないと扉はあかない」

それはラコースにとって不都合な情報だった。警察は、ジゼル・デリンジャーが殺人犯を知っていて、なかに通したものとおそらく推測しているだろう。

「そこの玄関扉には出入りの記録はあるのか？」わたしは訊いた。

「いや、記録するようなシステムはない」シスコが答える。

「監視カメラは？」

「ないな」

それはラコースにとって有利不利どちらにも転びうることだった。

「わかった、そっちの用が終わったら、おまえに調べてもらいたいことがある」

「こっちを後回しにできる。ここの建物の管理人は協力的なんだ」

「わかった、それなら頼む。明日の朝八時にスタッフ全員の会議をするんだ。そのまえに、できれば、ある名前を調べてもらいたい。グロリア・デイトン。ローナの持っているファイルから生年月日はわかるはずだ。ここ数年彼女がどこにいたのか知りたい」

「了解。その女は何者だ？」

「今回の事件の被害者だ。まだ警察はその名前を知らないが」

「ラコースから聞いたのか？」

「いや、自分で摑んだ。彼女は昔の依頼人なんだ」

「おいおい、その情報を通貨として使えるぞ。死体保管所を探ってみたが、連中は死体の身元を摑んでいなかった。遺体とマンションの部屋が焼けていたためだ。どちらからも利用できる指紋は出なかった。連中は、被害者のDNAがシステムのなかにあるか、あるいはかかりつけの歯科医を見つけられることを期待していた」

「ああ、そうだな、なにか摑めそうなら、その情報を使えばいい。おれはジゼル・フォー・ユーのウェブサイトに載っている写真を見ただけだ。グロリア・デイトンだった。七年まえにハワイに引っ越したとおれが思っていた古い依頼人だ。ここ二年、この地で彼女といっしょに働いてきたとアンドレは言ってた。全容を知りたい」

「了解。七年まえ、なぜ彼女は出ていったんだ？」

わたしはいったん口をつぐんでから答えた。グロリア・デイトンのため扱った最後の案件のことを頭に浮かべた。

「報酬の高いある事件をおれは担当しており、グロリアはそこで一役買っていた。いまの暮らしをやめて、心機一転やり直すと約束するならという条件で、おれはグロリアに二万五千ドルやった。ひとりの男がいた。取引をするため、グロリアはそいつを当局に売った。おれはその取引の仲介役だった。グロリアにとって、ちょうど街を出ていくタイミングになった」

「その件が今回の事件に関係している可能性はあるのか？」

「わからん。ずいぶんまえの話だし、問題の男は終身刑をくらった」

ヘクター・アランデ・モイア。わたしはまだその名前を覚えていた。発音しやすい名前だった。連邦政府機関が彼をひどく逮捕したがっており、グロリアはどこにいけば彼が見つかるか知っていた。

「あしたその件の調査にブロックスをつけるつもりだ」わたしはジェニファー・アーロンスンをあだ名で呼んだ。「もしほかになにもなければ、彼女を論点すり替えの藁人形《ストローマン》として利用できるかもしれない」

「以前に依頼人だった被害者がからむ案件を引き受けられるのか？　それってある種の利益相反にならないのか？」

「なんとか抜け道が見つかるだろう。司法制度なんだ、シスコ。融通が利く」

「わかった」

「最後にひとつ。日曜日の夜、グロリアは、ビバリー・ウィルシャー・ホテルで客と会うことになっていたが、その逢瀬は実現しなかった。どうやら客が部屋にいなかったらしい。ホテルに出かけてつついてみて、なにが摑めるか調べてみてくれ」

「部屋番号はわかるか？」

「ああ、八三七号室だ。客の名前はダニエル・プライスだ。ラコースから手に入れた情報だ。グロリアはその客室が予約されてすらいなかったと主張していたと、ラコースは言っていた」

「調べてみる」

シスコとの電話を終えると、わたしは携帯電話をしまい、フェアホルムにあるわが家に到着するまで、ただ窓の外を眺めていた。到着すると、アールはわたしに車の鍵を寄越して、縁石に駐めてある自分の車に向かった。翌日、朝が早いことをアールに念押ししてから、わたしは階段をのぼって、玄関扉にたどり着いた。

ダイニング・テーブルに荷物を下ろすと、わたしは瓶ビールを取りにキッチンに入った。冷蔵庫の扉を閉めたとき、マグネットで扉に留めている写真や葉書類を調べ、オアフ島のダイヤモンド・ヘッド・クレーターが写っている葉書を見つけた。それはグロリア・デイトンから受け取った最後の葉書だった。マグネット・クリップからその葉書を外すと、裏面を読んだ。

新年おめでとう、ミッキー・マントル！
元気でいますように。こっちは太陽を浴びて、万事順調。毎日、ビーチに出かけているわ。ロスのことで懐かしく思っているのはあなただけ。いつか、会いにきてちょうだい。

グロリア

葉書の文章から消印に目が向かった。日付は、二〇一一年十二月十五日で、ほぼ一年まえだ。まえには見る理由がなかったので見ていなかった消印は、カリフォルニア州ヴァンナイズになっていた。

グロリアのごまかしの手がかりを一年近く自分の冷蔵庫に貼っていたのに、気づかなかった。いま、その見え透いた嘘と自分のうかつさが確認された。なぜグロリアがわざわざそんなことをしたのか、不思議で仕方なかった。わたしは彼女のただの弁護士にすぎなかった。わたしを惑わす必要などなかった。仮にグロリアからいっさい便りがなくとも、わたしは疑問を抱いたり、捜しに出かけたりしなかっただろう。不思議なくらい無用のことであり、少しばかり残酷なことに思えた。とりわけ、会いにきてという最後のくだりが。私生活の悲惨さを逃れようとして、わたしがクリスマスにハワイにいっていたらどうなっただろう？　ハワイに到着して、グロリアがそこにいなかったらなにがあっただろう？

わたしは屑籠に歩いていき、蓋を持ち上げるペダルを踏んで、葉書をなかに捨てた。グロリア・デイトンは死んだ。栄光の日々《グローリー・デイズ》は終わった。

シャワーを浴びた。強い噴流の下に長いあいだ頭を持っていった。永年にわたり、わたしの少なからぬ依頼人が悪い結果を迎えていた。この仕事にはつきものであり、以前の案件では、わたしは商売上の損害として見ていた。常連の依頼人は、わたしの飯の種であり、依頼人をひとり失うとわかれば、いい気持ちはしなかった。だが、グロリア・デイトンの場合、事情は異なった。ビジネスではなかった。個人的なものだった。彼女の死は、さまざまな感情を引き起こした。失望や空しさ、苛立ちや怒り。わたしにやらかした嘘に対してだけでなく、結局自分を死に至らしめた世界に彼女が留まっていたことに対しても、グロリアに腹を立てていた。

お湯がなくなって、シャワーを止めるころには、自分の怒りが見当違いだと悟るに到っていた。グロリアの行動には理由と目的があったはずだとわかった。ひょっとしたら、自分の人生からわたしを切り捨てたのは、わたしをなにかから守ろうとしてだったかもしれない。それがなんなのか、いまはわからないが、それを探りだすのがわたしの仕事になるだろう。

着替えてから、がらんとした家のなかを歩き、娘の寝室のドアのまえで足を止めた。娘はその部屋に一年も留まらず、彼女が出ていってからわたしは部屋にいっさい手を加えていない。その部屋を見ると、子どもを失い、子ども部屋を時が止まったままにしている親たちのことを思いだした。ただし、わたしはそんな悲劇でわが子を失ったわけではない。自分が娘を追い払ってしまったのだ。

ビールをもう一本飲もうとしてキッチンにいき、外出するか家にとどまるかを決める夜ごとの儀式に直面した。きょうは朝早かったので、わたしは後者を選び、冷蔵庫から料理の持ち帰り用の箱をふたつ取りだした。よくカウンターでひとりで食事をしている、メルローズ・アヴェニューにあるレストラン、〈クレイグ〉を日曜の夜に訪れたときに食べ残して持ち帰ったステーキ半分とグリーン・ゴッデス・サラダがあった。サラダを皿に載せ、ステーキはフライパンに入れ、コンロで温めることにした。箱を捨てようと屑籠をあけると、グロリアの葉書が目に入った。さきほど自分がおこなった行為を考え直し、ゴミのなかから葉書を救いだした。もう一度、葉書の両面をじっくり見た。これを送ってきたグロリアの意図について再度考えを巡らす。消印に気づいて、捜しにきてほしかったんだろうか？　この葉書はわたしが見過ごしたなんらかの手がかりなんだろうか？

まだなんの答えも見つかっていなかったが、わたしはその答えを探すつもりだった。葉書を冷蔵庫に戻し、マグネットで留めると、扉の目の高さに移動させた。毎日確実にその葉書を目にするように。

5

アール・ブリッグスが水曜日の朝遅くに家に到着したため、八時からのスタッフ・ミーティングに最後にやってきたのはわたしだった。フリーウェイ101号線のランプに近いサンタモニカ大通りにあるロフト・ビルディング三階にわれわれはいた。そこは必要なときならいつも利用できるなかば空っぽの建物だった。ジェニファーが建物のオーナーの差し押さえ弁護をほぼ無料奉仕並《プロボノ》みの料金で扱っていたからだ。オーナーは、六年まえにそこを購入し、リフォームした。当時、家賃は高く、街には独立系の映画製作会社が、映画を撮影するカメラ・クルーよりも多く生まれるように思えた。だが、ほどなくして、景気が悪化し、独立系映画の投資家は、セレブ御用達のレストラン、〈ジ・アイヴィー〉の外に駐まっている車なみに少なくなった。たくさんの会社が経営をやめ、オーナーは、建物のキャパのせいぜい半分しか埋められなかった。結局、にっちもさっちもいかなくなったあげく、ローン不払い情報が公示された物件に送るダイレクトメールに応える形で、オーナーは、マイクル・ハラー&アソシエッツ法律事務所にたどり着いた。

最終的に破綻するまえの抵当権の問題の大半と同様、この差し押さえ案件もほかの案件とまとめられ、転売された。そこに糸口があった。ジェニファーは差し押さえ担当銀行の当事者適格性に異議を申し立て、手続きを十ヵ月間停止させた。その間、われわれの依頼人は、事態を好転させようと努めた。だが、イースト・ハリウッドの各階二百八十平方メートルの建物にはもはやあまり需要がなかった。オーナーは状況を改善できず、下り坂のまま、リハーサル場所を必要としているロック・バンドに月極でレンタルしていた。差し押さえは確実に近づいていた。ジェニファーがあと何ヵ月止めておけるかの問題になっていた。

ハラー&アソシエッツ法律事務所にとっていいニュースは、ロック・バンドが宵っ張りの朝寝坊なことだった。毎日、建物は早くとも午後遅くになるまでほぼだれもいなくて、静まり返っていた。われわれはそこのロフトを週ごとのスタッフ・ミーティングに使うようになっていた。スペースが広くて、がらんとしており、木製の床、天井高四・六メートル、煉瓦がむきだしの壁、鋼鉄の支持柱というもので、一面の壁にはダウンタウンがよく見える窓がはまっていた。だが、一番いいのは、南東角に会議室があることだった。長テーブルと椅子が八脚ある独立した部屋だった。そこでわれわれは案件の検討のため集まるようにしており、今回は、殺人容疑をかけられているデジタル・ポン引き、アンドレ・ラコースの弁護を検討するのだ。

会議室には、この階のほかのスペースを見渡せる大きな一枚ガラスがはまっていた。広いがらんとしたスペースを横断していると、テーブルのまわりにチーム全員が立ち、なにかを見下ろしているのがわたしの目に入った。ローナがいつもミーティングに持ってくる〈ボブ〉のドーナッツ・ボックスだろう、とわたしは推測した。

「遅れてすまん」そう言って、わたしは会議室に入った。

シスコがテーブルから大きな体を振り向かせ、わたしはチームが見ているのがドーナッツではないことに気づいた。テーブルの上には、山間に姿を覗かせた朝日のように輝いている金塊があった。

「一ポンドには見えないな」わたしは言った。

「もっとある」ローナが答える。「一キロよ」

「裁判に向かうものと依頼人は考えているみたいですね」ジェニファーが言った。

わたしは笑みを浮かべ、部屋の左側の壁沿いに置かれた食器棚を確認した。ローナは、そこにコーヒーとドーナッツを用意していた。わたしは会議室のテーブルにブリーフケースを置くと、コーヒーを取りに向かった。体を動かすには、黄金よりもカフェイン摂取のほうが必要だった。

「で、みんなの調子はどうだい?」一同に背を向けて、わたしは訊ねた。

いっせいに元気だという答えを受け取りながら、わたしはコーヒーとグレーズド・ドーナッツをテーブルに持っていき、腰を下ろした。金塊以外のものに目を向けるのは難しかった。

「だれがそれを持ってきたんだ?」わたしは訊いた。

「武装トラックでやってきたわ」ローナが答える。「ゴールド・スタンダード・デポジトリーという場所から。ラコースが拘置所から配達指示を出したの。あたしは三通の書類に署名しなければならなかった。配達人は、武器を持った警備員だった」

「で、一キロの金の価値はいくらなんだ?」

「およそ五万四千ドルだな」シスコが言った。「いま調べたところでは」

わたしはうなずいた。ラコースはわたしに倍賭けしたのだ。気に入った。

「ローナ、ダウンタウンのセント・ヴィンセンツ・コートがどこにあるのか知ってるかい?」

ローナは首を横に振った。

「宝石店街のなかにある。ブロードウェイとセヴンス・ストリートの交差点のセヴンス側にある。そこには金製品の卸売店がたくさんある。きみとシスコでこの金塊をそこに運んで、現金化してくれ——つまり、もし本物の金だとしたら。金ができて、信用口座に入れたらすぐおれに携帯メールで知らせてほしい。ラコースに領収書を渡す」

ローナはシスコを見て、うなずいた。「このミーティングが終わったらすぐ出かけるわ」

「オーケイ。ほかになにかあるか？　グロリア・デイトンのファイルを持ってきてくれたのか？」

「ファイルは何冊もある」そう言って、ローナは床に手を伸ばし、厚さ二十センチ以上ある事件ファイルの束を拾い上げた。

ローナはその束をテーブルの上でわたしに向かって押しだしたが、わたしはすぐにそれをジェニファーのいるほうに向けた。

「ブロックス、このファイルはきみの担当だ」

ジェニファーは眉間に皺を寄せたものの、ファイルを受け取ろうとおとなしく手を伸ばした。黒髪をひっつめてポニーテールにしており、仕事一筋の装いだった。彼女の真剣な顔つきから、殺人事件になんらかの形で加わるなら、どんなことでも引き受けるだろう、とわかった。また、その場合、献身的な仕事をすることも期待できる、とわかった。

「このなかでなにを探せばいいんですか？」ジェニファーは訊いた。

「まだわからない。そのファイルをべつの人間の目で見てほしいだけだ。各事件とグロリア・デイトンについてきみによく知ってもらいたい。そこにある彼女について知るべきあらゆることを知ってもらいたい。その事件以降のグロリアの経歴についてはシスコが調べているところだ」

「了解です」

「同時にべつのこともしてもらいたい」

ジェニファーは自分のまえでノートをひらいた。

「どうぞ」

「そこの一番新しいファイルのどこかに、まえの調査員ラウル・レヴィンが残したメモが見つかるはずだ。そこには、ある麻薬密売人のことと、その男のいたホテルの場所が記されている。男の名前は、ヘクター・アランデ・モイアだ。メキシコの凶悪麻薬組織、シナロア・カルテルの一員で、連邦政府がやつを挙げたがっていた。そいつに関する情報をできるだけ引っ張りだしてもらいたい。おれの記憶では、やつは終身刑を受けたはずだ。いまやつがどこにいて、どういう動静になっているのか突き止めてくれ」

ジェニファーはうなずいたが、その仕事をする理由がわかりません、と言った。

「その麻薬密売人を調べるのは、なぜですか？」

「グロリアは取引をするため、そいつを売り渡したんだ。そいつは手ひどい目に遭ったから、われわれはどこかの時点で異説を唱えることになるかもしれない」

「なるほど。論点すり替え弁護《ストローマン》ですね」

「見つかるものを探してくれ」

「ラウル・レヴィンは、まだどこかで調査員をしているんですか？　彼に当たって、ヘクターに関して覚えていることを確かめることからはじめるべきかもしれません」

「いい考えだが、もう調査員はしていない。死んだんだ」

ジェニファーがローナのほうをちらっと見て、ローナは目でその話題に触れるなと警告するのをわたしは見た。

「話せば長くなる。その件はいつか話そう」

重苦しい瞬間が過ぎた。

「わかりました、じゃあ、自分でなにが見つかるか調べてみます」そうジェニファーは言った。

わたしはシスコに関心を向けた。

「シスコ、なにか摑めたか？」

「いまのところ、二、三つかんだ。まず第一に、あんたが最後にグロリアの事件を扱ってからの彼女の動向を調べるように言ったよな。おれはそれをした。通常のあらゆるチャンネルを使って調べた。デジタルのチャンネルと人間のチャンネルの両方で。彼女は最後の事件以降、網からすっかり姿を消している。ハワイへ引っ越したという話だったが、もしそうだとしたら、彼女はハワイ州発行の運転免許を取得していないし、水道光熱費を払っていないし、ケーブルTVを繫げていないし、ハワイのどの島でも不動産を取得していない」

「友人といっしょに暮らすつもりだと言っていた」わたしは言った。「彼女の世話をするつもりでいるだれかと」

シスコは肩をすくめた。

「その可能性はあるが、たいていの人間は、少なくともなんらかの痕跡を残す。おれにはなにも見つけられなかった。一番可能性がありそうなのは、その時点で彼女は自分を作り変えはじめたということだ。ほら、新しい名前やIDなどそういったものを」

「ジゼル・デリンジャー」

「その可能性はある。あるいは、その名にしたのはもっとあとだったかもしれない。そういうことをする人間は、通常、ひとつのＩＤに固執しない。周期的に変えるんだ。だれかが近づいてきたかもしれないと思ったり、変える頃合いだと思ったりすると、その過程をまた繰り返す」

「ああ、だけど、証人保護プログラムの適用を受けていたんじゃない。彼女はたんに新しいスタートを切りたがっていた。そんなことをするのは極端すぎる」

ジェニファーがその堂々巡りの議論に割りこんできた。

「どうなんでしょう、もしわたしが自分の名前で逮捕歴があり、どこかでやり直したくなったら、名前を消すと思います。きょうび、あらゆることがデジタルになっており、その多くが公の情報です。たぶん彼女がもっとも嫌がっていたのは、ハワイでだれかがそうした情報をほじくりだすことだったんじゃないですか」

ジェニファーは目のまえのファイルの束を軽く叩いた。一理ある意見だった。

「わかった」わたしは言った。「ジゼル・デリンジャーはどうだ？　彼女はいつ姿を現した？」

「確かなことはわかっていない」シスコが答える。「ジゼルの現在の運転免許証は、二年まえにネヴァダ州で発行されている。こっちに引っ越してからも変更していない。ジゼルは、十六ヵ月まえにフランクリン・アヴェニューの部屋を賃借した際、ラスヴェガスで四年間賃借をしていた記録を提出している。ヴェガスまで遡って調べる時間はなかったが、すぐに情報を手に入れるつもりだ」

わたしはブリーフケースから法律用箋を取りだし、次に話をする際にアンドレ・ラコースに訊ねる必要がある質問をいくつか書きつけた。

「オーケイ、ほかになにかあるか?」わたしは訊いた。「きのう、ビバリー・ウィルシャー・ホテルにいってくれたか?」

「いった。だが、その話にいくまえに、フランクリン・アヴェニューの部屋について話させてくれ」

わたしはうなずいた。シスコの報告なのだ。彼が望むやり方でおこなえばいい。

「火事から話そう。月曜日の午前零時五十一分に通報があった。ジゼル・デリンジャーの部屋の外にある煙検知器が作動し、住民が廊下に出たところ、被害者の部屋のドアから煙がこぼれ出ていた。その火事で——遺体のありかだった——リビングが丸焼けになり、キッチンとふたつある寝室にも大きな被害があった。室内の煙検知器は、どうやら作動しなかったらしく、その理由は調査中だ」

「スプリンクラーはどうだったんだ?」

「スプリンクラーは設置されていなかった。古い建物であり、スプリンクラーの設置義務は適用除外になっている。さて、消防署で入手できた情報によると、今回の死亡事件に関して二種類の調査がおこなわれている」

「二種類?」わたしが訊いた。

これはわたしが利用できるものになりそうに聞こえた。

「そのとおり。当初、警察の捜査員と消防署の調査員は両方とも事故として認めていた。被害者はタバコを吸いながらカウチで寝てしまったのだ、と。燃焼促進物は彼女が着ていたポリウレタン製のブラウスだ。彼らの気持ちを変えたのは、検屍官の初期調査だった。残存物が現場で袋詰めされ、タグを付けられて、検屍局に運ばれた」

シスコは自分のメモを見た。大きな左手に持たれているとちっぽけなものに見えるポケット手帳に書き殴られたメモだ。

「セレスト・フレージャーという名の検屍官補が、予備検屍をおこない、二ヵ所で舌骨が折れているという判断を下した。それで事態が急速に変わった」

ローナを見たところ、彼女は舌骨がなにか知らないのだとわかった。

「気管を守るための馬蹄形をした小さな骨のことだ」

わたしははっきりわからせるため、首のまえの部分に触れた。

「もしそれが折れていたら、首の前面に外傷があったことを意味する。彼女は首を絞められ、窒息したんだ」

ローナはうなずいて礼を示し、わたしはシスコに先をつづけるよう促した。

「そして彼らは放火事件調査員と殺人事件捜査員を伴って現場に戻り、その結果、全面的な殺人事件捜査がおこなわれているところだ。連中は共同住宅内の聞きとり調査をした。おれは連中が話を聞いた住民の多くと話をした。日曜日の夜十一時ごろ、彼女の部屋から言い争いの声が聞こえたと言う住民が何人かいた。声を張り上げていたそうだ。男と女が金のことで言い争っていた」

シスコは名前を読み取ろうと、もう一度手帳を確認した。

「被害者の住戸と廊下をはさんで真向かいに住んでいるミセス・アナベス・スティーヴンズなる女性がいて、口論のあと、男が出ていくのを覗き穴から見ていたそうだ。その時間は十一時半から午前零時のあいだだったと言う。ニュースが終わって午前零時にベッドに向かったから時間を覚えているそうだ。のちに、警官が六枚組み写真を見せたとき、彼女は出ていったのがアンドレ・ラコースだったと指摘した」

「そのミセス・スティーヴンズがそう言ったのか?」

「そう言った」

「彼女が同定した人間のため、おまえが働いているのを彼女は知っていたのか？」

「向かいの部屋の死亡事件を調べているとミセス・スティーヴンズに言ったところ、彼女は進んで話してくれた。それ以上、自分のことは明かさなかった。なぜなら彼女がそれ以上なにも訊かなかったからだ」

わたしはシスコにうなずいた。ゲームのこんな初期段階で検察側の重要証人から証言をみごとに手に入れたのは、いい仕事だった。

「ミセス・スティーヴンズは何歳だ？」

「六十代なかばだ。しょっちゅう覗き穴のところに陣取っていると思う。どの建物にも、そんな詮索好きがいるものだ」

ジェニファーが口をはさんだ。

「もし午前零時まえにラコースが立ち去ったとその女性が言っているのなら、廊下の煙検知器が五十分以上も鳴らなかったことを警察はどう説明しているんですか？」

シスコがまた肩をすくめた。

「説明がつく可能性としていくつか考えられる。ひとつは、煙がドアの下から外に流れ出るのにしばらく時間がかかったというものだ。そのあいだずっと室内で火が燃えていたかもしれない。あるいは、ふたつめ、ラコースは、外に出て、嫌疑を免れるための時間を稼ぐなんらかの遅延装置を駆使して火をつけたというものだ。さらに三つ目の説明として、いまの一番目と二番目を組み合わせたものがある」

シスコはポケットに手を伸ばし、紙巻きタバコのパックとマッチを取りだした。パックから一本のタバコを振りだし、それを折り畳み式ブックマッチのなかに入れた。

「本にある最古の仕掛けだ」シスコは言った。「タバコに火をつけると、ゆっくり燃えて、やがて火はマッチにたどり着く。マッチに火がついて、燃焼促進物に点火する。利用するタバコによって、三分からうまくいけば十分の時間が稼げる」

わたしはシスコにというより自分にうなずいた。わが依頼人に対する検察の立証がなんとなくわかりはじめ、こちらの戦略と手はずをすでに捻りだしはじめていた。シスコが先をつづけた。

「大半の州では、法律によって、その州内で売られるどんな銘柄のタバコも、放置されたタバコの燃焼レートが三分でなければならないと決まっているって知ってたか？だからこそ、大半の放火犯が外国タバコを使うんだ」

「そいつはすごい情報だな」わたしは言った。「この事件に戻ってくれるか？　その共同住宅からほかになにか掴んだ情報はあるか？」

「現時点では、ここまでだ」シスコは言った。「だけど、あそこに戻る気だ。おれがノックしたときおおぜいの住民が不在だった」

「それは住民が穴から覗いていて、おまえを見て震え上がったからさ」

わたしは冗談でそう言ったつもりだったが、的を射ていないわけではなかった。シスコはハーレーダビッドソンに乗っており、それに合わせた服装をしている。いつもの恰好は、黒いジーンズとブーツ、ピチピチの黒いTシャツに革のベストを羽織っているというものだった。威圧的な体躯と服装、そして射貫くような黒い瞳を覗き穴から見たなら、応対に出ない人間がいても不思議ではない。それどころか、シスコが目撃者の協力があったことを報告したとき、わたしはむしろ驚いた。それだからこそ、そのような協力が全面的に自発的なものであるようわたしは細心の注意を払った。なによりも望まないのは、証人が証人席でわたしに向かって狙いとは逆の証言をすることだ。わたしは証人全員をみずから詳しく調べるようにしていた。

「あのな、ときどきはネクタイを締めたほうがいいかもしれないぞ」わたしは付け加えた。「ほら、おれはクリップ留め式のネクタイをコレクションしている」

「ごめんだね」シスコはにべもなく言った。「ホテルの話に進むか、それともおれを攻撃しつづけたいのか？」

「気を楽にしてくれ、デカ物、ちょっとからかっただけさ。ホテルのことを話してくれ。忙しい夜だったな」

「遅くまで働いていたんだ。とにかく、ホテルでは、こいつがうまく手に入った」

シスコはノートパソコンをひらき、しゃべりながらコマンドを入力した。大きな指がキーボードを叩く。

「ネクタイを締めずとも、ビバリー・ウィルシャー・ホテルの警備スタッフの協力を得ることができた。連中は――」

「わかった、わかった」わたしは言った。「もうネクタイの話し合いはなしだ」

「よかった」

「つづけてくれ。連中はあそこでおまえになにを話したんだ？」

6

ホテルで聞いた話は重要ではない、とシスコは言った。見せてもらったものが重要だ、と。

「ホテルの共用空間の大半は、二十四時間監視カメラで見張られている」シスコは言った。「そのため、われわれの事件の被害者が日曜日の夜にホテルを訪れた様子がほぼすべてデジタル・データで残っていた。おれが払えるくらいのわずかの料金でデータのコピーをしてもらえた」

「経費は問題ない」わたしは言った。

シスコはほかの全員が画面を見られるようにテーブルの上でノートパソコンをぐるっとまわした。

「コンピュータの基本的な編集プログラムを使って、さまざまな角度から撮影された画像をひとまとめにしてリアルタイムで見られるようにした。彼女があのホテルにいたあいだ、その行動をすべて追えるようになっている」

「じゃあ、再生してくれ、スコセッシ監督」

シスコは再生ボタンを押し、われわれは見はじめた。再生はモノクロ画面で音声はなかった。粒子が粗かったが、顔がぼやけたり、識別不能になるほどではなかった。ホテルのロビーの天井カメラが撮影した映像からはじまった。画面上に表示されているタイムスタンプは、午後九時四十四分だった。ロビーはレイト・チェックイン客やほかの人々が出入りしてごった返していたが、グロリア／ジゼルは容易に見つけ出せた。ロビーをゆっくりと抜けて、エレベーター・ホールに向かっていた。膝丈の黒いワンピースを着ており、ひどくきわどいほどではなく、とてもくつろいで、気楽なように見えた。高級デパート、サックス・フィフス・アヴェニューの買い物袋を持っており、その場にふさわしい人間を装っていた。

「あれってその手の女性？」ジェニファーは円形のソファーに腰掛け、やたらと脚をむきだしにしている女性を指さした。

「露骨すぎるな」わたしは言った。「その手の女性だ」

わたしは画面の右側を指し示し、グロリアの動きを追った。彼女はエレベーター・ホールの入り口に立っている警備員にほほ笑みかけると、躊躇せずに警備員のまえを通り過ぎた。

まもなくカメラの角度が変わり、われわれはエレベーター・ホールの天井から見下ろす映像を見ていた。グロリアはエレベーターを待ちながら、携帯でメールをチェックしていた。すぐにエレベーターが到着し、グロリアは乗りこんだ。

次のカメラの角度は、エレベーターの籠のなかからだった。グロリアは籠に乗り、八階のボタンを押した。エレベーターが上昇するにつれ、彼女はバッグを持ち上げて、なかを覗きこんだ。われわれが見ている映像からは、バッグの中身はわからなかった。

八階に到着すると、グロリアはエレベーターを降り、画面は黒くなった。

「ここで、画面は暗くなる」シスコが言った。「客室フロアにはカメラが設置されていない」

「なぜだ？」わたしは訊いた。

「プライバシーの問題だ、という話だ。だれがどの部屋に入ったかを記録するのは、価値よりもトラブルのほうが大きくなりうる。離婚訴訟や召喚状送達やその手のことが関わってくると」

わたしはうなずいた。その説明は妥当に思えた。

画面がまた蘇り、グロリアがエレベーターを降りるところを映していた。タイムスタンプを見て、五分経過していることにわたしは留意した。つまり、ある程度の時間、グロリアは八三七号室のドアをノックしてから、部屋の外の廊下で待っていたようだ。

「八階に館内電話はあるのか?」わたしは訊いた。「グロリアはずっとドアをノックしつづけたのか、それともフロントに電話して部屋のことについて訊ねたのか?」

「館内電話はない」シスコは言った。「じっと見てろ」

ふたたび一階に戻り、グロリアはエレベーターを降りて、壁沿いに置かれたテーブルに載っている館内電話に向かった。電話をかけ、すぐにだれかと話していた。

「ここでグロリアは部屋と繋ぐよう頼んでいる」シスコは言った。「彼女はオペレーターに、ダニエル・プライスの名前で登録されている宿泊客はおらず、八三七号室にはだれもいない、と言われた」

グロリアは館内電話を切った。彼女の仕草から、苛立ち、困っているのが見て取れた。ホテルまで出張ってきたのが無駄になったのだ。ロビーを戻りはじめた。到着したときよりも足早につかつかと歩いていた。

「さて、これを見てくれ」シスコは言った。

グロリアがロビーを半分横切ったところ、彼女の背後、十メートルほどのところでひとりの男が画面に入ってきた。男はフェルト製中折れ帽《フェドーラ》を被っていて、うつむき、携帯電話の画面を見ていた。男もホテルのメイン・ドアに向かっている様子では、帽子とうつむいていることで顔の特徴がわからないことをべつにして、男に怪しいところはなにもなかった。

グロリアがいきなり方向を変え、フロント・デスクに向かった。それによって、彼女のうしろにいた男もぎこちなく方向を変えた。男は体をひねり、円形ソファーのほうにいって、腰を下ろした。

「この男は彼女を尾行しているの？」ローナが訊いた。

「その判断はちょっと待ってくれ」シスコが言った。

画面上で、グロリアはフロント・デスクに向かい、目のまえにいた客が対応されているのを待ってから、フロント職員に質問をした。職員はキーボードになにごとか入力し、画面を見てから、首を横に振った。当ホテルにダニエル・プライスという名で登録されている宿泊客はおりませんと答えているようだ。その間ずっと帽子を被った男はうつむいて座り、帽子の縁で顔を隠していた。携帯電話を見ていたが、それを使ってなにかの操作をしているわけではなかった。

「この男は入力すらしていない」ジェニファーが言った。「ただ自分の携帯をじっと見ているだけ」

「グロリアを見ているんだ」わたしは言った。「携帯電話ではなく」

帽子のせいで確実なことはわかりようがなかったが、グロリアに追跡者がいるのは明白なようだった。フロント・デスクでの用事が済むと、グロリアは向きを変え、ふたたびロビーの出口のドアに向かった。ハンドバッグから携帯電話を取りだし、短縮ダイヤルを押す。ドアにたどり着くまえに彼女は携帯電話に早口でなにか言うと、電話をバッグに放りこんだ。そしてホテルを出ていった。

グロリアが立ち去るまえに帽子の男が立ち上がり、彼女のあとからロビーを横切った。グロリアがドアを通り抜けると、男は歩調を速めた。その動きが、グロリアの予想外のフロント・デスクへの方向転換が尾行を明らかにしたのを裏付けているようだった。

帽子の男がロビーを出ていったあと、カメラのアングルは、表の路肩に飛んだ。そこのヴァレーパーキング場所ではわたしが乗っているのと似ている黒いタウンカーがグロリアのまえに停まっていた。グロリアは後部座席のドアをあけ、サックス・フィフス・アヴェニューの買い物袋を放りこむと、なかに乗りこんだ。車は発進し、フレームから消えた。帽子の男はヴァレー・レーンを横断し、おなじように画面から消えた。一度も頭を上げることなく、鼻すら見えなかった。

再生は終了し、だれもがしばらくのあいだ、それぞれの頭のなかでいまの映像を振り返っていて、黙っていた。

「で？」ようやくシスコが訊いた。

「で、彼女は尾行されていた」わたしは言った。「あの男についておまえはホテルで訊いたと思うんだが」

「訊いた。やつはホテルに雇われているんじゃない。あの夜は覆面警備員をだれも働かせていなかった。あの男は——何者であれ——外部の人間だ」

わたしはうなずき、いま目にしたものについてさらに考えを巡らせた。

「グロリアを追って、ホテルに入ってきたのではなかった」わたしは言った。「ということは、すでにホテルのなかにいたんだな？」

「この男についても映像処理をしている」シスコは言った。

シスコはコンピュータを自分のほうに向け、さらにコマンドを入力し、二番目のビデオを呼びだした。画面をわれわれに向け、再生ボタンを押した。シスコがナレーションを加えた。

「さて、この画面で、やつは九時三十分にロビーに腰を下ろしている。グロリアよりまえにホテルにきていたんだ。グロリアが到着するまで、あんなふうになかにいた。

おれは両者の動きを隣り合わせに並べた形で映像処理した」

シスコはコンピュータをふたたび自分のほうに勢いよく向け、隣り合わせに映像を設定してから、われわれに向けた。別々のカメラで撮影された映像がタイムスタンプに従って同期されており、われわれは、グロリアがロビーを横切り、帽子の男が彼女の様子を追うのを見ることができた。ロビーの奥にグロリアが向かうのにつれ、男の帽子が回転した。そののち、グロリアが八階から戻ってくるのを男は待ち、彼女を追って出ていった。突然グロリアがフロント・デスクに途中立ち寄ったあとで。

ショーは終わり、シスコはコンピュータを閉じた。

「オーケイ、では、あの男は何者だ？」わたしは訊いた。

シスコは両手を広げた。手と手のあいだは、二メートルほどもあった。

「やつはホテルに雇われた人間ではないとしか言えない」

わたしは立ち上がり、テーブルのうしろで行きつ戻りつをはじめた。高揚感を覚えていた。帽子の男は、謎だ。謎はつねに弁護側に役立つ。謎は疑問符であり、それは合理的疑いに繋がる。

「警察があのホテルにもういったかどうか、知ってるかい？」わたしは訊いた。

「昨晩時点では、いってない」シスコが答える。「警察はすでに送検している。殺害されるまえの数時間にグロリアがなにをしていたのか、おそらく警察は気にしていないだろう」

　わたしは首を横に振った。州政府を過小評価するのは愚かだった。

「心配するな、警察は気にするよ」

「彼がグロリアのために働いていた可能性があるのでは？」ジェニファーが訊いた。

「ほら、彼女の護衛かなにかをしていたのでは？」

　わたしはうなずいた。

「いい疑問だ。冒頭手続きのあとで、依頼人に会ったとき訊いてみる。それからグロリアを乗せていったタウンカーについても訊く。いつも利用している運転手がいたのかどうか。だが、これには……この映像には、どこかおかしなところがある。こいつがグロリアのために働いていたようには思えない。監視カメラがあることを知っていて、帽子を被り、うつむいていたようだ。監視カメラに写りたくなかったんだ」

「しかも、やつはグロリアがホテルに到着するまえからいた」シスコが付け足す。

「やつはグロリアを待ち受けていたんだ」

「男は彼女が上の階にいき、すぐに戻ってくるのを知っているかのようにふるまっていた」ローナがつづいた。「上のその部屋にはだれもいないことを知っていたんだ」

わたしはうろうろするのをやめ、シスコの蓋を閉ざしたノートパソコンを指差した。

「やつがあの男だったにちがいない」わたしは言った。「やつがダニエル・プライスだ。われわれはやつが何者なのか突き止めなければ」

「あの、ちょっと差し出口をしていいですか？」ジェニファーが訊いた。

わたしはうなずき、彼女に発言を認めた。

「帽子の謎の男にみんな熱くなって、手を煩わせるまえに、彼が被害者を尾行していようとしていまいと、そのあとで依頼人が、被害者のマンションの部屋にいて、被害者と言い争い、喉に手をかけたと警察に認めたことをわたしたちは思いだすべきではないですか。依頼人が被害者の部屋に入るまえになにがあったのか心配するよりも、実際に被害者の部屋にいたときにラコースがなにをし、あるいはなにをしなかったかについて心配すべきじゃないでしょうか？」

「確かにそれはきわめて重要だ」わたしはすぐさま答えた。「だけど、あらゆることを詳しく吟味する必要もある。われわれはこの男を見つけ、なにをしていたのか知らねばならない。シスコ、調査を少し広げられるだろうか？　あのホテルはロデオ・ドライヴの端にある。そこにはたくさん監視カメラがあるはずだ。ひょっとしたら、あの男が自分の車に乗るところまで追って、ナンバープレートを読み取れるかもしれない。やつの足取りがすっかり失われたわけではない」

シスコはうなずいた。

「調べてみる」

わたしは腕時計を確認した。ダウンタウンに向かい、罪状認否法廷に出なければならなかった。

「オーケイ、ほかになにかあるか？」

だれもなにも言わなかったが、ローナがおずおずと手を挙げた。

「ローナ、なんだ？」

「念のため。きょう午後二時にあなたは第三十号法廷でラムジーの件の正式事実審理前協議がある」

わたしはうめいた。わたしのもうひとりのスター依頼人、ディアドレ・ラムジーは、近年、わたしが担当した事件のなかで、いや、あらゆる弁護士が担当したなかでもっとも奇怪な事件で、さまざまな犯罪の幇助《ほうじょ》および教唆の容疑をかけられていた。

彼女は、まず、まえの年、コンビニ強盗中に起こった恐るべき暴行の、名前を明らかにされていない被害者としておおやけの関心を集めた。初期の報道では、この二十六歳の女性は、ふたりの武装した覆面強盗がコンビニに押し入ったとき、店内にいた四人の客とふたりの従業員のひとりだった。客と従業員は、奥の倉庫に押しこまれ、閉じこめられた。その間、銃を持ったふたりの男は、バールで店の現金保管庫をこじ開けようとした。

だが、強盗たちは倉庫に戻ってきて、捕虜たち全員に財布と貴金属を寄越し、服を全部脱げと命じた。強盗のひとりがほかの捕虜たちを見張っているあいだ、もうひとりの男が全員のまえでラムジーをレイプした。そののち、強盗たちは店から逃げ、合計二百八十ドルとキャンディの箱二箱、それに被害者たちの所持品を持っていった。何ヵ月もその犯行は未解決のままだった。市議会は、容疑者逮捕に繋がる情報に対して二万五千ドルの報奨金を提示し、ラムジーは、顧客に充分な保護を提供しなかったと主張して、コンビニ店を所有する企業に過失の罪での訴訟を起こした。ラムジーが陪審のまえでみずからのつらい体験を証言するところは一番見たくないとわかっていたので、ダラスにある企業の取締役会は、示談することを投票で決め、ラムジーに迷惑料として二十五万ドルを支払った。

金は人間関係の大きな破壊者である。ラムジーが示談金とともに歩み去った二週間後、この事件の捜査員は、ひとりの女性から、市議会の報奨金はまだ有効なのかという問い合わせの電話を受けた。まだ有効だと伝えると、その女性は驚くべき話をした。二十五万ドルの示談が強盗事件の真の目的であり、レイプ犯／強盗は、実際にはラムジーの恋人、タリク・アンダーウッドなのだ、と彼女は言った。レイプは、その密告者によれば、入念かつ合意の上ででっち上げであり、ラムジー自身が企んだ金持ちになるための計画だという。

あとでわかったのだが、通報者は、ラムジーの元の親友だった――つまり、ラムジーに与えられた富から不公平にも置き去りにされた、と感じるまでは。その結果、裁判所命令による盗聴がおこなわれ、すぐにラムジーと彼女の恋人と、強盗の相棒が逮捕された。公選弁護人事務所がアンダーウッドの弁護を引き受け、それによりラムジーの弁護とは利益相反が起こるため、彼女のファイルはわたしのところに落ち着いた。弁護費用が少なく、勝つ見こみの薄い案件だったが、ラムジーは有罪を認めるのを拒んだ。彼女は裁判を希望した。わたしには選択の余地がなく、彼女の希望を呑むしかなかった。綺麗な終わり方にはならないだろう。

協議のことを思いださせられて、きょうの勢いを生みだすはずの、わたしのエンジンブロックに穴があいた。わたしのうめきはローナに気づかれずにはすまなかった。

「延期の手配をあたしにさせたい？」ローナが提案した。

わたしはその提案を検討した。そうさせたくなった。

「わたしが引き受けましょうか？」ジェニファーが提案した。

もちろん、ジェニファーは引き受けたいだろう。彼女はわたしが渡すどんな刑事事件でも引き受ける。

「いや、その訴訟は負け戦だ」わたしは言った。「きみにやらせるわけにはいかん。ローナ、きみになにができるか調べてくれ。きょうは、できればラコースに取り組みたい」

「あとで連絡する」

全員が最後のドーナッツを手に取るか、戸口に向かうかした。

「オーケイ、じゃあ、みんなそれぞれの仕事が割り当てられ、今回の件でなにをしているのかわかったな」わたしは言った。「連絡を絶やさず、わかったことをおれに知らせてくれ」

わたしはもう一杯コーヒーを飲み、最後に外に出た人間になった。アールが裏の駐車場の車のなかで待っていた。わたしは彼に裁判所にいくためダウンタウンに向かい、フリーウェイは避けるように、と言った。アンドレ・ラコースが判事のまえに引き立てられるまえに話ができるような時間に到着したかった。

7

わたしの依頼人は、冒頭手続きのため、ほかの被勾留者とともに法廷に移動させられ、判事のまえに出るまえにわたしと話す時間が十五分あった。彼は罪状認否法廷のそばにある狭苦しい勾留房におり、わたしはそのなかに入れられたほかの男たちに盗み聞きされないよう、鉄格子に身を寄せ、囁かねばならなかった。

「アンドレ、ここではあまり時間がない」わたしは言った。「あと何分かしたら、きみは判事と会うため、法廷に連れていかれる。手短なものだ。容疑が読み上げられ、罪状認否をするための日付が設定される」

「ぼくは犯行を否認すればいいのか？」

「いや、まだだ。これはたんなる形式にすぎない。きみが逮捕されたあと、きみが判事のまえに立たされてボールが転がりはじめるまで、四十八時間の猶予期間があるんだ。今回の手続きはとても短いものになる」

「保釈はどうなんだ？」

「きみがうちに送ってきた金塊がたくさんあるなかのひとつにすぎないのでないかぎ

り、きみは保釈されない。きみには殺人容疑がかかっている。保釈金の設定はあるが、低く見積もっても二百万ドルになるだろうし、ひょっとしたら二百五十万ドルになるかもしれない。ということは、保釈保証金は二十万ドルになる。それだけの金塊を持っているか？　保釈保証金は返ってこないんだぞ」

ラコースはがっくりして、われわれのあいだを隔てている鉄格子に額を押しつけた。

「こんな場所、耐えられない」

「わかる。だが、いまのところ、きみには選択肢がない」

「べつの居住区に移動させてくれることができると言ってたよな？」

「ああ、できるぞ。きみが希望を言ってくれれば、きみにほかの被勾留者を近寄らせない状態に持っていける」

「そうしてくれ。ぼくはあそこに戻りたくない」

わたしはさらに身を寄せ、さらに声を潜めて言った。

「あそこで昨晩きみの身になにかあったのか？」

「いや、だけど、あそこには獣がいるんだ。ぼくはあそこにいたくない」

たとえ拘置施設のどこに入れられようと、そこを好きにはならないだろう、とわたしは彼に言わなかった。獣はどこにでもいる。

そのかわり、「その話は判事に伝える」と言った。「法廷に入るまえに事件について、ふたつ訊きたいことがあるんだ、いいな？」

「訊いてくれ。金《きん》は受け取ったか？」

「ああ、金を受け取った。要求したより多かったが、すべてはきみの弁護に使う。もし使い切らなかったら、残りはきみに返す。もし望むなら領収書を切ってもいいが、セントラル男性拘置所できみが金を持っていることを示す紙切れを身につけていたくないだろ」

「ああ、そのとおりだ。いまのところは、そっちで持っててくれ」

「わかった。さて、質問だ。きみの知るかぎりで、ジゼルはなんらかの自衛手段を講じていたか？」

ラコースはよくわからないというかのように首を振ったが、答えた。

「防犯ベルは持っていたけど、それを使ったかどうかはわからないし、ぼくは――」

「いや、わたしが言ってるのは、人間だ。呼びだし、あるいはデート、あるいはきみたちがなんと呼んでいるものであれ、それで出かけるときに自分の身を守るためのボディーガードみたいな人間をつけていたのか？」

「ああ、いや。ぼくに話してくれたかぎりでは、そういうのはいなかった。専用の運転手はいて、問題があったら彼に連絡をすることはできたけど、普通は車のなかにとどまっているだけだった」

「次の質問はその運転手についてだ。何者で、わたしが連絡を取るにはどうしたらいい？」

「名前はマックスで、グロリアの友人のひとりだ。昼間はべつの仕事をしており、夜はグロリアの送迎をしていた。彼女は基本的に夜だけ働いていたんだ」

「マックスの姓は？」

「姓は知らない。ぼくはマックスに一度も会ったことがない。グロリアがときどきマックスのことを口にする程度だった。自分の用心棒だと言ってた」

「だが、マックスはグロリアといっしょには建物に入っていかなかった」

「ぼくの知る限りではね」

わたしは依頼人の左肩のうしろにべつの被勾留者がふらふら動いているのに気づいた。われわれの会話を盗み聞きしようとしていた。

「こっちへ移動しよう」わたしは言った。

われわれは鉄格子沿いに勾留房の反対側に移動した。盗み聞き野郎は、あとに残った。

「了解した」わたしは言った。「ジュリア・ロバーツ客がいることを確認しようとしてきみがホテルにかけた電話のことを話してくれ。どういうふうに手続きがおこなわれたんだ？」

わたしは腕時計を確認した。

「急いで説明してくれ」わたしは付け加えた。

「そうだな、その客はウェブサイトを通じて連絡してきた。ぼくが料金などを話した——」

「それは電子メールでか？」

「いや、客が電話してきたんだ。ホテルから。発信者通知で見た」

「わかった、つづけてくれ。客がホテルから電話してきて、それからどうなった？」

「料金を伝えたところ、客は、けっこうだと答えた。それでその夜の八時を訪問時間に取り決めた。客はぼくに部屋番号を伝え、ぼくは確認するため折り返し電話する必要がある、と言った。客は、けっこう、と言ったので、ぼくは電話をかけ直した」

「きみがホテルに電話して、八三七号室に繋いでくれと頼んだんだな？」

「そのとおりだ。電話は繋がり、おなじ相手が出た。彼女は九時三十分にそちらに到着します、とぼくは客に告げた」

「なるほど。その男と以前に交渉したことは一度もないんだな？」

「一度もない」

「どうやってその男は支払いをしたんだ？」

「払わなかった。だから、ぼくはジズと喧嘩になったんだ。あの部屋にはだれもいなかったので、客は金を払っていない、とジズは言った。フロント・デスクの人間に、その人はきょうチェックアウトしたと言われたと彼女は言ったけど、それが嘘っぱちだとぼくにはわかっていた。だって、部屋にいたその男とぼくは話をしたんだから」

「わかった、わかった。だが、支払い方法をその男と話し合ったんだろ？　ほら、現金にするかカードにするか、と」

「ああ、その男は現金で払うつもりだと言った。だからこそ、ぼくがジズの部屋にいき、自分の取り分を徴収しようとしたんだ。もしそいつがクレジットカードで払ったのなら、その取引をぼくが扱い、取り分を取る。現金での支払いになると、ぼくは彼女が全部使ってしまったり、なくしてしまったりするまえに、取り立てにいかなければならない」

ラコースの商習慣が徐々にわたしにもあきらかになってきた。

「では、それがきみのいつものやり方なんだな？」

「ああ」

「決まり切った方法だ」

「ああ、いつもおんなじさ」

「で、その男の声だが、まえに利用した客の声ではないときみは認識したのか？」

「いや、声の区別はつかなかった。相手が、新規の客だと言ったんだ。そのことがなにかと関係しているのか？」

「ひょっとしたらなんでもないかもしれないし、すべてに関係しているかもしれない。ジゼルとの連絡頻度はどんなものだった？」

ラコースは肩をすくめた。

「毎日携帯メールで。連絡の多くは携帯メールでおこなっているけど、急いで返事が欲しいときには、彼女の携帯電話に電話していた。そうだな、週に二度は、電話で話していた」

「で、彼女とはとても頻繁に会っていたんだな？」

「現金払いの客がいた場合、週に一、二度かな。あとから徴収に立ち寄った。ときには、コーヒーや朝食の場で落ち合い、そのとき徴収した」

「で、彼女がきみに金を渡さなかったことは一度もなかったのか？」

「以前に問題になったことがあった」

「どうしてそうなった？」

「ジズにとって金は使うものだということをぼくはいやというほど学んだんだ。ぼくの金をジズに預けておく時間が長ければ長いほど、それが使われてしまう可能性が高くなる。ぼくは徴収するのにけっして長くは待たなかった」

冒頭手続きを終えた被勾留者の列が法廷から帰ってきて、もうひとつの勾留房に戻っていくのをわたしは見た。ラコースはまもなく出ていくはずだ。

「オーケイ、ちょっと待ってくれ」

わたしはしゃがんで、タイル張りの床に置いたブリーフケースをあけた。署名が必要な書類とペンを取りだすと、立ち上がった。

「アンドレ、これは利益相反に関する権利放棄書だ。もしわたしに弁護させたいのなら、きみはこれに署名する必要がある。きみが殺人容疑をかけられている被害者が元はわたしの依頼人だったことをきみが理解している旨、認める書類なんだ。わたしがきみの弁護人を務めているあいだ、その件でわたしに利益相反行為があったときみが将来にわたって主張しないことを認める書類だ。きみはそれでかまわないとたったいま言っている。きみがペンを持っていることを見られないうちに急いで署名してくれ」

　わたしは書類とペンを差しだし、ラコースは署名した。彼は返す際に書類にざっと目を走らせた。

「グロリア・デイトンってだれだ？」

「それがジゼルだ。本名がグロリア・デイトンなんだ」

　わたしは体を半分に折って、書類をブリーフケースに戻した。

「あとふたつ」わたしは体を起こしながら言った。「ジゼルがきみのところにきたとき、彼女の身元を保証したきみの取引相手に連絡を取る、ときのう言ってただろ。もうその連絡はしてくれたか？　わたしはその女性と話をしないといけないんだ」

「ああ、快諾してくれた。電話してくれ。彼女の名前は、ステーシー・キャンベルだ。キャンベル・スープとおなじ名さ」

　ラコースはキャンベルの電話番号をわたしに言い、わたしはそれを自分のてのひらに書きつけた。

「番号を記憶しているのか？　たいていの人はもう電話番号を覚えていないのに。携帯電話の短縮ダイヤルに入れているからという理由で」

「もし全員の電話番号を携帯に入れていたら、警察が全部いま把握していただろうな。ぼくらはしょっちゅう携帯電話や番号を変更するんだ。ぼくはそれを全部覚えることにしている。そうするのが唯一安全な手段なんだ」

わたしはうなずいた。感銘を受けた。

「オーケイ、では、これでいい。判事に会おうじゃないか」

「あとふたつと言ってたよな」

「ああ、そうだ」

わたしは上着のポケットに手を伸ばし、名刺の小さな束を取りだした。それを鉄格子越しにラコースに手渡す。

「これをそこのベンチに置いてくれ」わたしは言った。

「冗談だろ」ラコースは言う。

「いや、だれもがつねにいい弁護を求めているんだ。とりわけ、そこから出て、およそ三百件のほかの事件とともに自分たちの事件を扱う公選弁護人事務所の担当者と会ったときには。ベンチの上に少し広げて置いてくれ。じゃあ、法廷で会おう」

「はいはい」

「それから覚えておけ、自分の弁護士について、なかにいるだれにでも話をしていいが、自分の事件についてはだれにも話しちゃいけない。だれにもだ。さもないと、臀《しり》を嚙まれる羽目になる。かならずそうなる」

「わかった」

「けっこう」

罪状認否法廷は、刑事司法制度が餌の奪い合いになっている場所である。網に捕らえられた者が市場に届けられる場だ。わたしは勾留設備から刑事弁護士や検察官、捜査員、あらゆるサポート・スタッフから成り立っている沼に足を踏み入れた。全員がメアリー・エリザベス・マーサー判事が主催する、振り付けのないダンスを舞っていた。犯罪の訴追を受けた者たちを、彼らに対する容疑を告げるための法廷と、もしまだ自分たちで手配していなかったのなら、選定弁護人の下に、すばやく送り届けることで憲法上保障された権利を行使させるのが彼女の仕事だった。実際には、これは個々の訴追された者が、司法制度のなかを通る、長く、通常は苦難に充ちた旅がはじまるまえに、判事のまえに数分だけ立つということを意味した。

冒頭手続き用の弁護士テーブルは、大きな会議室用テーブルで、一度に多くの弁護士が担当事件の用意をし、依頼人が呼ばれるのに備えて座っていられるようになっていた。それでもさらにおおぜいの弁護士が立っていて、彼らは、判事の法壇の左側にあり、一度に六人ずつ勾留房から連れてこられる被告人を収容する檻のそばに集まっていた。これらの弁護士たちは、容疑の読み上げと、正式に罪状認否をおこなう場である罪状認否手続きの日程を依頼人とともに立って聞く。部外者には――そこには犯罪の訴追を受けた本人と法廷の傍聴席の木製家族席に詰めこまれたその家族も含まれる――経過を追ったり、なにがおこなわれているのか理解するのは難しいだろう。これが稼働中の司法制度であり、それがいま自分たちの人生を奪おうとしているのだということだけしか彼らにはわからない。

わたしは被勾留者呼びだしリストが載っているクリップボードがある廷吏の机に向かった。廷吏はリスト上の最初の三十名の名を横線で消していた。マーサー判事は午前中のシフトを効率的にこなしていた。アンドレ・ラコースの名前が三十八番の隣に書かれているのが見えた。つまり、ラコースの組がくるまえにあと一組の六人組がいるということだ。それによって、腰を下ろし、メッセージの有無を確認するための場所を探す時間ができた。

弁護用テーブルの九脚の椅子にはすべて先客がいた。わたしは法廷の作業エリアと傍聴席を分けている手すりに沿って並べられた椅子の列をざっと見て、一ヵ所空いているところを見つけた。そちらに向かおうとすると、わたしの隣に座ることになる男たちのひとりに見覚えがあった。彼は弁護士ではなかった。彼は警官であり、たまま朝のスタッフ・ミーティングで話題にのぼった、過去に因縁がある相手だった。わたしが隣に腰を下ろすと、先方もこちらに気づき、顔をしかめた。

われわれは判事の関心を惹かないように小声で話した。

「これは、これは、これは、ミッキー・マウスじゃないか、偉大なる法廷の雄弁家にして、クソ野郎どもの弁護者」

わたしはその口撃を無視した。警官からのそういう悪口には慣れていた。

「ランクフォード刑事、ひさしぶりだな」

リー・ランクフォードは、まえのわたしの調査員ラウル・レヴィン殺人事件を捜査したグレンデール市警殺人事件担当刑事のひとりだ。ランクフォードの渋面と侮辱と、おたがいのあいだにいまだに存在しているのが明白な軋轢《あつれき》の理由は、たくさんある。第一に、ランクフォードは、すべての弁護士に生得の嫌悪感を抱いている。次に彼が誤ってわたしをレヴィン殺害の犯人だと嫌疑をかけた際に生じた、多少の摩擦があった。ランクフォードのために事件を解決してやって彼が間違っていたことを最終的にわたしが証明した事実は、当然ながらわれわれの関係を改善する役には立たなかった。

「グレンデールからはるばる遠くにやってきたな」わたしは携帯電話を取りだしながら、会話を試みた。「あんたたちはグレンデール上級裁判所で罪状認否手続きをするんじゃないのか？」

「いつものとおり、ハラー、おまえは時代遅れだ。おれはもうグレンデール市警では働いていない。引退したんだ」

わたしはそれがいいことだと思っているかのようにうなずき、笑みを浮かべた。

「ダークサイドに鞍替えしただなんて言ってくれるなよ。ここの刑事弁護士のために働いているのか？」

ランクフォードは嫌そうな顔をした。

「おまえらみたいなおぞましい連中のために働くはずがない。おれはいまは、地区検事局のために働いているんだ。ところで、大テーブルの席がいまあいたぞ。そっちへいって、自分の同類どもといっしょに座ったらどうだ？」

わたしはほほ笑まざるをえなかった。ランクフォードは、最初に会った七年かそこらまえから変わっていなかった。ある種、この男をからかうのが楽しくなった。

「いや、ここでけっこうだ」

「すてきだな」

「ソーブル刑事はどうしてる？　彼女はまだ市警にいるのか？」

当時のランクフォードのパートナーは、わたしが意思疎通をできていた相手だった。彼女は、ランクフォードのように山ほどの偏見を抱えていなかった。

「彼女はまだあそこにいるし、元気でやってる。ところで、あそこで手錠をはめられてのそのそ歩いている立派な市民たちのどいつが、きょうのおまえの依頼人だ？」

「ああ、おれの依頼人は、次のグループにいる。だけど、彼は真の勝利者だよ。自分のところの女の子を殺した容疑をかけられているポン引きだ。心温まる話さ、ランクフォード」

ランクフォードは椅子をわずかにうしろに押しやった。わたしは自分が彼を驚かせたのを知った。

「まさか」ランクフォードは言った。「ラコースなのか？」

わたしはうなずいた。

「そのとおりだ。あんたの担当している事件なのか？」

せせら笑いがランクフォードの顔に浮かんだ。

「まさしく！　じゃあ、この事件を満喫させてもらうぞ」

地区検事局の調査官は、事件の補助的な任務を果たすため利用されていた。メインの調査は犯行現場から事件を担当している警察の刑事のままだった。だが、事件が訴追され、警察から検事局に移されると、検事局調査官は、裁判の準備に利用されるのだった。彼らの任務は、証人の居場所を突き止め、彼らを出廷させ、弁護側の作戦や、弁護側証人に対応することなどが含まれていた。いわば一段劣る任務の寄せ集めだ。彼らの仕事は、裁判の準備段階で果たしておくべきことをやるための用意をすることだった。

地区検事局調査官の大多数は、元警官だった。その多くがランクフォードのような引退した警官だ。彼らはふたつの柄杓《ひしゃく》を持つ者だった。警察から年金を、地区検事局から給料の支払い小切手を受け取っていた。手に入るなら、うまい仕事だ。異例なこととしてわたしに衝撃をもたらしたのは、ランクフォードがすでにラコース事件の担当に任じられていたことだった。被告はまだ冒頭手続きすら終えていないのに、ランクフォードが事件を担当し、法廷にきていた。

「わけがわからないんだが」わたしは言った。「ラコースはきのう送検されたばかりなのに、あんたはもう担当になったのか？」

「おれは殺人課に所属している。ローテーションで事件を割り当てられているんだ。

この事件はおれの担当で、おれは被告を見たかっただけだ。自分がなにに取り組むことになるのか見ようとしてな。それに担当弁護士がだれかわかったからには、だれを相手にすることになるのかはっきりわかった」

ランクフォードは立ち上がり、体をひねって、わたしを見下ろした。腰に留められているバッジと、裾を折り返したズボンの下に履いている黒い革のブーツにわたしは気づいた。洒落た恰好ではなかったが、それを伝えて彼の怒りを買おうとはたぶんだれも望まないだろう。

「こいつは面白いことになる」ランクフォードはそう言うと、離れていった。

「彼が出てくるのを待たないのか？」

ランクフォードは答えなかった。ゲートを通ると、法廷の後ろの扉に向かって、中央通路を歩いていった。

ランクフォードが出ていくのを見送ったあと、わたしはしばらくじっと座ったまま、いまの遠回しの脅しと、わたしを忌み嫌っている調査官が本件の検察側で働くということを考慮に入れねばならないことについて考えを巡らせた。

いいスタートではなかった。

携帯電話が手のなかで振動し、わたしは携帯メールをチェックした。ローナから届いた携帯メールで、ランクフォードのエピソードを相殺するちょっとした朗報だった。

金塊は本物だった！　五万二千ドル以上を第三者預託口座に入れたわ。

われわれは仕事を得た。たとえなにがあろうと、少なくともわたしに報酬が支払われる。ランクフォードのことを忘れはじめた。すると、そこへひとつの影がわたしにかかり、顔を起こすと、勾留担当の保安官補のひとりが、目のまえに立ちはだかっているのが見えた。

「あんたがハラーだな？」

「ああ、わたしだ。いったい――」

彼はわたしに名刺の束を降らせた。わたし自身の名刺だ。ラコースに渡したものだ。

「もう一度あんな馬鹿げたことをやってみろ。二度とくそったれ依頼人に会わせないからな。少なくともおれの監視当番のあいだは」

顔が赤くなるのがわかった。何人もの弁護士がわれわれを見ていた。唯一、救われたのは、ランクフォードがこのショーを見逃したことだった。

「わかったか？」保安官補が訊いた。

「ああ、わかった」わたしは答えた。

「けっこう」

保安官補は立ち去り、わたしは名刺を拾い集めはじめた。ショーが終わり、ほかの弁護士たちはこちらを見るのをやめ、それぞれの仕事に戻っていった。

8

今回、裁判所を出ると、路肩に停まっているリンカーンは一台だけだった。ほかのリンカーンは全部昼食に出かけていた。わたしは後部座席に飛び乗ると、アールにハリウッドに向かうよう伝えた。ステーシー・キャンベルがどこに住んでいるのか知らなかったが、ダウンタウンではないだろうと推測した。携帯を取りだし、手に書いた番号を見て、それを入力した。キャンベルはすぐに電話に出た。柔らかくセクシーなこなれた声で、娼婦の声に必要だろうと思うものが全部備わっていた。

「ハロー、こちらは夢見る《スターリー＝アイド》・ステーシーよ」

「えーっと、ステーシー・キャンベルさん？」

柔らかさとセクシーさが声から消え、ずっと険しい口調に変わった。そこにくわえタバコの彩りも添えられていた。

「だれなの？」

「わたしの名前はマイクル・ハラーです。アンドレ・ラコースの弁護士です。彼が言うには、あなたと話をし、あなたはジゼル・デリンジャーの件でわたしと話をするのに同意したということでした」

「あのさ、あたしは法廷に引っ張りだされたくないの」

「それはわたしの意図するところではありません。ジゼルを知っていて、彼女について聞かせてくれる人と話したいだけです」

沈黙が下りた。

「ミズ・キャンベル、あなたの家に訪ねていける機会か、あるいはどこかでお目にかかる機会は得られるでしょうか？」

「どこかで会いましょう。だれもここにはきてほしくない」

「けっこうです。いまから都合はつきますか？」

「着替えをして、髪をセットする必要があるの」

「何時にどこで？」

さらなる沈黙が下りた。わたしに会うため髪をセットするには及ばないと言おうとしたところ、彼女のほうが口をひらいた。

「トーストはどう？」

正午を十分過ぎていたが、彼女のような職業の女性は、ちょうど起きたばかりかもしれない、とわたしは理解した。

「あー、そうですね、それでいいと思います。朝食を取れるような店をいまから考えてみます」

「はあ？　いいえ、あたしが言ってる〈トースト〉というのは、店の名前。クレセント・ハイツに近いサード・ストリートにあるカフェのこと」

「ああ、わかりました。そこで会いましょう。一時ごろではどうです？」

「じゃあ、そこで」

「席を押さえて、待ってます」

わたしは通話を終えると、アールに行き先を伝えてから、ローナに電話し、二時の正式事実審理前協議を延期してもらえるかどうか確かめてくれ、と言った。

「絶対にダメ」ローナは言った。「判事はこの件を予定表から消したがっている、とパトリシアは言ってた。もう遅らせられないわ、ミッキー。判事はあなたを二時に判事室にこさせたがっている」

パトリシアというのは、コンパニオーニ判事の書記官だった。彼女が実際に法廷と予定表を管理しており、判事が事件を進めたがっているとパトリシアが言うときには、実際には彼女が事件を進めたがっているという意味だった。パトリシアはわたしが申し出る度重なる延期にうんざりしていた。その間、わたしは、地区検事局が提示している取引の条件を呑むよう、依頼人を説得しようとしていた。

わたしは一瞬考えた。たとえステーシー・キャンベルが時間どおりに姿を現したとしても——期待できないとわかっていた——彼女の口から必要なものを入手して、二時までにダウンタウンにある裁判所に戻るのは、おそらく無理だろう。〈トースト〉での待ち合わせをキャンセルできたが、わたしはそうしたくなかった。グロリア・デイトンに関わる謎や動機にわたしは現時点でとりこになっていた。彼女のごまかしの背後に潜む秘密を知りたかった。べつの事件を扱うため方向転換するのは、起こりようがない事態だった。

「わかった、ブロックスに連絡して、その件をおれの代わりに引き受けるつもりがあるかどうか確かめる」

「どうして？　あなたはまだ冒頭手続き法廷にいるんでしょ？」

「いや、デイトン事件でウェスト・ハリウッドに向かっている」

「つまりラコース事件のことを言ってる？」

「そうだ」

「そしてウェスト・ハリウッドは待てないのね？」

「ああ、待てないんだ、ローナ」

「彼女はまだあなたの心を摑んでいるのね？　死んだいまも」

「おれはなにがあったのか知りたいだけだ。いまは、ブロックスに電話しないと。あとで話をしよう」

仕事に感情を絡ませていることでお小言をくらうまえにわたしは電話を切った。ローナは、グロリアとわたしの関係について昔からずっと苦言を呈しており、セックスとはなんの関係もないことを理解してくれなかった。どういうわけか、世界の見方を共有しているだれかを見つけたという話なのだ。あるいは、少なくとも見つけたと思った。

ジェニファー・アーロンスンに電話すると、彼女はサウスウェスタン・アヴェニューにある法律図書館にいて、わたしがけさ渡したグロリア・デイトンのファイルを調べていた。

「個々の事件に目を通し、あらゆる事柄に精通しようとしています」ジェニファーは言った。「特に探すべきなにかがないのであれば」

「特にはない」わたしは言った。「ヘクター・アランデ・モイアに関するなんらかのメモは見つかったかい？」

「メモはありません。七年経ったのに彼の名前を覚えていらっしゃるとは驚きです」

「おれは名前を覚えている、いくつかの事件も覚えている、だけど、誕生日や記念日は覚えていない。それでいつも厄介な目に遭ってる。モイアの状況を確認してもらわねばならない――」

「最初にそれをしました。ロサンジェルス・タイムズのオンライン・アーカイブから調べはじめ、彼の事件に関するふたつの記事を見つけました。連邦事件になったんです。地区検事局と取引をしたとあなたはおっしゃっていましたが、どうやら連邦政府がこの事件を引き継いだようです」

わたしはうなずいた。ある事件について話せば話すほど、その内容を思いだす。

「そうだ、連邦政府の逮捕状が存在していた。モイアが送検され、それで連邦政府に優先権が生じたせいで、地区検事局は圧力をかけられ、モイアを取り上げられたんだろう」

「同時に連邦政府にもっと大きなハンマーを与えたんです。連邦法の麻薬密売法に加えて、銃の違法所持が加味され、モイアは終身刑の要件を充たしてしまい、その判決を受けました」

わたしはその部分も思いだした。泊まっていたホテルの部屋に二オンス（約五十七グラム）のコカインを所持していたせいで、彼は終身刑を受けたのだ。

「控訴があったと思う。ＰＡＣＥＲを確認してみたか？」

ＰＡＣＥＲというのは、連邦政府のパ《P》ブリック・ア《A》クセス・トゥ・コ《C》ート・エ《E》レクトロニック・レ《R》コーズ（裁判所電子記録公共アクセス）・データベースのことだった。ひとつの事件に関して電子的に入力されたすべての書類にすばやくアクセスできるものだった。そのデータベースが出発点になるだろう。

「ええ、ＰＡＣＥＲで調べて、事件記録を引っ張りだしました。モイアは二〇〇六年に有罪判決を受けています。そこから本控訴がおこなわれました――不充分な証拠や、申し立てに関する法廷判断錯誤、不相当に重い量刑を主張する、恒例の包括的攻撃です。いずれもパサデナを突破できなかったです。パ《P》サデナの控《C》訴裁《A》判所がすべて却下しました」

ジェニファーが言っているのは、第九巡回控訴裁判所のことだった。パサデナのグランド・アヴェニューに、南カリフォルニア地区を担当する上訴裁判所がある。ロサンジェルスで判決が下った裁判の控訴は、パサデナの裁判所を通じて提出され、最初に同裁判所の三名からなる審査委員会によって吟味される。この地元の委員会は、その価値がないとみなされる控訴を取り除き、残りを全米の西部地区に対する管轄権を有する第九巡回区から選出された三人の判事からなる検討委員会に送りだして本格的な検討を求める。ジェニファーの言う、モイアはパサデナを突破できなかったの意味は、彼の有罪判決が、審査委員会の判事全員によって、有効と認められたということだった。モイアは空振り三振したのだ。

モイアの次の動きは、有罪判決に対する非常救済手続きを求めて連邦地裁に人身保護令状の請願をすることだった。つまり彼の判決を取り消すための一か八かの動きだ。これはブザービーターでスリーポイントを入れるようなものだった。この申し立ては、驚くべき新証拠が持ちだされないかぎり、あらたな裁判を狙うモイアの最後のショットになるだろう。

「二二五五は、どうなんだ？」人身保護令状《ヘイビアス》請求に関する合衆国法典の条番号を使って、わたしは訊いた。

「ええ」ジェニファーは言った。「弁護人による効果的な法的支援が得られなかったことを根拠に請願しています――担当弁護人が答弁取引の交渉を一度もしなかったと主張して――そして、おなじように一蹴されました」

「担当弁護士はだれだった？」

「ダニエル・デイリーという名の人です。ご存じですか？」

「ああ、知り合いだが、彼は連邦法廷をもっぱらにしている弁護士で、おれは連邦政府には近づかないようにしている。彼が仕事をしているところを見たことはないが、聞いたところでは、そっち方面で頼りになる弁護士のひとりだ」

実際には、〈フォー・グリーン・フィールズ〉でデイリーとは顔なじみだった。ふたりとも金曜日に週の終わりのマティーニを飲むためその店に立ち寄っていた。

「まあ、デイリーであろうとだれであろうと、モイアにしてやれることはあまりなかったんですね」ジェニファーが言った。「モイアは惨敗し、刑務所に留まった。そして、いま彼は終身刑を受けて七年経ち、どこにもいけずにいる」

「いまモイアはどこにいるんだ？」

「ヴィクターヴィルです」

ヴィクターヴィルの連邦矯正施設は、ロサンジェルスから百三十キロほど北にいった、砂漠のなかの空軍基地の外れに位置していた。後半生を過ごすにはいい場所ではない。あそこでは、砂漠の風に干上がり、吹き飛ばされずとも、頭上を通過する空軍ジェット機の絶えず地を震わせるソニックブームに、頭がおかしくなるという。そんなことを考えていると、ジェニファーがまた口をひらいた。

「連邦政府は、ふざけているんじゃないですよね」ジェニファーは言った。

「どういう意味だ？」

「ほら、二オンスのコカインで終身刑。厳しすぎます」

「ああ、量刑に関しては連中は、できるだけ厳しくしている。だからこそ、おれは連邦犯罪の弁護はしないんだ。依頼人にすべての望みを捨てよとは言いたくない。検察と取引をしようと努めても、判事がそれを無視して、こちらの依頼人の上にハンマーを振り下ろされるのはごめんだ」

「そんなこと起こるんですか？」

「しょっちゅう起こる。かつてひとりの依頼人が……あー、忘れてくれ、気にするな。昔の話だし、そのことでくよくよ悩みたくない」

わたしがくよくよ悩んでいるのは、ヘクター・アランデ・モイアのことであり、依頼人のためおこなった洒落た取引が最終的に終身刑の判決とともにモイアをヴィクターヴィルに至らしめた事の次第だった。わたしは、レスリー・フェアという名の地区検事補と取引をおこなったあと事件の行方を追いすらしなかった。わたしにとって、嫌な仕事を強いられる場所でのいつもと変わらぬ日の出来事にすぎなかった。裁判所でのすばやい取引――自分の依頼人に対する訴追を繰り延べしてもらうのと引き換えにホテルの名前と部屋番号を伝えた。グロリア・デイトンは、刑務所に入る代わりに麻薬リハビリ・プログラムに参加し、ヘクター・アランデ・モイアは、連邦政府の監獄に永久に入ることになった――当局へのそのタレコミがだれから、あるいはどこからきたのか知ることなく。

それともモイアは知っていたのだろうか？

七年間が過ぎていた。モイアが連邦政府の監獄から手を伸ばし、グロリア・デイトンに復讐を果たさせたというのは、可能性として考慮するに値しないことに思えた。だが、その考えがどれほどありそうもないものだとしても、アンドレ・ラコースの弁護には役に立つかもしれなかった。わたしの仕事は、陪審に検察当局をあとから疑わせることだ。少なくとも罪責の神々のひとりに考えさせることだ。たとえば、〝おい、ちょっと待て、この女のせいで、刑務所で腐っている砂漠のなかのあの男はどうなんだ、ひょっとしたら……〟と。

「証人出頭の申し立てや、相当な理由の欠如に基づく証拠排除の申し立てが、事件記録のなかの聴取記録になかったか？　それに似たものがなにか？」

「ありました。それは法廷判断錯誤に関する最初の控訴の一部でした。判事は、本件の秘密情報提供者を出頭させる申し立てを却下しています」

「モイアは証拠漁りをしていたんだ。秘密情報提供者はひとりしかおらず、それがグロリアだった。事件記録のなかで秘匿されているものについてはどうだ？　そのような情報をなにか見つけたか？」

　判事は、秘密情報提供者に関する記録を秘匿情報扱いするのが通常だったが、その書類自体は、番号やＰＡＣＥＲ上のコードで言及されることがしばしばあり、少なくともそのような情報が存在していることは、だれにでもわかった。

「いえ」ジェニファーが答えた。「ＰＳＲだけです」

モイアに関するプレセンテンシング・レポート《PSR》（判決前報告書）。それもおなじように秘匿情報扱いされるのがつねだった。わたしはつかのま、あれこれと考えを巡らせた。

「わかった、その線を捨てたくない。秘密情報提供者と相当な理由を巡る戦いの反訳記録を見たい。きみがパサデナに出かけて、紙のファイルを引っ張りだす必要がある。やってみなきゃわからんぞ。ひょっとしたら運よく、われわれが利用できるものがそのなかにあるかもしれない。麻薬取締局《DEA》あるいはＦＢＩは、どこかの時点で、どうやってあのホテルとあの部屋にたどり着いたのか、証言しなければならなかった。連中がなにを言ったのか知りたい」

「グロリアの名前が明らかにされたかもしれないと思っているんですか？」

「それはあまりに安易だし、あまりに無防備すぎるだろう。だけど、ある特定の秘密情報提供者への言及があったのなら、取り組む価値のあるなにかを摑めるかもしれない。それから、判決前報告書の閲覧許可を頼んでみろ。ひょっとしたら、七年経って、見せてくれるかもしれない」

「あまり期待できないでしょうね。その書類は永久に封印されることになっています」

「訊いてみてもバチは当たらんよ」

「じゃあ、いますぐパサデナに向かいます。このグロリアのファイル調べは、そのあとでやります」

「いや、パサデナは待てる。その代わり、ダウンタウンにいってくれ。ディアドレ・ラムジーの事件で、おれの代理をするつもりはまだあるかい？」

「もちろんです！」

電話越しにジェニファーが飛び上がったのがわかった。

「そんなに昂奮するな」わたしはすぐに忠告した。「けさ言ったように、この件は負け戦だ。きみは、もう少しの時間と忍耐を判事に求めなければならない。これがSTD案件だとわれわれにはわかっており、検察側の条件を受け入れるのが彼女にとって得策であることをディアドレに納得させる寸前まできている、と判事に伝えるんだ。

それから、きみは担当検察官のシェリー・アルバートを説得して、いま出されている条件の有効期限をあと二週間延ばす必要がある。あとたった二週間でいいとだけ言うんだ、いいな?」

条件は、ラムジーが、幇助と教唆の罪を認め、ボーイフレンドと強盗の相棒に対する証言をする、というものだった。見返りに、彼女は三年から五年の懲役判決を受ける。未決勾留期間を差し引いて、彼女は一年で出所できるだろう。

「それはできます」ジェニファーは言った。「でも、シフについて触れるのは飛ばすつもりです、もしかまわないなら」

「なんだって?」

「梅毒《シフィリス》です。STD案件だと言いましたね。セクシュアリー・トランスミッテッド・ディジーズ(性病)と」

わたしは笑みを浮かべ、窓の外を見た。ハンコック・パークを通り抜けていた。まわりにあるのは、大きな邸宅と広い芝生と背の高い生け垣だ。

「ジェニファー、そんなつもりで言ったんじゃない。STDは、公選弁護人時代に使っていた略称だ。処分決定に直行《ストレート・トゥ・ディスポジション》という意味だ。二十年まえ、おれが公選弁護人事務所に勤めていたころ、それが膨大な取り扱い事件をわける方法だった。STDとS

TT――ストレート・トゥ・ディスポか、裁判に直行《ストレート・トゥ・トライアル》。もしかすると、いまだと、混乱を避けるため、STPと呼んでいるかもしれない――答弁取引に直行《ストレート・トゥ・プリー》」

「ああ、その、なんか気まずいです」

「本件は梅毒がありますとコンパニオーニ判事に言ったとしたら、いまの気まずさではすまないだろう」

その話にふたりとも笑い声を上げた。ジェニファーは、わたしがいままでに出会ったなかでもっとも聡明で野心にあふれた法律家精神の持ち主だったが、まだ実務経験を積み、刑事弁護の世界の慣例や隠語を学んでいる最中だった。もし彼女が刑事弁護にこだわりつづけるなら、いつかは、彼女が法廷に足を踏み入れると、検察側の最悪の悪夢になるときが訪れるだろうとわたしにはわかっていた。

「あとふたつ伝えておく」わたしは仕事モードに戻って言った。「シェリーよりまえに判事室に入り、判事の左側になる席に座るようにしろ」

「わかりました」ジェニファーはためらいがちに答えた。「なぜです?」

「左脳と右脳の話だ。人は自分の左手にいる人間の意見のほうに賛成するものなんだ」

「ちょっと」

「本気だよ。おれは最終弁論の際、陪審のまえにたつときは、できるだけ右側にいこうとしているんだ。そうすることで、陪審員の大半にとって、おれは彼らの左側からやってくることになる」

「ばかげています」

「やってみろ。結果をご覧じろ」

「証明不可能です」

「ほんとうさ。科学実験と研究がおこなわれてきたんだ。ググってみろ」

「時間がありません。もうひとつはなんです？」

「もしきみが判事と充分心安くなったと感じはじめたら、本件を寝かしつけるのにわれわれにとってほんとに役に立つのは、シェリーが答弁取引の協力をするかどうかだと判事に伝えるんだ。もしディアドレがボーイフレンドに不利な証言をする必要がないのなら、その事態を起こせるとおれは思っている。協力がなくとも、おなじ量刑条件を維持すらできるだろう。シェリーはディアドレの証言を必要としていない、と判事に言え。シェリーは三人全員が全部白状している会話を盗聴で入手している。それにボーイフレンドのものと一致しているレイプ・キットから採取したDNAもシェリーの手中にある。ディアドレの証言がなくとも完勝《スラムダンク》だ。シェリーはディアドレを必要としていない」

「わかりました、やってみます。だけど、これがわたしの最初の刑事裁判になるかもしれないと、ちょっと期待していたんですよ」

「これがきみの最初の裁判になるのを、きみは望んでいないだろ。きみは勝利者になる裁判を望んでいる。それに、刑事弁護の八割は、裁判を避けるやり方を見つけだすことだ。そして刑事弁護の残りは――」

「心の持ち様だ、ですね。ええ、わかりました」

「幸運をな」

「ありがとう、ボス」

「おれをボスと呼ぶな。われわれはみな同僚だ、覚えているな?」

「了解」

わたしは携帯電話をしまい、ステーシー・キャンベルとの面談をどう扱うべきか考えはじめた。いまや、ファーマーズ・マーケットを通り過ぎており、もうすぐ到着するところだった。

しばらくすると、アールがバックミラーでわたしをずっと見ているのに気づいた。彼がそうするときには、なにか言いたいことがあるのだ。

「どうした、アール?」ついにわたしは訊いた。

「電話であなたが話したことが気になったんでさ。左側にいる人とそれがどう働くかという話」

「そうか」

「あの、あるとき——ほら、おれがストリートで働いていた当時——自分で使うためのおれのマリファナをかっ攫《さら》おうと、銃を持った野郎がやってきたんです」

「ほお?」

「で、つまり、あのころ、現金と麻薬を奪うため、人を弾いてまわっているやつがいたんですよ。頭を撃って、一切合切かっ攫っていく。それで、おれはこいつはその野郎だな、いまからおれを撃とうとしているんだと思ったんでさ」

「恐ろしいな。どうなった?」

「説得して、撃たれずにすみました。娘が生まれたばかりなんだとかなんとか話したんです。そいつに自分のブツを渡してやったところ、そいつは走って逃げていきました。で、そのあと、その手の殺人事件の容疑者が逮捕され、TVで犯人の姿を見たら、そいつだったんです。おれからかっ攫っていた男でした」

「きみは幸運だったな、アール」

アールはうなずき、バックミラーでふたたびわたしを見た。

「それでですね、そいつはおれの右側にいたんです、そいつがやってきたときおれはやつの左側にいたことになる。で、説得して、撃つのをやめさせた。さっきあなたが話していたことに似てるでしょ。おれを殺さないでくれという話に同意してくれた」

わたしはもっともらしくうなずいた。

「次にブロックスに会ったとき、かならずその話をしてやってくれ」

「そうします」

「よかったな、アール。説得してやめさせることができて嬉しいよ」

「ええ、おれもそう思います。おれのお袋も娘もそう思ってますよ」

9

わたしは〈トースト〉に早くに着いた。テーブルで十分待ち、その後、一杯のコーヒーを四十五分もたせながら、テーブルをキープしつづけた。だれもが望む席を独り占めし、料理すら注文していないわたしに、列を作って並んでいるウェスト・ハリウッドの新しがり屋たちは、喜んでいなかった。わたしはうつむいて電子メールを読みつづけ、一時三十分にやっとスターリー＝アイド・ステーシーが姿を見せ、わたしの向かいの席に腰を滑らせ、強い香水の雲でわたしを包んだ。

ステーシーが被っていたのは、毛先に青いハイライトの入っているホワイトブロンドのつんつんとんがったヘアウィッグだった。そこに青白すぎて青いと言ってもいいくらいの肌と、幅広縞模様のぎらぎら輝くアイシャドウが加わっていた。席を独り占めしていたことに怒っていた新しがり屋たちは、いまやわたしを憎悪しているのだろう。厳密に言うとスターリー＝アイド・ステーシーは、まわりに合っていなかった。一九七〇年代のグラムロックのジャケ写から抜け出てきたようだった。

「じゃあ、あなたが弁護士さん」ステーシーは言った。

わたしはビジネスライク一辺倒の笑みを浮かべた。

「わたしさ」

「グレンダからあなたのことを聞いてたわ。すてきな人だと言ってたわよ。ハンサムだとは言ってなかったな」

「グレンダというのは、だれ？」

「ジゼルのこと。ヴェガスではじめてあったとき、彼女は、グレンダ・〝よい魔女〟・ダヴィルだった」

「こっちへきたとき、彼女はなぜ名前を変えたんだろう？」

ステーシーは肩をすくめた。

「人は変わるもの。とはいえ、彼女はおなじ女の子だった。だから、あたしは彼女をずっとグレンダと呼んでいる」

「では、きみが先にヴェガスから出てきていて、あとから彼女がついてきた？」

「そのようなもの。連絡を絶やさずにいたの。彼女は、こっちの商売やなにやかやがどうなのか確かめようとした。もしきたいのなら、出てきなさいとあたしが言うと、彼女は出てきた」

「で、彼女からアンドレに連絡させた」

「ええ、彼女をネットに載せて、予約を取れるようにするために」

「きみはいつからアンドレを知ってるんだい？」

「そんなむかしからじゃないわ。ここいらじゃあたしたちみたいな人間がもてなされると思う？」

ステーシーの言うとおりだった。五分おきにしつこく注文を訊きにきていたウエイトレスは、いまやどこにも見当たらなかった。ステーシーはその手の影響を人に与えるのだろう。とりわけ女性には。わたしはテーブルを片づける仕事をするバスボーイを呼んで、ウエイトレスを連れてくるようにと伝えた。

「どうやってアンドレを見つけたのかな？」待っているあいだにわたしは訊いた。

「それは簡単だった。ネットで調べて、ほかの女の子のサイトを見ていったの。よくできたサイトの多くでアンドレがサイト管理者だった。それであたしはアンドレにメールを出し、あたしたちはつきあうようになった」

「いくつのサイトをアンドレは管理しているんだろう？」

「わからない。彼に訊けば」

「アンドレが自分の管理している女性のだれかに暴力をふるったことを、きみは知っているのか？」

ステーシーはくすくすと笑った。

「本物のポン引きみたいに？」

わたしはうなずいた。

「いいえ。手荒な真似をしたいとき、自分の代わりに手荒なことができる連中と彼は知り合いなの」

「たとえばだれ？」

「名前は知らない。アンドレがその手の暴力をふるう人間じゃないと、あたしは知ってるだけ。それにだれかが彼の商売を削り取ろうとして、それをやめさせなければならなかったことが数回あった。少なくとも、アンドレから聞いたのはそういうことだった」

「オンライン・ビジネスを乗っ取ろうとしたやつらがいたということかい？」

「ええ、そんなとこ」

「相手がだれだったのか、知ってるかい？」

「いいえ、名前もなにも知らない。たんにアンドレがそう話してくれただけ」

「アンドレのために手荒なことをしてくれる連中というのはどうなんだ？　その連中をきみは見たことがあるのか？」

「あたしが連中を必要としたとき会ったわ。金を払おうとしない客がいて、そいつがシャワーを浴びている隙にあたしはアンドレに電話したの。連中は、そんな感じで姿を見せた」

ステーシーは指を鳴らした。

「連中は客に金を支払わせた。その客は、自分がだれも聞いたことがないケーブルTVの番組に出ているのだから、金を支払う必要がないと思っていたんだ。だれでも金を払うものなのに」

ようやくウエイトレスがわれわれの席にやってきた。ステーシーはベーコン《B》・レタス《L》・トマト《T》をなにに？——トーストに——載せたものとダイエット・コークを頼んだ。わたしはクロワッサンにチキン・サラダをはさんだものを注文し、コーヒーからアイスティーに切り換えた。

「グレンダはだれから隠れていたんだい？」ふたりきりになるとすぐ、わたしは訊いた。

ステーシーはその話題の方向転換にきわめて平然と対処した。

「だれもがだれかから、あるいはなにかから隠れているんじゃない？」

「どうだろう。グレンダはそうだったのか？」

「彼女はその話をけっしてしなかったけど、頻繁に肩越しに振り返っていたな。あたしの言いたいことがおわかりならね。とくにこっちに戻ってきてからは」

これでは埒があかなかった。

「彼女はわたしのことをなんと言ってた？」

「まえにこっちに住んでいたとき、あなたが彼女の弁護士だったけど、戻ってきてから仮に逮捕されたとしてもまたあなたに電話することはできない、と言ってたな」

ウエイトレスがわれわれの飲み物を運んできた。彼女が立ち去るまでわたしは待った。

「なぜわたしに電話できないんだろう？」

「あたしにはわかりません。なにもかも白紙に戻っちゃうからじゃないの」

それはわたしが予想していた答えではなかった。グレンダがわたしにけっして電話できなかったのは、そうすれば自分の裏切りがバレてしまうからだ、とステーシーは答えるものとわたしは思っていた。

「白紙に戻る？　それが彼女の言葉だったのかい？」

「ええ、それが彼女の言った言葉だった」

「それはどういう意味なんだろう？」

「わからないわ。ただ言っただけ。白紙に戻る可能性がある、と言ってた。それがどういう意味だったのかわからないし、そのことで彼女はそれ以上なにも言わなかった」

ステーシーは質問されることに気を悪くしはじめた様子だった。わたしは椅子にもたれ、あれこれ考えた。二、三のさらに説明のない、じれったくなる言葉をべつにすると、ステーシーは、たいして役に立たなかった。グロリア・デイトン——仮にそれが彼女の本名だとしても——が、べつの娼婦に自分の遠い昔のことを打ち明けていたと考えたわたしが馬鹿なんだろう。

いまこの時点でわたしにわかっているのは、なにからなにまで憂鬱にさせてくれるということだけだった。グロリア＝グレンダ＝ジゼルは、逃げだせないくらい、娼婦としての生活に縛られていた。彼女はそれを捨てることができず、結局、それが彼女からすべてを奪った。よくある話で、一年も経てば、忘れられるか、次のよくある話に取って代わられるだろう。

料理が届いたが、わたしは食欲を失っていた。スターリー＝アイド・ステーシーが、彼女のBLTにマヨネーズをたっぷりかけ、幼い少女のように食べ、最初の一口のあとで指をねぶるのをわたしは眺めた。そしてその光景もわたしの意欲を向上させなかった。

10

わたしは後部座席に座って、長いあいだ、つらつら考えていた。アールがさっきからずっとバックミラーでこちらを見ており、いつになったら指示を出すんだろうと訝っていた。だが、次にいくべきところをわたしは知らなかった。ステーシー・キャンベルが洗面所を使ったあとでレストランを出るまで待って、どこに住んでいるのか知るため、自宅まで尾行することが思い浮かんだものの、もう一度彼女と話をする必要があれば、シスコが居場所を突き止めてくれるとわかっていた。腕時計を確認すると、二時四十五分だった。ブロックスはおそらくコンパニオーニ判事の部屋での正式事実審理前協議の最中だろう。しばらく待ってから、彼女に確認することにした。

「ヴァレー地区にいってくれ、アール」ようやくわたしは言った。「練習を見にいきたい」

アールがイグニッションをひねり、われわれは出発した。ロウレル・キャニオン大通りを使って山をのぼり、マルホランド・ドライヴに向かった。そこで西に折れ、いくつかカーブを曲がったのち、フライマン・キャニオン・パークの駐車場に到着した。アールは、そこのスペースに車を停め、グラブボックスをあけると、シート越しにわたしに双眼鏡を手渡した。わたしは上着を脱ぎ、ネクタイを外すと、両方とも後部座席に置いて、車を降りた。

「半時間かそこらかかるだろう」わたしは言った。

「ここで待ってますよ」アールは答えた。

わたしはドアを閉め、車を離れた。フライマン・キャニオンは、サンタモニカ山脈の北側斜面をずっと下ってスタジオ・シティに至る峡谷だった。わたしは、ベティ・デアリング・トレイルを下って東西の分岐点まできた。そこで山道《トレイル》を外れ、藪を縫いながらさらに下り、低地を見下ろす崖にたどり着いた。眼下には、不規則に広がる街の景色がなににも遮られずに見えた。わたしの娘は、ことし、スカイライン・スクールに転校し、そこのキャンパスは、ヴァレークレスト・ドライヴから上向きに公園の端まで延びていた。キャンパス内に、二ヵ所の高台があり、低いほうの土地には学舎があり、高いほうの土地には、スポーツ関連施設があった。わたしが見晴らしのよい場所にたどり着いたころには、サッカーの練習がすでにはじまっていた。双眼鏡でフィールドを見渡して、遠いほうのゴールにヘイリーがいるのを見つけた。娘はチームの先発ゴールキーパーだった。それは控えだったまえの学校のときよりも進歩していた。

わたしはこの場所に前回きたときに地面から持ち上げて置いた大きな石に腰を下ろした。しばらくすると、双眼鏡を首からぶら下がるにまかせ、膝に肘をつき、両手で顔を支えて、ただ眺めた。娘はすべてのシュートを防いでいたが、完璧なシュートが娘の頭を越えてクロスバーを直撃し、リバウンドを押しこまれた。要するに、娘は楽しんでおり、そのポジションに集中して、ほかの考えを全部締めだしているように見えた。わたしもそうできたらいいのだが。しばらくのあいだ、サンディとケイティのパタースン親子や、ほかのあらゆることを忘れて。とりわけ、夜、眠ろうと目をつむったときに。

娘に決定を迫るため法廷にいくことも可能だった。訪問権に判事の命令を出してもらい、従来同様、隔週で週末と水曜日にわたしの家に泊まらせるのだ。だが、そんなことをすれば事態が悪化するだけなのはわかっていた。そんなことを十六歳の子どもに強いてみれば、その子を一生失いかねない。そのため、わたしは娘に出ていかせ、根比べをはじめた。じっと待ち、遠くから眺める。この世界が白と黒で色分けされているものではないとヘイリーがいずれは気づくだろうと信じねばならなかった。この世界は灰色であり、その灰色の領域に自分の父親が住んでいるのだということを。

ほかに選択肢がないため、その信念を保っておくのは、わたしにとって容易だった。だが、嵐雲のように、その信念の上に浮かんでいるより大きな疑問を直視するのは、それほど容易ではなかった。心の奥底で自分自身を許していないのに、どうすればだれかに自分を許してくれることを願い、期待できるのだろうという疑問だった。

携帯電話が振動し、ブロックスからの電話をわたしは受け取った。ダウンタウンの裁判所を出たばかりだという。

「どんな具合だった？」

「うまくいったと思います。シェリー・アルバートは、喜んでいませんでしたが、判事は処分決定の協力を彼女に迫り、彼女はついに降参しました。だから、ディアドレを説得できれば、答弁取引が成立します」

非公開の正式事実審理前協議だったことから、ラムジーは同席する必要がなかった。われわれは拘置所を訪れ、地区検事局からの答弁取引の新たな条件をラムジーに提示しなければならない。

「けっこう。回答の猶予期間はどれくらいだ？」

「基本的に四十八時間です。シェリーは金曜日の仕事が終わるまでの時間を寄越しました。判事は来週月曜日にわれわれの答えを聞きたがっています」

「わかった、じゃあ、あしたラムジーに会いにいこう。きみを彼女に紹介する。きみが彼女を説得しろ」

「よさそうな話ですね。いまどこにいるんです？　叫び声が聞こえます」

「サッカーの練習にきているんだ」

「ほんとですか？　ヘイリーと仲直りできたんですか？　それはすばらし――」

「そういうわけじゃない。おれはただ見ているだけだ。で、きみの次の動きはなんだ？」

「法律図書館に戻り、ファイルを調べてみようか、と。反訳記録を閲覧しにパサデナに出かけるには、遅すぎるでしょう」

「わかった、じゃあ、その仕事に戻ってくれ。ラムジーの件で代わってくれてありがとう」

「どういたしまして。とても楽しかったんです、ミッキー。もっと刑事事件を担当したい」

「かならずその手配はできるだろう。あした、話をしよう」

「ああ、もう一件話したいことが。まだ時間、あります？」

「もちろんだ。なんだ？」

「わたしは言われたように判事の左側に座ったんです。それがうまくいったんだと思います。わたしが口をひらくたびに判事は熱心に耳を傾けてくれ、シェリーが反応するたびに彼女の言葉を遮りつづけたんですよ」

判事の関心は、ジェニファー・アーロンスンが魅力的で活力に溢れ、理想主義的な二十六歳である一方、シェリー・アルバートが地区検事局に生涯を捧げ、まえかがみですぼまった肩とけっして変わらない険しい顔つきに立証の重荷を背負っているのが窺えるのに関係してるかもしれない、と口に出すことは可能だったが、言わなかった。

「だろ、言ったとおりだ」その代わり、わたしはそう言った。

「いい情報をありがとうございます」ジェニファーは言った。「じゃあ、またあした」携帯電話を片づけると、わたしはふたたび双眼鏡で娘の様子を眺めた。コーチは四時に練習終了を告げ、少女たちはフィールドから出ていこうとしていた。ヘイリーは転校生であるため、新人のように扱われており、ボールを全部集めて、ネット袋にしまわなければならなかった。練習のあいだ、娘はわたしのいる場所と正対するゴールをずっと守っていた。そのため、彼女がボールを集めだすまで、彼女の背中は見えなかった。グリーンの練習着の背中に7番をまだつけているのを見て、わたしの心は高揚した。娘のラッキー・ナンバーだ。わたしのラッキー・ナンバーでもある。ミッキー・マントルの背番号だ。ヘイリーはそれを変えていなかった。それは少なくとも彼女が変えていないわたしとのひとつの繋がりだった。それを父娘のあいだのかならずしもすべてが失われたわけではなく、わたしは信じつづけたほうがいいというしるしとして、わたしは受け取った。

第二部　ミスター・ラッキー　四月二日火曜日

11

たった一件しか事件を抱えていないということはけっしてない。つねにたくさんある。わたしは、弁護士業務の実践を、ヴェニスのボードウォークでおおぜいの人々を相手にしているのが目にされている一流の大道芸人の技になぞらえている。皿回しをしている男がいる。棒の上高くにたくさんの皿を同時に勢いよく回している。ガソリンエンジンのチェーンソーでジャグリングしている男もいる。けっして刃のあるほうに手を触れないようにして正確に空中にチェーンソーを回転させている。

ラコース事件をべつにして、わたしはカレンダーが翌年に変わってもいくつもの皿を回しつづけた。カージャック犯のレナード・ワッツは、再審を阻止するため渋々、答弁取引に応じた。ジェニファー・アーロンスンがその交渉を担当した。答弁取引に応じ、法廷でボーイフレンドに不利な証言をしなくてすむようになったディアドレ・ラムジーとの交渉とおなじようにだ。

わたしは十二月後半に注目度の高い事件を引き受けた。どちらかというとチェーンソーの演《だ》し物《もの》みたいなものだ。以前に弁護を引き受けた依頼人で、生涯にわたって詐欺師をつづけているサム・スケールズという名の男が、〝人の心のない獣〟という言葉にあらたな意味をもたらす信用詐欺でロス市警に逮捕された。スケールズは、コネチカット州で起きた学校銃乱射事件で殺された子どもの埋葬費用を賄うための寄付を求める偽のウェブサイトとFacebookのページを設置したかどで訴追された。全米各地の人々が気前よく寄付をし、殺された子どもの葬儀に充てられるはずだと寄付者が信じていた金を、検察曰く、五万ドル近くかき集めた、と。亡くなった子どもの両親がその活動の噂を嗅ぎつけるまでは、信用詐欺はうまくいっていた。スケールズは、自分の正体を隠すため、さまざまな偽のデジタル隠れ蓑を利用していたが、最終的に――あらゆる信用詐欺がそうであるように――アクセスして、自分のポケットに入れられる場所に金を移動させねばならなかった。

そしてそれが、ハリウッドのサンセット大通りにあるバンク・オブ・アメリカの支店だった。スケールズがブラブラと入ってきて、現金でその寄付金を引きだすよう求めると、銀行の窓口係はその口座にフラグが立っているのを見て、警察がやってくるまで時間稼ぎをした。当支店では、それだけの大金の手持ちがありません、とスケールズは説明された。なぜなら、ここはリスクの高い地区にあり、ほかの場所よりも銀行強盗が入る危険性が高いからである、と。特別手配をかけ、午後三時の武装トラックによる定期便に載せられて届くのを待つこともできるし、あるいはこれほどの金額の現金がすぐに手に入るダウンタウンの支店に出向いていただければ引きだせる、とスケールズは言われた。スケールズは、自分にペテンが仕掛けられたときそれを見抜けないペテン師で、特別手配された現金を受け取りに戻ることを選んだ。彼が午後三時に支店に戻ってくると、ロス市警商業犯罪課のふたりの刑事に出迎えられた。わたしが彼を弁護した前回の事件——日本の津波救済基金の詐欺——で、彼を逮捕したのとおなじ刑事たちだった。

今回は、だれもがスケールズと一戦交えたがった——FBIとコネチカット州警察、あまつさえカナダ連邦警察も。国境の向こうから金を送った被害者が数多くいたため、カナダ連邦警察も事件に飛びついたのだ。だが、ロス市警が逮捕した。ということはつまり、ロサンジェルス郡地区検事局がスケールズに最初の攻撃を仕掛けた。過去とおなじようにスケールズはわたしに連絡してきた。おこなったとされる犯罪のせいで、マスコミに叩かれまくったため、ほかの在監者たちに危害を与えられる怖れがあることからセントラル男性拘置所で独居拘禁されねばならなかった男の訴訟をわたしは引き受けた。

スケールズにとってさらに都合が悪かったのは、あまりにも社会の怒りが大きかったため、検事長がみずからスケールズを担当し、十全な法の適用をはかるつもりであると宣言したことだった。この検事長、デーモン・ケネディは、昨年の選挙でわたしに完勝した人物だった。これはもちろんわたしが被告側弁護人として契約したあとで出された宣言であり、いまやケネディが公の場でわたしをふたたびこてんぱんにする舞台が整った。わたしは処分決定の取り引きを持ちかけていた――地区検事局は、この事件に関して有無を言わさぬ証拠を摑んでいた――のだが、ケネディはまったく受け入れようとしなかった。ケネディは自分が完勝《スラムダンク》する事件を得ているとわかっており、取り引きする必要はなかった。彼はこの裁判に関して、映像媒体や紙媒体やデジタル媒体から向けられる関心を、絞り取れる限り最後の滴まで絞り取るつもりだった。今回は、まちがいなく、サム・スケールズは、もっとも重い量刑を受けるだろう。

スケールズ事件は、わたしを個人的にも助けなかった。LAウィークリー紙が、〝アメリカでもっとも憎まれている男〟というカバーストーリーを載せ、過去二十年以上にわたってスケールズが訴追されてきた数多くの詐欺の記憶をたどる旅を提供した。個々の小事件のなかで、永年にわたる担当刑事弁護士としてわたしの名前が頻繁に登場し、記事全体では、わが依頼人の公式弁明者の役割をわたしに割りあてていた。この問題はクリスマスの一週間まえに発生し、またしても公に父親に屈辱を味わわされたと信じたわが娘からの冷たい反応が返ってきた。関係者全員、わたしがクリスマスの朝、娘と元妻へのプレゼントを持って訪ねてもかまわない、と事前に同意がなされていたのだ。だが、そううまくはいかなかった。わたしが願っていた、娘と元妻両方との関係の雪解けのはじまりになるはずのものが、氷雨の嵐に変わった。その夜、わたしは自宅でひとりで、電子レンジでチンしてTVディナーを食べた。

いまは四月の第一週だった。わたしは、ダウンタウンにある刑事裁判所ビルの第百二十号法廷でナンシー・レゴ閣下のまえにアンドレ・ラコースの代理として姿を現していた。本件の裁判に入って六週間が経っており、レゴは、ラコースが答えを求められた予備審問のあとすぐにわたしが提出した証拠排除申し立てに関する証言を聞いていた。

ラコースは弁護側テーブルのわたしの隣に座っていた。彼はいままで五ヵ月拘置所暮らしをしており、皮膚の青白さは、拘置所内での状況悪化のたんなる指標のひとつでしかなかった。鉄格子の向こうでの制限された生活に対処できる人間もなかにはいる。アンドレはそんな人間ではなかった。連絡を取る際にしょっちゅうわたしに言うように、アンドレは拘禁生活のなかで精神の安定を失いつつあった。

　十二月にはじまった開示資料の交換を通じて、グロリア・デイトン殺害に関して、捜査責任者とアンドレ・ラコースの事情聴取のビデオのコピーをわたしは受け取っていた。わたしの証拠排除申し立ては、その事情聴取が実際には訊問であり、警察がわたしの依頼人から負罪的供述を引き出そうと、計略と圧力を使用したのだと主張するものだった。加えて、この申し立てでは、ラコースを西部管区署の狭い窓のない部屋で訊問した刑事は、彼の憲法で保障された権利を侵害し、ラコースが負罪的供述をして、逮捕されたあとになるまで、弁護士に相談する彼の権利に関してミランダ警告の正当なる告知をしなかったことも主張していた。

　訊問の最中にラコースはデイトン殺害を否認しており、それはわれわれの側にとってよいことだった。だが、悪いのは、彼が警察に動機と機会の証拠を与えてしまったことだ。殺害が起こった夜に被害者のマンションの部屋にいき、ビバリー・ウィルシャー・ホテルの客から支払われたはずの金を巡ってふたりが揉めたことをラコースは認めた。グロリアの喉を摑んだことすら認めてしまっていた。

　もちろん、ラコースが自分に不利なものとして提供してしまったその証拠は、きわめて潰滅的な打撃を与えるもので、予備審問のときに誇示されたように、地区検事局の立証の核になっていた。だが、わたしはいま立証から事情聴取の内容を排除し、陪審にそれを見せることを認めないよう判事に求めていた。室内にいた刑事がおこなっていた脅迫的な業務遂行に加えて、ラコースは、デイトンの亡くなるまえの数時間、彼女の部屋にいて、揉めごとがあったということに言及するまで権利を読み上げられていなかった。

証拠排除申し立ては、つねに一か八かの試み中の試みだったが、今回の申し立ては、試してみる価値があった。もし訊問のビデオを排除することができれば、今回の裁判全体が変わってくる。アンドレ・ラコースのほうに天秤を傾けることもできるかもしれなかった。

ウィリアム・フォーサイス検事補が率いる検察チームは、事情聴取の状況に関するマーク・ウィッテン刑事の証言からこの審問をはじめ、そののち、聴取のあいだに撮影されたビデオを紹介した。三十二分間のそのビデオが、法廷のだれもいない陪審席の向かい側の壁に設置されている画面にそっくりそのまま再生された。わたしはそのビデオを何度も見ていた。フォーサイスがウィッテンへの直接訊問を終え、証人とリモコンをこっちに寄越したとき、わたしはビデオのタイムカウントと質問を用意して待ち構えていた。ウィッテン刑事はなにがやってくるのかわかっていた。予備審問でウィッテンが証言したとき、わたしは彼をたっぷり非難していた。今回、その攻撃は、予備審問のあとで本件の担当を任されたレゴ判事のまえで起こるだろう。影響を与えられる陪審はいない。罪責の神々はいなかった。わたしは弁護側テーブルの席に座ったままでおり、依頼人はオレンジ色のジャンプスーツを着て、隣に座っていた。

「ウィッテン刑事、おはようございます」そう言ってわたしはリモコンを画面に向けた。「訊問の最初に戻りたいと思います」

「おはようございます」ウィッテンは言った。「それから、あれは事情聴取です。訊問ではなく。以前にも言いましたように、ラコース氏は、わたしと話すため署にくることに自発的に同意したのです」

「確かにその話はうかがいました。ですが、これを見てみましょう」

わたしはビデオを再生させはじめた。画面上で、聴取室のドアがあき、ラコースが入ってきて、そのあとにウィッテンがつづき、わたしの依頼人の肩に手を置いて、小さなテーブルの両側に置かれている二脚の椅子の片方に向かうよう指示したところが映った。わたしはラコースが席に着くとすぐ、再生を一時停止させた。

「では、刑事、ラコース氏の上腕に手を置くことで、あなたはなにをしていたんですか？」

「わたしはたんに席に着くよう指示していただけです。事情聴取のため、わたしは座りたかったのです」

「ですが、あなたはあの特定の椅子に彼を導いたんですね？」

「そういうわけではありません」

「彼をカメラと向かいあう位置に座らせたかった。なぜならあなたの計画では、彼から自白を引きだすつもりだったから、そうですね？」

「いえ、それは正しくないです」

「あの部屋の隠しカメラの視界に彼が入るよう、あの特定の席に座らせたかったのではないと、レゴ判事にお伝えしているのですね？」

ウィッテンは回答をまとめるのに、少し間をあけた。陪審を煙に巻くのはともかく、酸いも甘いもかみわける判事を欺くのは、ますます危険なことになる。

「カメラに直面する席に事情聴取対象者を座らせるのは、標準的な方針かつ習慣です。わたしは方針に従ったのです」

「あなたが直接証言で言ったように、〝会話〟をするため警察署にやってきた対象者の事情聴取をビデオに撮影するのは、標準的な方針かつ習慣なんですか？」

「はい、そうです」

わたしは驚いて眉毛を持ち上げたが、判事をだまくらかすのは、依頼人のためにはならないと、自分に言い聞かせた。それにはやってくるのがわかっている答えに驚いたふりをすることも含まれていた。わたしは先をつづけた。

「ということは、あなたはラコース氏があなたと話をするために警察署にきたときには容疑者として分類していなかったと言い張るのですね？」

「まちがいなく。わたしはラコース氏に関して、虚心坦懐でいました」

「では、そのいわゆる会話の最初に標準的権利警告を氏に与える必要はなかったというのですね？」

フォーサイスが異議を唱え、その質問は、直接訊問の際にすでに訊ねられ、答えられている、と言った。フォーサイスは三十代なかばで、引き締まった体つきだった。血色のよい顔と薄茶色の髪をしており、サーファーがスーツを着ているように見えた。

レゴ判事は異議を却下し、わたしの質問を認めた。ウィッテンが質問に答えた。

「その必要があったとは思わなかったのです」ウィッテンは言った。「ラコース氏は、自発的に署にやってきて、事情聴取のため、あの部屋に自発的に入った時点では容疑者ではなかったのです。わたしはたんに彼から話を聞くつもりであり、結局、彼が被害者のマンションの部屋にいたと言ったのです。そんな発言があるとは、わたしは予想していなかったのです」

ウィッテンは、フォーサイスとリハーサルをしたにちがいないと思うような答えをした。わたしはビデオを先に進め、ウィッテンが提供を申し出たソフトドリンクを依頼人に取ってくるため、部屋から出ていったところで停めた。わたしはラコースが室内にひとりで残されている映像を一時停止させた。

「刑事、もしわたしの依頼人が、あの部屋にひとりでいるあいだ、洗面所を使わねばならなくなり、出ていこうと立ち上がったとしたら、なにが起こっていたんでしょう?」

「わかりません。彼に洗面所を使わせてあげたでしょうね。彼はそんな頼みごとをしなかったのです」

「ですが、もしいま映っているその時点でテーブルから立ち上がり、あのドアをあけようと自分で決めたとしたら、なにがあったんでしょう? イエスかノーで答えて下さい、あなたは部屋を出ていくときに部屋を施錠しましたか?」

「イエスかノーで答える質問ではありません」

「いえ、答える質問だと思います」

フォーサイスが異議を唱え、わたしの対応が証人を不当に苦しめていると言った。

判事は、適当だと思う形で質問に答えるよう刑事に言った。ウィッテンはまた考えをまとめ、標準的な返答に頼った——方針である、と。

「警察署の職務エリアに付き添いのない市民をアクセスさせてはならないのが、市警の方針です。あの部屋のドアは刑事部に直接繋がっており、だれも付き添わずに彼が刑事部屋を歩きまわるのを認めるのは、方針に反したことになったでしょう。はい、わたしはドアに施錠しました」

「ありがとうございます、刑事。さて、これまでのところを整理させて下さい。ラコース氏は、あなたの担当事件で容疑者ではなかったけれど、窓のない部屋に監禁され、そこに入っているあいだは不断の監視下に置かれていた、そうですね？」

「あれを監視と呼ぶかと言えばちがうと思います」

「では、どう呼びます？」

「だれかがあの聴取室のいずれかに入れば、われわれはかならずカメラをまわします。それが標準的な——」

「方針ですね、ええ、わかってます。先をつづけましょう」

わたしはビデオを二十分ほど早送りし、ウィッテンが席から立ち上がり、上着を脱いで、椅子の背もたれに掛けたところまで進めた。そののち、ウィッテンは、椅子をテーブルのほうに動かし、そのうしろに立って、両手をテーブルについてまえのめりになった。

「じゃあ、あなたは彼女の殺害についてなにも知らない、そう言ってるんですな？」

画面上でウィッテンはラコースにそう言っていた。

わたしはそこで画面を一時停止させた。

「ウィッテン刑事、訊問のこの時点であなたはなぜ上着を脱いだんですか？」

「おっしゃっているのは、事情聴取ですね？　部屋のなかが蒸し暑くなってきたので上着を脱いだんです」

「ですが、直接訊問で、あなたはカメラがエアコンの送風口に隠されていたと証言しました。エアコンは入っていなかったんですか？」

「入っていたかいなかったかわかりません。部屋に入るまえに確認しなかったんです」

「そのいわゆる聴取室に刑事たちは〝ホカホカ箱〟というあだ名を付けていたんではないですか？　容疑者に汗をかかせ、協力と自供が引き出せることを望んで利用されていたから？」

「そんな名前は初耳です、聞いたことがない」

「その部屋を表現するのに、あなた自身、その語句を用いたことは一度もないんですね？」

わたしは画面を指し示し、驚いた口調でその質問をした。わたしがウィッテンの知らない秘策を袖のなかに隠しているのではないかと彼が考えるのを期待して。だが、それははったりであり、刑事は標準的な証人の逃げ口上を使って、躱した。

「その語句を使ったことがあるかどうか思いだせません」

「わかりました、では、あなたは上着を脱ぎ、ラコース氏のまえに立ちはだかっています。その態度は氏を威圧するためですか？」

「いいえ、立ちたい気分になったからです。その時点で、われわれは長いあいだ座っていましたから」

「あなたは痔疾をお持ちですか、刑事？」

フォーサイスがすばやく異議を唱え、わたしが刑事に屈辱を味わわせようとしていると非難した。事情聴取に入って、たった二十分しか経っていないのに、なぜ刑事が立ち上がらざるをえないと感じたのか、その理由を本法廷に理解していただくのに役立つであろう記録証言をおこなおうとしているだけです、とわたしは判事に告げた。判事は異議を認め、そのような個人的な質問を証人に訊ねないようにして先を進めるようにとわたしに告げた。

「いいでしょう、刑事」わたしは言った。「ラコース氏はどうでした？　彼は望めば立ち上がれたんでしょうか？　あなたが座っているあいだ、彼はあなたを見下ろすように立ちはだかることはできたのでしょうか？」

「反対はしなかったでしょうね」ウィッテンは答えた。

ウィッテンの回答は、ほぼでたらめであり、すべての警察署で毎日刑事たちが踊っているダンスの一部であることに判事が気づいてくれるよう、わたしは期待した。彼らは憲法上の綱渡りの綱を歩いており、テーブルの向かい側に座っている不運な馬鹿どもに教えなければならなくなるまえに、できるかぎり物事を押し進めようとする。これは拘禁状態での訊問であり、かかる状況下では、アンドレ・ラコースは自分が自由に出ていけると感じなかったということをわたしは立証せねばならなかった。もし判事を説得できれば、判事はラコースがあの取調室に入ったとき、まさしく逮捕されていたのであり、ミランダ警告を受けるべきだったという意見を抱くだろう。その場合、判事はビデオ記録をすべて不当な証拠として破棄させ、地区検事局の立証を台無しにすることができる。

わたしは画面をふたたび指し示した。

「あなたがあの部屋で身につけているものについて話しましょう、刑事」

わたしは記録のため、ウィッテンに、身につけていたショルダー・ホルスターとグロックを正確に表現させ、それから彼のベルトに下り、そこに留められている手錠と予備の弾倉、バッジ、催涙スプレー缶をはっきり口にさせた。

「これらの武器類すべてをラコース氏に見せつけたのは、なんの目的があってのことですか？」

ウィッテンはわたしに苛ついているかのように首を横に振った。「なんの目的もありません。あの部屋は暑かったので、上着を脱いだんです。なにも見せつけてはいません」

「では、わたしの依頼人にあなたの銃とバッジと予備の銃弾と催涙スプレーを見せたのは、ラコース氏を脅す手段ではなかったと本法廷で証言しているのですね？」

「それがまさにわたしが本法廷で証言していることです」

「この時点ではいかがでしょう？」

わたしはビデオを早送りして、ウィッテンがテーブルから椅子を引きだし、その上に片足を乗せ、小さなテーブルとラコースにまさに身を乗りだすようにした時点に進めた。ラコースはウィッテンより背が低く、ずっと華奢な体つきだった。

「わたしは彼を威嚇していません」ウィッテンは言った。「彼と会話をしようとしていました」

わたしは法律用箋のメモを確認し、記録に残しておきたかったことを全部含めたことを確認した。レゴがこの件に関して、わたしに有利な裁定を下すとは思っていなかったが、控訴の際に可能性がある、とわたしは思った。一方、証人席にいるウィッテンとは、もう一回戦うことになっていた。本気で彼を攻撃しなければならない陪審審理に備えて、用意を整えたほうがいい。

反対訊問を終えるまえに、わたしはラコースに顔を近づけて、一般的な礼儀として、相談した。

「なにかわたしが言い逃したことはあるかい？」小声でわたしは訊いた。

「ないと思う」ラコースは囁き返した。「判事はあいつがやっていたことをわかっていると思う」

「そう願おう」

わたしは自分の席で背を伸ばし、判事を見た。

「質問は以上です、閣下」

事前の合意により、フォーサイスとわたしは、当該証人の証言後の申し立てに関する意見書を提出することになっていた。予備審問で、ウィッテンがどのように証言するか充分承知していたので、わたしの書類はすでに用意が整っていた。わたしはその意見書をレゴに提出し、コピーを廷吏とフォーサイスに渡した。検察官は、きょうの午後までに自分の意見を提出すると言い、レゴは、陪審審理の開始のまえにすぐに裁定を下すつもりである、と言った。陪審審理スケジュールを中断することなく裁定を下すと判事が言ったことは、わたしの申し立てが却下されることを強く示唆していた。近年の裁定では、最高裁は、ミランダ警告に関わる問題になると、容疑者に彼らの憲法上保障された権利をいつ、どこで告げなければならないかについて、より広範な自由裁量を警察に与える新しい司法判断をしていた。レゴ判事が先方の言うことに従うだろうという悪い予感がわたしにはしていた。

判事は審理を終了させ、ふたりの保安官補がラコースを拘置所に連れ戻すため、弁護側テーブルにやってきた。わたしは依頼人と少しだけ打ち合わせる機会を求めたが、ふたりは、法廷の勾留房でやってもらわねばならない、と言った。わたしはアンドレにうなずき、すぐに会いに戻る、と伝えた。

保安官補がラコースを連れ去り、わたしは立ち上がると、審理のまえにテーブルの上に広げておいたファイルやノートを集め、ブリーフケースに詰め戻しはじめた。フオーサイスが慰めにやってきた。彼はきちんとした人間のようで、いまのところは――わたしの知るかぎりでは――開示手続きやほかのことでごまかそうとはしていなかった。

「きついはずだな」フォーサイスは言った。

「なにがなんだ？」わたしが応じる。

「成功率が、五十に一つだと知りながら、ああいうことを狙うのは」

「ひょっとしたら、百に一つかもしれないぜ。だけど、その一つに当たったとしたらどうだ？　その場合は、すてきな一日になる」

フォーサイスはうなずいた。彼が刑事弁護士の人生における運に同情する以上のなにかをしたいと思っているのは、わかっていた。

「で」ようやくフォーサイスは言った。「これを陪審審理まえに終わらせるチャンスはあるか？」

フォーサイスはラコースが罪を認めて処分決定を受ける話をしていた。一月にその気球を上げ、二月にあらたな気球を上げた。わたしは最初の気球には応じなかった――第二級謀殺の有罪を受け入れるというものだった。つまり、ラコースは十五年後に出所することになる。その申し出を無視したことで、フォーサイスが二月にまたやってきたときには、条件の譲歩があった。今回、地区検事局は、激怒状態での事件と呼ぶつもりで、ラコースに故意故殺の罪を認めさせるというものだった。だが、それでもラコースは少なくとも懲役十年はくらいこむことになる。わたしの義務として、その取引提案をラコースに伝えたが、彼はにべもなく拒否した。もし自分がやっていない犯罪で刑期を過ごすことになるなら、十年は百年と大差ない、とラコースは言った。そう言ったときの彼の声には熱い思いがあった。その声はわたしを彼のコーナーに近づけさせた。ひょっとして、彼はほんとうに無実かもしれないという考えに近づいた。

わたしはフォーサイスを見て、首を横に振った。

「アンドレはおじけづいたりしないだろう」わたしは言った。「やっていないと言っているし、自分がやったとそっちが証明できるかどうか確かめたがっている」

「じゃあ、取引はなしだな」

「取引はなしだ」

「では、陪審選定の場で会うことになるだろう、五月六日の」

それはレゴが陪審審理の開始の日として定めた日付だった。判事は、陪審員選定に最大四日間、最後の申し立てと冒頭陳述に一日をわれわれに与えるつもりだった。本当のショーは、その翌週、検察が立証を開始するときにはじまる。

「ああ、だけど、そのまえにおれと会うことになるかもしれないぞ。どうなるか、神のみぞ知る」

わたしはパチンと音を立ててブリーフケースを閉め、勾留房の鋼鉄の扉に向かった。法廷付の保安官補がわたしに付き添ったが、ラコースはひとりきりで勾留房にいた。

「十五分後に彼を送り返す」保安官補は言った。

「わかった、ありがとう」

「出る用意ができたら、ノックしてくれ」

わたしは法廷の扉を通って保安官補が姿を消すまで待ってから、鉄格子越しに依頼人を見た。

「アンドレ、心配してるよ。きみは食べていないみたいじゃないか」

「食べてないよ。やってもいないことでここに入れられて、どうやって食欲がわくというんだ？　そのうえ、食事はくそったれなくらいまずい。家に帰りたいよ」

わたしはうなずいた。

「わかってる、わかってる」

「これに勝ちそうなのかい？」

「最善を尽くす。だけど、きみが知っているように、地区検事局はまだ取引を持ちかけているんだ。もしきみがそっちを求めるのなら」

ラコースは大きくかぶりを振った。

「中身がどんなものかすら聞きたくない。取引はしない」

「そうだとわたしも考えている。では、陪審審理に向かうぞ」

「証拠排除の申し立てに勝ったらどうなる？」

わたしは肩をすくめた。

「それに期待をかけるな。言ったように、一か八かの試みなんだ。われわれは陪審審理に向かうのだと思っていてくれ」

ラコースはわれわれを分かっている鉄格子の一本に額がつくくらい頭を下げた。いまにも泣きだしそうに見えた。

「なあ、ぼくは自分が善人でないとわかっている」ラコースは言った。「生まれてこのかた、たくさんの悪いことをした。だけど、この件はやっていない。やっていないんだ」

「アンドレ、それを証明するため、最善を尽くすと約束する。それには期待していいんだ」

ラコースは顔を引き、わたしと目と目を合わせると、うなずいた。

「それとおなじことをジゼルが言ってたよ。あんたは頼りになる、と言ってた」

「彼女がそう言ったのか？　なにに対して頼りになるって？」

「ほら、なにが自分の身に起ころうと、それを見過ごしたりしないでいてくれるはずだと彼女はあんたを頼りにしていたんだ」

わたしは一瞬黙りこんだ。過去五ヵ月間、ラコースとわたしのコミュニケーションは限定されたものだった。彼は拘置所に入っていたし、わたしは山ほどの事件を抱えていた。われわれは法廷の審問でいっしょになったときや、彼がセントラル男性拘置所で収容されている同性愛者用囚房からかけてくるときおりの電話で話をした。そうであっても、裁判で彼を弁護するために彼から聞き取る必要のあることは全部聞き取ったと思っていた。だが、たったいま彼が言ったことは新しい情報であり、それがグロリア・デイトンに関するものだったがゆえに、わたしは黙りこんだ。グロリアは、いまだにわたしにとって謎のままだった。

「なぜ彼女はそんなことを言ったんだろう？」

ラコースはかすかに首を横に振った。わたしが声に滲ませた切迫感を理解できずにいるかのように。

「わからない。たった一度雑談で彼女があんたのことを口にしただけだ。ほら、もしあたしの身になにかあったら、ミッキー・マントルがあたしの代打に立ってくれるとかなんとか」

「彼女がそれを言ったのはいつだ？」

「わからないよ。ただそう口にしただけさ。自分の身になにかあったら、必ずあんたに連絡してくれ、と言ったんだ」

片方のあいている手でわたしは鉄格子を一本摑み、自分を依頼人のほうにさらに近づけた。

「きみはわたしのところにきたとき、わたしがいい弁護士だと彼女が言ったからだとわたしに言ったな。いま聞いたような話はなにも言わなかったじゃないか」

「ぼくは殺人容疑で逮捕されたばかりで、ものすごく怖かったんだ。あんたにぼくの弁護を引き受けてほしかった」

わたしは鉄格子に両手を突っこみ、ラコースのジャンプスーツの襟を摑んで引き寄せたくなるのをこらえた。

「アンドレ、注意して聞いてくれ。彼女が正確になんと言ったのか話してくれ。彼女の言ったとおりに」

「もし自分の身になにかあったら、あんたに話すと約束してちょうだい、と言ってたんだ。そして、そのあとなにかが起こり、ぼくは逮捕された。それで、あんたに連絡した」

「その会話は彼女が殺されたときと時間的にどれほど近かったんだ？」

「正確には思いだせない」

「数日か？　数週間か？　数ヵ月か？　頼む、アンドレ。その情報が重要になるかもしれないんだ」

「わからない。一週間まえかな、もしかしたらもっとまえだったかもしれない。こんな場所にいるせいで、まともに思いだせないんだ。あの騒音やずっと照明が灯っていることや、獣連中。どんどん参ってきて、正気を失いはじめる。いろんなことを思いだせない。自分の母親がどんな様子だったのかさえ、もう思いだせずにいる」

「わかった、落ち着け。バスに乗っているあいだに、そして自分の囚房に戻ったときに、このことを考えてくれ。その会話がいつ交わされたのか、正確に思いだしてほしい。大丈夫か？」

「やってみるけど、どうなるかわからない」

「わかった、やってみてくれ。わたしはもういかないと。陪審審理のまえにきみに会うつもりだ。まだ済まさなければならない準備作業がたくさんある」

「わかった。それから、すまない」

「すまないって、なにを？」

「ジゼルのことであんたを動揺させてしまったことを。様子を見てわかった」

「気にしないでいい。今晩出る食事を必ず食べるようにしてくれ。陪審審理に備えて、しっかりした様子に見えるようになってほしい。約束できるか？」

ラコースは渋々うなずいた。

「約束する」

わたしはふたたび鋼鉄の扉に向かった。

12

わたしは、うつむいて法廷内を引き返した。レゴ判事がわれわれの審問につづいてはじめていた審問に気づきもせずに。ラコースからたったいま言われた話をつらつら考えながら、法廷の後ろの出口に向かった。グロリア・デイトンが自分の身になにかあったら、そのことをわたしに知らせたがっていたので、逮捕されたあとラコースはわたしに接触したのだということを。わたしがラコースの弁護士になったほうがいいとグロリアが考えていたからでは必ずしもなかった、と。それとこれとでは話が相当異なる。グロリアに関して、わたしが何ヵ月も抱えていた重荷を軽くしてくれた。だが、そのメッセージを伝えようとしたがったのは、自分の復讐をさせるためだったのだろうか、あるいはなにか目に見えない危険のことでわたしに警告するためだったのか？　その疑問は、グロリアに関する物事とわたし自身に関する物事の見方を一新させた。グロリアは自分が危険な立場にいることを知っていたのかもしれない。あるいは少なくとも怖れていたのかもしれない、とわたしは悟った。

法廷から足を踏みだし、混み合った廊下に入ったとたん、フェルナンド・バレンズエラに出くわした――野球の元ピッチャーではなく、保釈保証人のバレンズエラだ。バルとわたしは、むかしからの知り合いで、かつては経済的におたがいに利益をもたらしていた仕事上の関係を結んでいた。だが、何年かまえに関係がこじれ、われわれは袂を分かった。近ごろ保釈保証人を必要とするときは、わたしは通常、ビル・ディーンかボブ・エドマンドスンに頼んでいる。バルはそのリストのなかのかなり下位の三番手だった。

バレンズエラはわたしに折り畳んだ書類を手渡した。

「ミック、これはあんたにだ」

「これはなんだ？」

わたしは書類を手に取り、片手で振って、ひらこうとした。

「召喚状だ。あんたは送達を受けた」

「いったいなんの話だ？　きみはいまじゃ送達人をやってるのか？」

「おれの数多い技能のひとつさ、ミック。人は食っていかなきゃならん。それを手に持って掲げてくれ」

「くそくらえ」

わたしはその手続きを知っていた。送達したことを証明するため、書類といっしょにわたしの写真を撮影したいのだ。送達はおこなわれたが、写真のため、ポーズを取る気はなかった。わたしは書類を背後にまわした。バレンズエラは、とにもかくにも携帯電話で写真を撮影した。

「べつにかまわないぜ」バレンズエラは言った。

「こういうのはまったく不必要だぞ、バル」わたしは言った。

バレンズエラは携帯電話をしまい、わたしは書類を見た。そこに書かれている事件の名称を確認した――ヘクター・アランデ・モイア対ヴィクターヴィル連邦矯正施設所長アーサー・ロリンズ。合衆国法典二二四一条の訴訟だった。これは人身保護令状《ヘイビアス》の請願理由の変更を求めるもので、法律家たちによって、〝真のヘイビアス〟として知られているものだった。無能な弁護人のせいにするような法律上の藁を摑もうとする土壇場の試みとちがって、無実を証明するまったく新しい証拠が入手可能になったことを宣言するものだった。モイアはなにか新しいものをひそかに用意したのだ。どういうわけか、そこにわたしが関わっている。それはつまり、亡くなったわたしの依頼人グロリア・デイトンが関わっているにちがいないことを意味していた。彼女がモイアとわたしを繋ぐ唯一のリンクだった。二二四一条訴訟の基本的な訴因は、請願者――この場合はモイア――が、刑務所に違法に拘禁されているという主張であり、かくして所長に対する民事訴訟がおこなわれるのだ。全体の訴状には、もっとなにかがあるのだろう。連邦裁判事の関心を惹く予定の新しい証拠が存在しているという主張が。

「さて、ミック、気を悪くしてないよな？」

わたしは召喚状越しにバレンズエラを見た。彼はまた携帯電話を取りだしており、わたしの写真を撮影した。彼がそこにいることすら忘れてしまっていた。怒ってもよかったが、いまではこの件に気を取られすぎていた。

「ああ、気を悪くはしていないよ、バル。きみが召喚状送達人の仕事をしていると知っていたなら、こっちでもきみを使っていただろう」

今度はバレンズエラが気をそそられた。

「いつでもかまわんぜ。おれの電話番号を知ってるだろ。保釈保証人市場では、いま、資金繰りが厳しいんだ。だから、おれは足りない分を補っている。どういう意味かわかるよな？」

「ああ、だけど、この召喚状の件できみを雇った人間に言ってくれ、弁護士同士の場合、召喚状というのは、正しい方法とは……」

わたしは召喚状を出した弁護士の名前を見て、口をつぐんだ。

「シルヴェスター・フルゴーニ？」

「そのとおり。あんたをフルに訴訟に巻きこむ法律事務所さ」

バレンズエラは自分の巧みな返事を自慢して、笑い声を上げた。だが、わたしはべつのことを考えていた。シルヴェスター・フルゴーニは、法の実践になると、苛烈な仕事ぶりで、まさに睾丸潰し《ボール・バスター》の名にふさわしい往年の有名弁護士だった。だが、彼に証言録取のため召喚状を送られたことで、奇妙なのは、わたしは彼が脱税により、弁護士資格を剝奪され、連邦刑務所に収監されているのを知っているからだ。フルゴーニは、法の外観事件、すなわち法的権限が欠如しているのに法的行為を外観をもとにおこなった事件で法執行機関を主に訴えて成功を収めてきた――バッジの保護を利用して暴行や恐喝やほかの濫用、ときには殺人すら免れてきた警官たちを訴えた。フルゴーニは、和解や陪審評決で何百万ドルもの勝利を収め、弁護料としてかなりのわけまえを手にした。ただし、その勝利の大半でわざわざ税金を払ったりせず、最終的に、彼が頻繁に訴えてきた政府機関に勘づかれた。

フルゴーニは、法執行機関や政府の権力濫用行為の被害者を勝たせつづけているのをやめさせようという意図のもとおこなわれた復讐的訴追の的に自分がなっていると主張したが、実際は、四年連続で税金を払わず、それどころか申告すらおこなっていなかった。陪審席に十二名の納税者が座っている場合、評決はつねに不利なものになる。フルゴーニは、六年近く、その有罪評決に控訴してきたが、結局、時間切れになり、刑務所に収監された。それはわずか一年まえのことであり、彼が落ち着いた刑務所がヴィクターヴィルにある連邦矯正施設ではないかというひそかな疑念をわたしはいま抱いていた。そこはたまたま、ヘクター・アランデ・モイアの収容先でもあった。

「スライはもう出所してるのか？」わたしは訊いた。「弁護士資格を取り戻せたはずはないのだが」

「いや、彼の息子、スライ・ジュニアだ。彼が本件を担当している」

シルヴェスター・フルゴーニ・ジュニアという名前は聞いたことがなく、シルヴェスター・フルゴーニ・シニアがわたしよりかなり年上だった覚えもなかった。

「じゃあ、ジュニアは、新米弁護士にちがいないな」

「どうなんだろうな。おれは本人と会ったことが一度もない。そこのオフィス・マネージャーと取引をしているんだ。もういかないと、ミック。送達しなければならないブツがまだたくさんある」

バレンズエラは肩から提げている鞄を軽く叩き、裁判所の廊下を進もうと、向きを変えた。

「この裁判でほかにもうないのか?」わたしは召喚状を掲げて訊いた。

バレンズエラは眉をひそめた。

「おいおい、ミック、わかってるくせにおれがそんなことを——」

「おれはたくさん召喚状を送ってるんだ、バル。つまり、おれの商売を手伝ってくれる者は、毎月それなりの稼ぎを得られる。だが、それはおれが信頼できる相手でなくてはならない。おれの言いたいことがわかるよな? おれの味方をする人間であり、敵対するのではない人間だ」

バレンズエラはわたしがなにを言っているのか、正しくわかっていた。彼は首を横に振ったが、わたしが追いこんだ窮地からの脱出法を見つけて、目を輝かせた。指を使って、わたしを呼び寄せる。

「あのな、ミック、もしかするとあんたはおれを助けてくれるかもしれない」彼は言った。

わたしはバレンズエラに近づいた。

「むろんだ」わたしは言った。「なにが要る?」

バレンズエラは鞄をあけ、そのなかにある書類を調べはじめた。

「おれは麻薬取締局にいって、そこにいるジェイムズ・マルコという名の捜査官に会わなければならないんだ。ロイバル・ビルのどこに麻薬取締局があるか、知っているか？」

「麻薬取締局？　まあ、それはその捜査官が特捜班の一員になってるか、そうでないかによる。特捜班のメンバーはあの建物や、街じゅうのほかの場所に散らばっている」

バレンズエラはうなずいた。

「ああ、マルコは、麻薬カルテル合同捜査チームという組織の一員だ。ＩＣＥ－Ｔとか、そんな略称で呼んでいると思う」

わたしはいま言われたことについて考え、召喚状の企みやほかのあらゆることが自分のなかに組み立てられていった。

「すまんな、そこのどこにその連中がいるのか知らない。ほかになにか協力できることはないか？」

バレンズエラは鞄のなかを調べるのに戻った。

「ああ、もう一件ある。麻薬取締局のあとで、ケンドール・ロバーツという名の女性に会いにいかなきゃならない――Ｋではじまり、ｌがふたつあるケンドールだ。シャーマン・オークスのヴィスタ・デル・モンテに住んでいる。そこがどこか知ってたりしないよな？」

「すぐにはわからないな」

「じゃあ、古いGPSを起ち上げないとならんな。またあとでな、ミック」

「ああ、バル。次に召喚状の束を送るときに連絡するよ」

わたしはバレンズエラが廊下を進んでいくのを見送ってから、廊下に並んでいるベンチの一脚に向かった。腰を下ろす狭い隙間を見つけると、たったいまバレンズエラから手に入れた名前を書き記すために自分のバッグをひらいた。それから携帯電話を取りだしてシスコにかけた。ジェイムズ・マルコとケンドール・ロバーツの名前をシスコに伝え、調べられるかぎりなんでもいいから見つけるように頼んだ。マルコは法執行機関職員であるらしく、おそらくは麻薬取締局の人間だろうと伝えた。シスコはうめいた。法執行機関職員は全員、可能なかぎり数多くのデジタル足跡と、公的情報を削除することでみずからを守る措置を取っている。しかも、麻薬取締局の捜査官の場合は、それをまったく新しいレベルで徹底していた。

「CIAの秘密諜報員を追うようなものだな」シスコは不平を漏らした。

「調べて出てきたものだけでいい」わたしは言った。「麻薬カルテル合同捜査チーム

──ＩＣＥ－Ｔからはじめてくれ。ひょっとしたら、幸運に巡り合うかもしれない」

わたしはそのあと裁判所をあとにし、スプリング・ストリートに停まっているリンカーンに目を留めた。後部座席に飛び乗り、アールに〈スターバックス〉に向かってくれと言いそうになって、運転席にいるのがアールでないことに気づいた。まちがったリンカーンに乗っていたからだ。

「ああ、すまん、車をまちがえた」わたしは謝った。

わたしは飛び降り、携帯電話でアールに連絡した。駐禁取締警官にスプリング・ストリートの縁石から追い払われたので、ブロードウェイにいます、と彼は言った。アールが到着するのを五分待ち、その時間を利用して、ローナに電話を入れ、諸事確認した。わざわざ言うほどの価値のある出来事は起こっていないわ、とローナは言い、わたしはフルゴーニからの召喚状について彼女に伝え、証言録取がセンチュリー・シティにあるフルゴーニの事務所で次の火曜日の朝に予定されていると話した。ローナは、それを予定表に入れておくわ、と言った。彼女は、バレンズエラを使ってわたしに召喚状を送達したフルゴーニのやり方にいらだっているわたしとおなじ思いをしているようだった。伝統的に、弁護士がほかの弁護士に召喚状を送るのは、必要ないことだった。通常は、電話をかければ、同業者としての礼儀から、承諾してもらえた。

「なんてやつなの！」ローナは言った。「ところで、バルの様子はどうだった？」

「元気でやってるみたいだ。うちの召喚状の一部をバルに下請けさせると言っておいた」

「本気でそうするつもり？　シスコがいるのに」

「ひょっとしたらするかもしれない。いずれわかる。シスコは召喚状の送達を嫌がっているじゃないか、沽券に関わると思っている」

「だけど、シスコは送達をやってくれているし、そうすることで余分な経費が嵩まずにすんでいる」

「そのとおりだ」

わたしはアールが正しいリンカーンを運んできたので、通話を切った。セントラル・アヴェニューの〈スターバックス〉までリンカーンで向かった。そこだとWi-Fiが使えた。

ネットに繫ぐと、わたしはPACERのサイトにいき、召喚状に書かれていた訴訟番号を入力した。シルヴェスター・フルゴーニ・ジュニアによって手続きされたものは、まさしくヘクター・アランデ・モイアの有罪判決を取り消すことを目的とした〝真のヘイビアス〟申し立てだった。そこには、麻薬取締局捜査官ジェイムズ・マルコの行動に甚だしい違法行為があったと述べられていた。その訴えでは、ロス市警によるモイアの逮捕に先立って、マルコは秘密情報提供者をモイアの泊まっているホテルの部屋に侵入させ、マットレスの下に火器をこっそり置かせたと申し立てていた。そののち、マルコはその秘密情報提供者を使って、ロス市警によるモイア逮捕を画策し、逮捕に向かった警察官に武器を見つけさせた。火器は、モイアに対する容疑の拡大を検察官に可能にさせ、有罪判決が出れば、連邦刑務所での終身刑が科せられる要件を満たすことになった。まさにモイアには有罪判決ののち、終身刑の量刑が言いわたされた。

政府はまだ訴えに対する反応をしていなかった。少なくともオンラインで判断するかぎりでは。だが、早晩その機会はやってくるだろう。フルゴーニによる訴えは、四月一日の日付だった。

「エイプリル・フールか」わたしはひとりごちた。

「なんです、ボス？」アールが訊いた。

「なんでもない、アール。たんにひとりごとだ」

「店に入って、なんか買ってきましょうか？」

「いや、大丈夫だ。コーヒーが要るかい？」

「いや、おれは要りません」

リンカーンには助手席の備品棚にプリンタが設置されていた——ほかのリンカーンに乗っている連中はそんなことを露ほども考えたことがないと賭けてもいい。訴えのコピーを印刷し、コンピュータを閉じた。アールに印刷した紙を手渡され、わたしはもう一度その申し立て全体に目を通した。それからドアに寄りかかり、この芝居はどんなもので、わたしの役はどんなものになるのか突き止めようとした。

書類のなかで繰り返し言及されている秘密情報提供者というのがグロリア・デイトンであるのは、きわめて明白だとわたしは思った。そこから導きだされるのは、グロリアの逮捕と、彼女のため処分決定の交渉をわたしがしたのは、麻薬取締局とマルコ捜査官による画策だというものだった。確かに面白い話だったが、わたしは——その話の登場人物のひとりである以上——それをなかなか信じがたかった。グロリア・デイトンとヘクター・アランデ・モイアを引き合わせた事件を可能なかぎり詳しく思いだそうとした。グロリアとダウンタウンの女性拘置所で会い、逮捕の詳細を彼女から聞いたのを覚えている。彼女からなにかを促されることなく、わたしは、公判前迂回措置としての刑事調停の機会を得るためにグロリアから得た情報を交換材料として使う可能性に気づいた。あれは百パーセントわたしの考えだった。グロリアは法律のことを理解したり、あるいは少しでも知識があったりするたぐいの依頼人ではなかった。そして、マルコに関するかぎり、わたしは生まれてこのかた、彼に会ったことも話をしたこともなかった。

しかしながら、グロリアが担当弁護士の頭のなかで車輪を回転させるのに足るくらいのことを言うよう指導を受けていたと、考えざるをえない。見こみの薄いことのようだったが、もしこの五ヵ月間がなにかをわたしに証明しているとすれば、グロリアにわたしの知らない側面があったのだと、わたしは認めざるをえなかった。ひょっとしたらそれが彼女に関する究極の秘密暴露かもしれない——すなわち、彼女はわたしを麻薬取締局の駒として利用したのだ。

矢も盾もたまらず、わたしはシスコにまた電話をかけ、わたしが渡した名前に関する調査の進捗状況を訊ねた。

「名前を寄越してから三十分も経っていないぞ」シスコは抗議した。「この情報を急いでほしいのはわかっているが、半時間でか？」

「この件でなにが起こっているのか知る必要があるんだ。いますぐ」

「まあ、できるかぎり急いで調べるさ。女性に関しては、話すことがあるが、捜査官に関しては、まだなにも摑んでいない。そっちを手に入れるには、なかなか骨が折れそうだ」

「わかった、だったら、女性に関して教えてくれ」

シスコがメモを集めていると思しき沈黙がしばらくつづいた。

「オーケイ、ケンドール・ロバーツだな」シスコは言った。「彼女は三十九歳で、シャーマン・オークスのヴィスタ・デル・モンテに住んでいる。九〇年代中盤に遡る逮捕歴がある。売春と売春の共謀だ。つまり、よくあるエスコート嬢というやつだ。だから、彼女は娼婦だ。あるいは、娼婦だったといったほうがいいだろう。過去六年間、彼女の記録は綺麗なものだ」

ということはグロリア・デイトンがグローリー・デイズの名前でエスコート嬢として働いていたころ、ケンドール・ロバーツも活動していたことになる。当時、ロバーツとデイトンが知り合いだったか、たがいのことを聞き知っていたのではないだろうか。そしてそれがフルゴーニからの召喚状の理由ではないか。

「わかった」わたしは言った。「ほかになにか?」

「ほかにはなにもない」シスコは言った。「いま言ったのがおれの持っている情報全部だ。一時間後に電話してくれないか」

「いや、あした会ったときでいい。あすの朝九時に会議室に全員きてもらいたい。それをほかの連中に伝えてくれるか？」

「了解。それにはブロックスも含むのか？」

「ああ、ブロックスもだ。全員あの場に揃ってもらい、この件の最新状況に関してブレーンストーミングしてもらいたい。それがラコースに必要なものになるかもしれない」

「つまり、論点すり替え弁護《ストローマン》ということかい——モイアがデイトンを殺したという？」

「そのとおり」

「わかった、じゃあ、九時に会議室に全員集合する」

「そしてそれまでにこのマルコというやつが何者なのか突き止めてくれ。その情報がほんとうに必要なんだ」

「とっくに最善を尽くしているよ。いま調べている」

「とにかくそいつを見つけるんだ」

「言うは易くだ。ところで、あんたはなにをする気だ？」

いい質問だった——いい質問すぎて、返事をためらっているうちに答えがわかった。

「おれはヴァレー地区に上がっていき、ケンドール・ロバーツと話をする」

その計画にシスコは、すぐさま反対した。

「待て、ミッキー、おれがそこにいくべきだ。この女となにがそこで待ち受けているのか、あんたは知らない。彼女がだれといっしょにいるのか知らない。間違った質問をしたら、めんどうなことが起こりかねない。その女のところで落ち合おう」

「いや、おまえはマルコの調査をつづけてくれ。アールがいるし、大丈夫だ。間違った質問をしたりしないよ」

シスコは一回反対するだけで充分だと、わたしのことをよく知っていた。なぜなら、ロバーツに会いにいこうとする気持ちをわたしは変えるつもりがないからだ。

「そうか」シスコは言った。「じゃあ、良い狩りを。おれが要るなら電話してくれ」

「そうする」

わたしは携帯電話を切った。

「さあ、いいぞ、アール、いこう。行き先はシャーマン・オークスだ。飛ばしてくれ」

アールは車をドライブ・モードに入れ、縁石から離れさせた。

車の速度に比例して、アドレナリンが分泌されるのをわたしは感じた。新しいことがいろいろ起こっていた。まだわたしには理解できていないことが。だが、それはかまわなかった。すぐにすべてを理解しよう、と自分に誓った。

13

フェルナンド・バレンズエラは、わたしに名前を出して訊ねた順で召喚状を送達するだろうと、わたしには思えた。エドワード・R・ロイバル連邦ビルは、刑事裁判所ビルからほんの数ブロック離れたところにあった。バレンズエラは、ジェイムズ・マルコに書類を送達しようとしてまずそちらにいき、そのあとでケンドール・ロバーツに送達するためヴァレー地区に向かうだろう。バルがマルコにたどり着くのは、簡単なことではなかろう。連邦捜査官というものは、召喚状の受け取りを避けようと懸命に努めるものだ。経験からわたしはそのことを知っていた。通常、送達作業は、当該捜査官に成り代わって渋々召喚状を受け取るであろう上司を通す形で手配されざるをえなかった。目当ての捜査官が個人的に召喚状を受け取ることはほぼなかった。

それらすべてのタイミングがバルに対して有利な立場にわたしを立たせるとわたしは信じていた。もしロバーツがたまたま自宅にいれば、バルがたどり着くはるかまえにわたしは彼女にたどり着くことができるだろう。もちろん、先にそこにたどり着くことでなにが達成できるか、わたしには見当がつかなかったが、身構えられずにロバーツと話ができるのがこちらの希望だった。刑務所に入っている麻薬カルテルの中心人物に関わる、ある種の連邦事件に自分が巻きこまれているのをロバーツが知るまえに。

わたしはロバーツについて、名前以外のことを知る必要がまだあった。ロバーツとグロリア・デイトンは、一九九〇年代と、少なくとも今世紀初頭に、おなじサークルに属していたようだ。シスコからもらった情報が出発点だったが、それだけでは充分でなかった。ある事件の登場人物と会話をするための最善の方法は、その人物が持っている以上の知識で会話に入ることだ。

わたしは携帯電話でシルヴェスター・フルゴーニ・ジュニアをググり、そこに記載されている番号に電話した。弁護士事務所より、ステーキハウスの〈ボア〉で予約を受けつけるのにふさわしい、低くてスモーキーな声の女性が、応対に出て、わたしは重待たされた。いま、われわれはフリーウェイ101号線を通っており、車の流れは重かった。シャーマン・オークスまでまだ半時間はかかると踏んでおり、待たされるのや、耳に聞こえるメキシコの酒場音楽も気にならなかった。

車窓に寄りかかり、目をつむろうとしたとき、若い男の声が耳に届いた。

「こちらはシルヴェスター・フルゴーニ・ジュニアです。御用件はなんでしょう、ハラーさん？」

わたしは背を伸ばし、ブリーフケースから法律用箋を取りだして、太腿の上に置いた。

「きょう裁判所で召喚状をぶつけてきた理由を話すことからはじめられるんじゃないかな。きみは若い弁護士にちがいないとわたしは考えているんだ、フルゴーニくん。なぜなら、一連のことは不要だからだ。きみがするべきだったのは、わたしに電話することだけだった。それは職業上の礼儀と呼ばれている。弁護士はほかの弁護士に召喚状を送達しないものだ——とりわけ、裁判所でほかの同業者たちがいるまえでは」

一拍間があってから謝罪がやってきた。

「その件はたいへん申し訳なく、お詫びします、ハラー弁護士。あなたのおっしゃるとおり、ぼくは身を立てようとしている若い弁護士です。もし間違った手はずを取ったのであれば、心からお詫びします」

「わかった。それからマイクルと呼んでくれ。これはいったいどういうことなのか話してくれないか？　ヘクター・アランデ・モイアだと？　その名前を聞くのは、七、八年ぶりだ」

「ええ、モイア氏は長いこと遠くにおり、われわれはその状況を改善しようとしています。召喚状が言及している訴訟について、目を通されましたか？」

「フルゴーニくん、自分自身の訴訟について目を通す時間がかろうじてあるくらいなんだ。それどころか、きみからこの召喚状を渡されたことで潰れる時間を埋め合わせるためにいろいろ手を尽くす必要がある。きみは証言録取の日時を空欄のままにするか、両者にとって都合のつく日時にしておくべきだった」

「もし火曜日の午前中が不都合なら、あなたに合わせることができます。それからスライと呼んで下さい」

「そこはかまわない、スライ。都合をつけられるだろう。だが、なぜヘクター・モイアのため、わたしが証言させられるのか、その理由を話してくれ。モイアはわたしの依頼人であったことは一度もなく、わたしは彼となんの関係もない」

「ですが、関係ありますよ……マイクル。ある意味で、あなたがモイアを刑務所に入れた人物であり、それゆえにあなたが彼を外に出すための鍵になるかもしれない」

今回、わたしのほうが口をつぐんだ。フルゴーニの話の最初の部分は、議論の余地があったが、真実であろうとなかろうと、麻薬カルテルの上位にいる男がわたしのことを考えているというのは、望ましくないたぐいの事柄だった。たとえ彼が連邦刑務所に安全に拘禁されているとはいいえ。

「そこでやめてもらいたい」わたしはようやく言った。「わたしがきみの依頼人を刑務所送りにした人間だと言えば、わたしからなんの協力も助力も得られないぞ。いったいどんな根拠に基づいて、そんなとんでもない不注意な発言をしているのだろうか？」

「ああ、よして下さい、マイクル。八年経ってるんです。われわれは事件の詳細を摑んでいます。あなたは自分の依頼人のグロリア・デイトンにダイヴァージョン・プログラムを適用してもらう取引をして、連邦政府にピンク色の蝶ネクタイを結びつけたヘクター・モイアを差しだしたんです。あなたの依頼人はすでに死亡しており、そのため、なにがあったのか、われわれに話してくれるのはあなただけなんです」

わたしはアームレストを指でトントン叩きながら、この件を扱う最善の方法を考え出そうとした。

「教えてくれ」わたしはようやく口をひらいた。「グロリア・デイトンと彼女の事件について、きみが知っていると思っているものをどうやって知ったんだ？」

「その話をするわけにはいきませんよ、マイクル。内部の極秘情報です。実を言えば、秘匿特権付き情報です。ですが、われわれの事件の準備をするには、あなたの証言録取が必要なんです。火曜日にお会いするのを楽しみにしています」

「それはうまくいかないぞ、ジュニア」

「なんでしょう《エクスキューズ・ミー》？」

「いや、きみは大目に見られない《ノット・エクスキューズド》。それにきみはわたしに火曜日に会えるかもしれないし、会えないかもしれない。わたしは、刑事裁判所ビルのどの法廷にでも入っていって、五分でこの件を潰す判事を見つけられる。わかるか？　だから、火曜日にそっちでわたしと会いたいのなら、話をはじめたほうがいい。合同捜査であれ、社外秘であれ、機密であれ、秘匿特権付きであれ、どうでもいい。帽子を手にもってかしこまってどこかの証言録取に参上するなんてことをする気はない。わたしにこさせたいのなら、なぜこさせたいのか、ちゃんと理由を話さなければならない」

その言葉にスライ・ジュニアは動揺し、口ごもりながら答えた。

「あの、その、ちゃんと答えます。電話をかけ直させて下さい、マイクル。すぐにかけ直すと約束します」

「ああ、そうしてくれ」

わたしは電話を切った。スライ・ジュニアがなにをやろうとしているのか、わたしにはわかっていた。ヴィクターヴィルにいるスライ・シニアに電話をして、わたしをどう扱ったらいいのか、訊ねるつもりだ。今回のやりとりで、ジュニアがシニアに指示されたことを実行しているのは、きわめて明らかになった。今回の一件は、ヴィクターヴィルのレクリエーション・ヤードででっちあげられたものだろう――スライ・シニアがモイアのところにいき、真のヘイビアスの申し立てをやってみる話を持ちかけたのだ。そこからおそらくスライ・シニアは刑務所の法律ライブラリーで、中立書あるいは息子宛の指示を手書きしたのだろう。その件でわたしが抱いている唯一の疑問は、グロリア・デイトンがモイアに関する秘密情報提供者であったことをどうして彼らが知ったのかということだ。

わたしは電話のあと、窓の外を見て、かなり進んでおり、もうすぐカーウェンガ・パスにたどり着きそうなことに気づいた。アールは、ブロッカーをかいくぐるスキャットバックのように穴を見つけ、動きまわってくれたのだ。それは彼が得意とするところのものだった。わたしが思っていたよりも早くにロバーツの下にたどり着けそうだった。

ロバーツはヴェンチュラ大通りから数ブロック離れたところに住んでいた。その住所に備わっているなんらかのステータスを探すとすれば、大通りの南側は、ヴァレー地区で好まれている地域だった。わたしと離婚したあと、元妻は、大通りの南側のディケンズ・ストリートにあるブロックでコンドミニアムを購入した。南側という違いは彼女にとって重要だった——しかも、値が張った。当然ながら、わたしはその家のローンの一部を払っていた。そこはわれわれの娘が住む家だったからだ。ロバーツは、住所を区切る線の北側数ブロックのところに住んでいた。ヴェンチュラ大通りとヴェンチュラ・フリーウェイのあいだに挟まれた地域だ。共同住宅と一戸建てが混在する、高級とは言えない住宅地だった。

一ブロック先までくると、共同住宅ではなく一軒家が並んでいる高齢者居住地区、ヴィスタ・デル・モンテの一画に入ったのがわかった。前部座席に移れるよう、アールに車を停めさせた。まずプリンタのコンセントを抜き、作業台を車のトランクに移動させた。

「われわれが近づくのを彼女に見られた場合に備えてだ」前部座席に戻り、ドアを閉めるとすぐ、わたしは言った。

「なるほど」アールが言った。「で、どんな計画でいくんです？」

「願わくは、家のまえに車を停め、この車でわれわれが公的機関の職員であるように見せたい。戸口までいっしょにきてくれ。話すのはおれに任せて」

「だれに会うんです？」

「女性だ。彼女の知っていることを話してもらう必要がある」

「なんについての？」

「わからん」

そこが問題だった。ケンドール・ロバーツは、モイアの訴えにわたしと同様、召喚状を送達されていた。自分がこの事件になにをもたらすのか、かろうじてわかっている程度であり、ましてやロバーツがなにをもたらすのか、さっぱりわからなかった。

運がよかった。シスコから聞いた住所にある一九五〇年代風ランチハウスの正面には、赤く塗られた縁石と消火栓があった。

「彼女にこの車が見えるようにここに停めろ」

「消火栓のまえに停めたら、逮捕されかねないですよ」

わたしはグラブボックスをあけ、聖職者と印刷された標識を取りだすと、ダッシュボードの上に置いた。うまくいかない場合よりもうまくいく場合のほうが多く、やってみる価値がつねにあった。

「どうなるか見てみよう」わたしは言った。

車から降りるまえに、わたしは財布を取りだし、カード入れからラミネート加工された法曹協会会員証を抜いて、運転免許証入れの表の透明なディスプレー窓に滑りこませた。アールと即席の行動計画を立ててから、われわれは車を降りた。ケンドール・ロバーツの逮捕記録は、二〇〇七年で終わっているとシスコは言っていた。わたしの勘では、彼女はいまやそのときの生活から足を洗い、たぶん堅実な暮らしを送っているのだろう。それを利用してこちらの有利になるよう話を運びたいと願っていた――もしその女性がウィークデーのまんなかに在宅していれば。

近づいていきながら、わたしはサングラスをかけた。わたしの顔は、一昨年、地区検事長選挙に先駆けて、TVや街じゅうのビルボードに出まくっていた。ここで正体に気づかれたくなかった。わたしは扉をしっかりとノックしてから、脇に退いて、アールの隣に立った。アールはレイバン・ウェイファーラーをかけ、いつものブラックスーツとネクタイという恰好だった。わたしはチャコール色のコルネリアーニのピンストライプ・スーツを着ていた。とはいえ、肩を並べて立ち、ともにサングラスをかけていると、関係がよかったときに娘と楽しんで見た人気映画シリーズに出てくる黒人と白人のコンビが思いだされた。わたしはアールに囁いた。

「秘密の政府のため、エイリアンを狩っているふたり組のあの映画だが――」

扉が内側から引かれてあいた。シスコが報告したロバーツの三十九歳という年齢にしては少し若く見える女性が戸口に立っていた。背が高く、しなやかな体つきで、赤みを帯びた茶色の髪を肩にかかる長さにしていた。わたしにわかる範囲では、彼女は化粧をしておらず、その必要もなかった。灰色のスエットパンツとピンク色のTシャツ姿で、Tシャツには、「ほぐれた？《ゴット・フレックス》」と書かれていた。

「ケンドール・ロバーツかね？」

「はい？」

わたしは上着の内ポケットから財布を抜き取ろうとした。

「わたしはハラーだ。カリフォルニア州法曹協会の人間で、こちらはアール・ブリッグス。われわれが調査しているある状況に関して、きみに二、三質問ができればと考えている」

わたしは財布を振り開き、彼女にわたしの会員証が見えるだけの短いあいだ、掲げ持った。会員証にはカリフォルニア州法曹協会の正義の秤のロゴが記されており、充分、公的機関の身分証に見えた。あまり長く見せないようにして、わたしは財布を閉じ、内ポケットに戻した。

「あまり長くはかからない」

ロバーツは首を横に振った。

「わけがわからない」彼女は言った。「わたしにはなにも……法律がらみのことは起きてないわ。なにかの間違いにちがい――」

「きみに関することじゃないんだ。ほかの人間に関わっている。きみはその周辺にいる。なかに入れてもらえるかね？　それとも、話をするため、ヴァンナイズのわれわれのオフィスまでご同行いただけるだろうか？」

実際には存在していないべつの場所を口にするのは、ギャンブルだったが、彼女は自宅を離れたがらないだろうとわたしは賭けていた。

「ほかの人間とは？」

家のなかに入るまでそのことを訊かないでいてくれればいいと願っていた。だが、そこが鍵だった。わたしははったりをかましていた。自分がなにも知らないことについて知っているかのように振る舞おうとしていた。

「たとえば、グロリア・デイトン。グローリー・デイズの名前で知っているかもしれない」

「彼女がどうしたの？　わたしは彼女とはなんの関係もありません」

「彼女は亡くなった」

その知らせに彼女が驚いた様子を見せたのか、わたしには判断がつかなかった。グロリアが死んだことをケンドールは知っていなかったかもしれないが、グロリアの人生がバッドエンドを迎えかねないという知識は持っていた。

「十一月に」わたしは言った。「彼女は殺害された。われわれは彼女の事件がどのように扱われるのか注目している。彼女を担当していた弁護士の行為に関して倫理的な疑問が存在しているんだ。なかに通していただけるだろうか？　お時間はたいして取らせはしないと約束しよう」

ケンドールはためらったが、うしろへ下がった。われわれは家のなかに入った。ふたりの見知らぬ人間を自宅に通すのは、たぶん彼女の本能に反していたことだろうが、玄関ポーチでわれわれを――われわれの姿形を――近所の人間に見られ、臆測を巡らされるのも望んでいなかっただろう。わたしは戸口を通り抜け、アールがあとにつづいた。ケンドールはわれわれをリビングのカウチに案内し、自分は向かい側の椅子に座った。

「いいですか、グローリーのことを聞いて、とても残念に思います。ですが、わたしはとても長いあいだあの世界とは関わりを持っていないということをまず言わせて下さい。わたしはあそこに引き戻されたくありません。グローリーがなにをしていたのか、あるいは彼女の事件がどう扱われているのか、あるいは彼女の身になにがあったのか、なにも知らないのです。何年もグローリーとは話をしていません」

わたしはうなずいた。

「それはわかるし、きみを引き戻そうとしてわれわれがここにきているのでもない」わたしは言った。「それどころか、実際には、きみがそういう目に遭うのを避けさせたいと願っている」

「そんなのはきわめて疑わしいわ。こんなふうにわたしの家にやってこられたら、信用できません」

「すまない。だが、これから訊く質問は、訊かねばならないものなのだ。できるだけ簡潔にするつもりだ。まず、きみとグロリア・デイトンとの関係はどんなものだったか訊ねることからはじめさせてもらいたい。きみの逮捕歴をわれわれは知っているし、長いこと、綺麗な暮らしを送ってきているのも知っている。これはきみについてじゃないんだ。グロリアについての話だ」

ロバーツはしばらく黙って、結論を下そうとしていた。やがて、彼女は話しだした。

「わたしたちはおたがいに助け合っていたの。おなじ電話代行サービスを利用して、もしどちらかが忙しく、もうひとりは手が空いていたら、代行サービスがわたしたちに連絡してくるようになっていた。わたしたちは三人でやっていたの。グローリーとわたしとトリナ。わたしたちはみんな容姿が似ていて、常連客じゃないかぎり、客にはけっして区別がつかなかったようだった」

「トリナのラストネームは？」

「どうしてそっちが知らないの？」

「その名は浮かんでこなかったんだ」

ロバーツはわたしを疑わしそうに見たが、このインタビューを可能なかぎりはやく終わらせるためだろう、先をつづけた。

「トリナ・ラファティ。ウェブサイトでは、トリナ・トリックスの名で通っていた──名前の最後はxが三つ」

「いま現在、トリナ・ラファティはどこにいる？」

間違った質問だった。

「知らないわよ！」ロバーツは叫んだ。「わたしがいま言ったことをなにひとつ聞いていないの？　わたしはもうあの暮らしとは手を切った！　わたしには仕事と事業と生活があり、こんなこととなにも関係していない！」

わたしは片手を上げて宥める仕草をした。

「すまん、すまん。きみが知っているかもしれないと思っただけだ。ひょっとしたら、きみたちがまだ連絡を取り合っているかもしれないと思った。それだけだ」

「わたしはあの世界のなにとも連絡を取り合っていないわ、いい？　そこははっきりわかった？」

「ああ、わかった。古い記憶を掘り下げていくことだともわかった」

「そのとおり。わたしはそれが好きじゃないの」

「すまない。手短に進めるつもりだ。で、きみたちは三人でやっていて、電話が代行サービスにかかってくる、と言った。もし電話をかけてきた人間がきみを指名し、きみの予定が塞がっていたなら、その電話はグローリーあるいはトリナに繋がる。ここまでは正しい？」

「そのとおり。あなた、弁護士のような話し方をするのね」

「なぜならわたしは弁護士だからだろう。さて、次の質問だ」

次の質問は、われわれが追い出されることになるか、われわれを知識の約束の地に連れていってくれることになるのか、どちらかであろうから、わたしは訊くのをためらった。

「その当時、きみとヘクター・アランデ・モイアとの繋がりはどんなものだった？」

一瞬、ロバーツはポカンとした顔でわたしを見た。最初、それは彼女が一度も聞いたことがない名前をわたしがぶつけたからだと思った。だが、彼女の目に認識と恐怖が浮かんだのが見えた。

「いますぐ出ていってちょうだい」ロバーツは冷静に言った。

「よくわからないな」わたしは言った。「わたしはただ――」

「出てって！」ロバーツは叫んだ。「あなたたちはわたしを殺させるつもりなんだ！わたしはこんなこととももうなにも関係していない。出ていって、わたしを放っておいて！」

ロバーツは立ち上がり、扉を指さした。モイアの名を出したことで自分がこの会話を台無しにしてしまったのを悟り、わたしは腰を浮かしかけた。

「座れ！」

アールの声だった。そして、彼はロバーツに話しはじめた。ロバーツはアールの低い声の力に衝撃を受け、彼をじっと見た。

「おれは座れと言ったんだ」アールは言った。「モイアのことを知るまで、おれたちはここを出ていかん。それにあんたを殺させるつもりもない。実際にはあんたを救おうとしているんだ。だから、座って、知っていることを話せ」

ロバーツはゆっくりと腰を下ろした。わたしも座った。ロバーツとおなじように自分も衝撃を受けた、とわたしは思った。偽の捜査員の手を使うため、以前にアールを利用したことがあった。だが、彼が一言でも言葉を発したのはこれがはじめてだった。

「よし」アールは全員がふたたび腰を下ろすと言った。「モイアのことをおれたちに話してくれ」

14

つづく二十分間、ケンドール・ロバーツは、ロサンジェルスでの麻薬と売春にまつわる話をわれわれにしてくれた。そのふたつの悪徳は、高級エスコート嬢市場では、ありふれた組み合わせだと、彼女は言った。エスコート嬢が客に両方を提供するのだ。個々の逢瀬の儲けを倍以上にする。そしてそこにヘクター・モイアが登場する。ふだんはキロ単位のコカインを国境を越えて、ネットワークの下位にある密売人に届けるブローカーだったのだが、モイアはアメリカ人売春婦が好みで、つねにある程度の量の粉を手元に置いていた。そうした逢瀬の代金をコカインで払っており、すぐにウェスト・ハリウッドやビバリーヒルズで働く、多くの高級エスコート嬢のコカイン供給源になった。

その話のなかで、グロリア・デイトンについて知っているとわたしが思っていたことは、非常に不完全なものだったのが明らかになった。また、グロリアのためにわたしが最後におこなった取引のなかで、わたしはグロリアとほかの者たちによってたくみに操られた人形にすぎなかったという少しまえに抱いた疑念が事実であることが確認された。ロバーツが話すことはみんなすでに知っていたことだという外見を保とうとしていたが、内心では、利用され、辱められたと感じていた──その事実が起こってから八年経ったいまでも。

「では、いつからきみとグローリーとトリナはヘクターを知っていたんだ？　彼が逮捕されて、いなくなるまえの」ロバーツの話が終わると、わたしは訊ねた。

「ああ、二、三年前からだったはず。そのころ、彼はしばらくぶらついていた」

「で、どうやって彼の逮捕を知ったんだい？」

「トリナから聞いたわ。彼女が電話してきて、モイアが麻薬取締局に逮捕されたのを聞いたと言ったの」

「ほかになにか覚えていることはあるかな？」

「モイアがムショに入るなら、あらたな麻薬の供給元を探さないといけなくなるだろうな、と言っただけ。わたしは、その生活から抜けだしたかったので、興味はない、と答えた。そのすぐあとに、わたしは抜けだしたの」

わたしはうなずき、彼女から学んだことと、それがフルゴーニのやろうとしていることとどのように合致するのかについて考えようとした。

「ミズ・ロバーツ、シルヴェスター・フルゴーニという名の弁護士を知ってるかね？」わたしは訊いた。

ロバーツは眉根を寄せ、知らないと答えた。

「その名を聞いたこともない？」

「ない」

フルゴーニはロバーツを補強証人として必要としている、というのがわたしの勘だった。モイアに関する彼女の証言は、フルゴーニがすでに持っている情報を裏付けるだろう。それにより、トリナ・トリックスがその情報の発信源である可能性が高くなり、おそらくはグロリア・デイトンの名前を明かした情報源であろう。バレンズエラは、トリナ・ラファティへ召喚状を送達しなければならないとは、いっさい言っていなかった。フルゴーニがすでにトリナをみずからの陣営に迎え入れているからかもしれない。

わたしはケンドールに視線を戻した。

「モイアと彼の逮捕のことについて、グローリーといままでに話をしたことはある？」

「いいえ、それどころか、グローリーはおなじ時期に仕事から足を洗ったと思ってたわ。一度わたしに電話をかけてきて、いまリハビリ施設にいて、そこを出たらすぐ街を出ていくつもり、と言ってた。わたしは街を出なかったけど、あの仕事は辞めた」

わたしはうなずいた。

「ジェイムズ・マルコという名になにか思い当たるふしはあるだろうか？」

わたしは彼女の顔をじっと見て、反応や、なんらかの動きを探った。そうしていると、控え目な形ではあったが、彼女がじつに美しい女性であることにわたしは気づいた。彼女は首を横に振り、髪の毛があごの下で揺れた。

「いえ、思い当たらないといけない？」

「わからん」

「その人は客だったの？　たいていの客は本名を使わない。わたしが見られるような写真をお持ちかしら？」

「わたしの知るかぎりでは、彼は客ではない。連邦政府の捜査官なんだ。麻薬取締局だと、われわれは考えている」

ロバーツは再度首を横に振った。

「だったら、わたしはその人のことを知らない。ありがたいことに、当時、麻薬取締局捜査員で知っている人間はひとりもいなかった。連邦捜査機関が働かせている女の子を何人か知っていたわ。連邦政府の連中は最悪よ。けっして放してくれないの。なにを言ってるのか、ご存じでしょ？」

「秘密情報提供者として？」

「もし連中の釣り針に引っかけられたら、娼婦としての暮らしを辞めることすら考えられなくなる。連中がけっして解放してくれないから。連中はポン引きよりひどい。女の子たちに情報を持ってこさせるの」

「グローリーはそんなふうにマルコに捕まったんだろうか？」

「わたしに打ち明けたことはなかったわ」

「だが、そうだった可能性はある？」

「なんだって可能よ。もし連邦政府のため、タレこんでいたなら、そのことを口にするわけがない」

その点において、わたしはロバーツに同意せざるをえなかった。次に訊くべき質問を考えようとしたが、なにも出てこなかった。

「いま、きみはなにをしているんだね？」ようやくわたしは訊いた。「生計の手段として、という意味だ」

「ヨガを教えているの。大通りにスタジオを持っている。あなたはなにをしているの？」

わたしは彼女を見、ペテンがばれたのがわかった。

「あなたがだれか知ってるわ」ロバーツは言った。「ようやくわかった。あなたはグローリーの弁護士だった。それに釈放されたあとで車でふたりの人を轢き殺したあの男を釈放させた弁護士でもある」

わたしはうなずいた。

「ああ、わたしはその弁護士だ。それから、へたな芝居をしてすまない。グローリーの身になにが起こったのか突き止めようとしていただけなんだ。それに――」

「きついの？」

「きついってなにが？」

「自分の過去と生きるのが」

そう言っている彼女の言葉には、冷淡な響きがあった。わたしが返事をするまもなく、ドアを強く叩くノックの音がして、室内にいた全員が驚いた。ロバーツは立ち上がろうと身をのりだしたが、わたしは両手を掲げて、声を低くして言った。

「応対しないほうがいい」

彼女は椅子から半分腰を浮かしたまま凍りつき、囁き返した。

「どうして？」

「なぜなら、きみに召喚状を送達にきた男だと思うからだ。彼はモイアの弁護士のために働いている——フルゴーニのために。その弁護士はきみと話をしたがっており、われわれがいまここで話をしていた事柄に関して、きみの話を公的な記録に留めたがっている」

ロバーツは椅子に座りこみ、顔にはヘクター・アランデ・モイアへの恐怖を浮かべていた。わたしはアールにうなずいた。彼は立ち上がって、確認のため、静かに玄関エリアに向かった。

「どうしたらいいの？」ロバーツは囁いた。

「いまのところは、応答するな」わたしは言った。「彼は——」

さきほどよりも大きなノックが家のなかに響いた。

「彼はきみに直接、送達しなければならないんだ。きみが彼を避けているかぎり、きみは召喚状に応じる必要がない。裏口はあるかい？　きみが出てくるのを待って、表の通りにじっとしているかもしれない」

「ああ、なんてこと！　なぜこんなことが起こるの？」

アールが部屋に戻ってきた。ドアの覗き穴から外を見てきたのだ。

「バレンズエラか？」わたしは声を潜めて訊いた。

アールはうなずいた。わたしはロバーツのほうに視線を戻した。

「あるいは、きみが望むなら、きみの代理人を引き受けて、判事に会いにいき、この件を潰すこともできる」

「どういう意味？」

「ゴミ箱行きにさせるんだ。絶対にきみが巻きこまれないようにし、証言録取がないようにする」

「そうするのにどれくらいお金がかかるの？」

わたしは首を横に振った。

「まったく金は要らないよ。たんにわたしがそうするだけだ。きみはここで協力してくれた。今度はわたしが手を貸そう。きみをこの件に関わらせないようにする」

はたしてうまくいくのか自信がない申し出だった。だが、彼女の恐怖のなにかがわたしにそう言わせた。過去を振り切れないのを恐怖の面持ちで徐々に悟った彼女のなにかがわたしの琴線に触れた。わたしにはそのなにかがわかった。

またノックの音がしたかと思うと、バレンズエラがロバーツの名前を呼びだした。

アールは覗き穴に戻った。

「わたしには仕事があるの」ロバーツが囁いた。「ヨガ教室の生徒がいる。わたしが昔やっていたことを彼らは知らない。もしそのことが漏れたら、わたしは……」

ロバーツは涙をこぼしそうになった。

「心配しないで。そんなことにはならない」

なぜそんな約束をする気になったのか、自分でもわからなかった。召喚状を潰せるという自信を感じていた。だが、フルゴーニは、その手続きを再度おこなえばいいだけの話だ。また、マスコミをコントロールする術はわたしになかった。いまは、今回の件はレーダーに捕捉されない高度を飛んでいるが、モイアの訴えは、政府の違法行為の告発を含んでおり、その主張がすべて公表されれば、関心を呼ぶはずだった。その興味がケンドール・ロバーツのような端役にまで及ぶかどうかはわからないが、わたしが防げるようなものではなかった。

それにラコースの事件がある。モイアと彼の訴えをわたしの依頼人の弁護にどう利用できるのかまだ定かではなかったが、少なくとも、検察側の主張を混乱させ、陪審員にほかの可能性を考えさせるための牽制策として持ちだすことができるとわかっていた。

アールがリビングに戻ってきた。

「あいつはいなくなった」アールは言った。

わたしはロバーツを見た。

「だが、彼は戻ってくる」わたしは言った。「あるいは、外に座っていて、きみが出てくるのを待つだろう。この件をわたしに任せてもらえるだろうか？」

ロバーツはほんの一瞬考えてから、うなずいた。

「ええ、お願いするわ」

「了解した」

わたしは彼女の携帯の番号と、ヨガ・スタジオの住所を訊ね、それを書き記した。召喚状を処理したら連絡する、とわたしは言った。それから、彼女に礼を言うと、アールとともにその家を出た。わたしは携帯電話を取りだし、バレンズエラに電話して、わたしが召喚状を代わりに受け取るから戻ってくるよう伝えようと思ったが、その必要がないことが見てわかった。バレンズエラが、わたしのリンカーンのボンネットに腰掛けて、わたしを待っていた。両手をついてもたれかかり、顔を太陽に向けていた。顔を動かしたり、姿勢を変えたりせずにバレンズエラは口をひらいた。

「ほんとかよ、ミック？　聖職者だって？　どれだけずるくなれるんだ、あんたは？」

わたしは会衆のまえに立つ牧師のように両腕を広げた。

「わが説教壇は、法廷の陪審席まえの空間だ。おれは十二名の使徒、罪責の神々に教えを垂れる」

バレンズエラは何気なさを装ってわたしを見た。

「ああ、まあ、好きに言うがいい。それでも、じつにずるいのに変わりはない。あんたは恥じ入るべきだ。おれより早くここまで車を飛ばしてきて、あそこに隠れ、応対に出るなとあの女に伝えるとは、とてつもなくずるいな」

わたしはうなずいた。バレンズエラはすべて解明していた。わたしは車のボンネットから退くようバレンズエラに合図した。

「あのな、バル、ミズ・ロバーツはいまやおれの依頼人であり、彼女の代わりにフルゴーニの召喚状をおれが受け取る権限を与えられたんだ」

バレンズエラは車から滑り降りた。財布のチェーンがベルトから尻ポケットまで垂れ下がっており、それで塗装の上を擦っていった。

「ああ、しまった、おれはドジだな。傷ついていなければいいが、導師」

「いいから、書類を寄越せ」

バレンズエラは尻ポケットから丸めた書類を抜き取り、わたしのてのひらに叩きつけた。

「ありがたい」バレンズエラは言った。「ここで一日じゅう待たずにすんだ」

そののちバレンズエラはわたしの肩越しに家のほうに手を振った。振り返ると、ケンドール・ロバーツがリビングの窓からこちらを見ていた。わたしは万事大丈夫だと告げるかのように手を振り、彼女はカーテンを閉めた。

わたしはバレンズエラに向き直った。彼は携帯電話を取りだして、召喚状を持っているわたしの写真を撮った。

「そんなこと実際には必ずしも必要ないんだぞ」わたしは言った。

「あんたみたいなやつを相手にしていると、必要あると考えるようになってる」バレンズエラは言った。

「じゃあ、どうやってジェイムズ・マルコに送達したのか言ってみろ。それとも彼も受け取らせるのが難しいのか？」

「もうなにも言うもんか、ミック。それからあんたからの召喚状を送達するのにおれを雇うと言ってたが、あれもみんな戯言なんだな？」

わたしは肩をすくめた。バレンズエラはわたしにとって役に立ってきたし、その橋を焼き落とさないほうがいいのはわかっていた。だが、車のボンネットにチェーンを引きずったのが、わたしの癇にさわった。

「そうだな」わたしは言った。「フルタイムの調査員がうちにはもういる。通常、彼がその手のことを扱っている」

「そうか、そりゃよかったよ。おれはあんたの仕事なんて欲しくないからだ、ミック。じゃあな」

バレンズエラは歩道を通って歩み去り、わたしは彼が遠ざかっていくのを眺めた。

「ああ、またどこかで会おう、バル」

わたしは後部座席に乗り、アールにヴェンチュラ大通りまで出て、スタジオ・シティに向かうよう伝えた。ケンドール・ロバーツの職場のまえを車で通ってみたかったのだ。彼女に興味がわいたこと以外にそうする理由はなかった。彼女が身一つで築いたものを見て、なにを彼女が守ろうとしているのか見たかった。

「さっきはよかったぞ、アール」わたしは言った。「危ういところを救ってくれた」

アールはバックミラーでわたしを見て、うなずいた。

「なかなかの役者でしょう」アールは言った。

「確かにそのとおりだ」

わたしは携帯電話を取りだし、ローナに状況確認をするためにかけた。最後にかけてからあらたな進展はなにもなかった。あすの朝ひらきたいと考えているスタッフ・

ミーティングについてローナに伝えたところ、シスコからすでに聞いていると言われた。コーヒーとドーナッツを五人分用意するように、とわたしは頼んだ。

「五人目はだれ？」ローナが訊いた。

「アールがミーティングに参加する」わたしは言った。

わたしはバックミラーでアールの様子を窺った。彼の目しか見えなかったが、彼がほほ笑んでいるのはわかった。

ローナとの用事が済むと、わたしはシスコに電話した。ビバリー・ウィルシャー・ホテルから二十ブロックほど離れた、ウィルシャー大通りにあるフェラーリの販売店にいる、とシスコは言った。夜間、高価な車を見張るための監視カメラが複数設置されているという。

「みなまで言うな」わたしは言った。「帽子の男だな？」

「そのとおり」

空いている時間を利用して、シスコは、もう五ヵ月間、帽子の男を追っていた。ビバリー・ウィルシャー・ホテルのどこかや、その周辺に、男の顔あるいは男がグロリア・デイトンを追って、車に乗りこむところを写したカメラをひとつも見つけられずにいることがシスコをひどく悩ませていた。

だが、あの夜のグロリアの運転手に聞き取り調査をしたところ、運転手は、ホテルから自宅まで彼女を送り届けるのに利用した正確なルートをシスコに伝えた。シスコは空いている時間のすべてを使って、そのルートにある事業所や住宅を調べ、監視カメラに自宅に向かうグロリアを尾行している車がたまさか写っていないか確かめようとした。ビバリーヒルズやウェスト・ハリウッド、ロサンジェルスを管轄する運輸部門すら調べ、そのルートに沿って設置されている交通監視カメラも確認した。この大男にとって、プロとしての矜持の問題になっていた。

これに対し、わたしはと言えば、帽子の男の正体を突き止める望みは諦めて久しかった。わたしにとって、そちらの追跡は、行き止まりだった。たいていの警備システムは、ビデオを一ヵ月以上保存しない。シスコが問い合わせた場所の大半は、グロリア・デイトンが殺された夜のビデオはない、と彼に告げた。手遅れだったのだ。

「まあ、その線を追うのはやめてもよかったのに」わたしは言った。「行動予定リストの一番上に置いてもらいたい名前がある。できるだけ早くその女性を見つけてほしいんだ」

わたしはトリナ・ラファティの名前をシスコに伝え、彼女に関してロバーツと交わした会話の内容を告げた。

「彼女がまだ現役の娼婦なら、ここからマイアミまでのどこにいたって不思議じゃないし、それが彼女の本名ですらないかもしれないぞ」シスコは言った。

「ラファティは近くにいると思う」わたしは言った。「フルゴーニが彼女をどこかに押しこめていることだって考えられる。彼女を捜してもらう必要があるんだ」

「わかった、調べるよ。だけど、どうしてそんな急ぐんだ？　ロバーツがいましがたあんたに言ったこととおなじことをラファティは言うんじゃないか？」

「グローリー・デイズがモイアの逮捕をお膳立てした秘密情報提供者であることを何者かが知っていたんだ。それはケンドール・ロバーツではなかった——少なくとも自分ではない、と彼女は言った。それで残るのはトリナ・トリックスだと思う。フルゴーニはすでに彼女にたどり着いているとおれは考えている。トリナがフルゴーニに話した話の中身を知りたいんだ」

「わかった」

「けっこう。なにかわかれば知らせてくれ」

わたしは電話を切った。ロバーツがオーナーであるヨガ・スタジオ、〈フレックス〉の住所に近づいている、とアールが教えてくれた。アールは車の速度を這うほどに遅くして、われわれは通りに面したスタジオのまえを通り過ぎた。ドアに印刷された営業時間を確認したところ、そこは毎日、朝八時から夜八時まで営業していた。スタジオ内に人がいるのが見えた。全員女性で、全員、床に敷いたゴムマットの上で下向きの犬のポジションを取っていた。元妻が長いこと熱心にヨガをやっていたせいで、わたしはそのポジションを知っていた。

通りに面し、歩道の通行人から見られていることをロバーツの顧客は気にしないんだろうか、とわたしは訝った。ヨガのポジションの多くは、通行人にとって、それとなく、あるいはあからさまに性的関心を惹き起こすもので、一面の壁が床から天井までのガラス張りであるスタジオにするのは、奇妙に思えた。その疑問を考えていると、スタジオのなかにいた女性のひとりが窓に近づき、両手を目のところに持っていき、わたしを双眼鏡で見ているぞというパントマイムをした。言わんとするところは明らかだった。

「もう移動していいぞ、アール」わたしは言った。

アールは車の速度を上げた。

「どこにいきます？」

「この先を少し進んで、〈アートのデリ〉にいってくれ。そこでサンドイッチを買い、ランチをいっしょにするため、リーガル・シーゲルに会いにいく」

15

その夜、八時三十分に、わたしはケンドール・ロバーツの自宅のドアをノックした。わたしは彼女の家のまえの通りに駐めたリンカーンの車内で、彼女が帰宅するのを待っていたのだ。

「ハラーさん。なにかあったんですか？」

彼女はまえとおなじ服装をしており、ヨガ・スタジオのレッスンから帰ってきたのだろうと、わたしは推測した。

「いや、なにも悪いことは起こっていない。あの召喚状の件は忘れてかまわないと言うため、戻ってきたんだ」

「どういう意味です？　おっしゃったように判事のところに持っていったんですか？」

「その必要はなかった。ここを離れたあとで、召喚状に連邦地裁の書記官が捺す印影がないことに気づいたんだ。モイアの事件は連邦法廷案件だ。印影が捺されていなくてはならないし、そうでなければ、法的拘束力のあるものではない。弁護士のフルゴーニは、きみをこっそりやってこさせることができるかどうか、確かめようとしたんだと思う。それで召喚状に似せたものをでっちあげ、送達吏にきみに届けさせたんだ」

「なぜその弁護士はそんなことをやろうとするんです——つまり、わたしをこっそりやってこさせるような？」

わたしはすでにそれについて頭をひねっていた。とりわけ、フルゴーニがわたしに送達した召喚状が正規の合法的なものであっただけに。なぜわたしには正しい申し立てをおこない、ケンドールにはそうしなかったのか？　いまのところ、その理由を突き止められずにいた。

「いい質問だ」わたしは言った。「もし内密にしたかったのなら、印影のついた召喚状請求の手続きを取れたはずだ。だが、フルゴーニはそうしなかった。その代わり、きみにはったりをかませて、聞き取り調査にやってこさせようとした。あす、彼に会う予定であり、まさにそのことを訊いてみるつもりだ」

「うーん、ひどくややこしいのね……でも、ありがとう」

「ややこしいのはともかく、マイクル・ハラー＆アソシエツ法律事務所の仕事で喜んでいただけるようにしたい」

わたしは笑みを浮かべたが、たったいま自分が言ったことで、間抜けになったような気がした。

「あの、ただ電話して下さるだけでよかったのに。電話番号をお伝えしたでしょ。わざわざここまで戻ってくる必要なんてなかった」

わたしは眉間に皺を寄せ、彼女の懸念は見当違いであるかのように首を振った。

「たいしたことじゃない。娘が元妻といっしょにこの近くに住んでいて、ちょっと立ち寄ったところなんだ」

まったくの嘘ではなかった。実際にわたしは元妻のコンドミニアムのまえを通りかかり、明かりの灯った彼女の家の窓をじっと見つめたのだった。娘が自分の寝室にいて、宿題をやっているか、コンピュータでツイートをしているか、友だちとFacebookでやりとりをしているところを想像した。そののち、車を飛ばして、ケンドール・ロバーツに会いにきたのだった。

「ということは、来週の火曜日にわたしはその弁護士の事務所にいかなくてすむのかしら？」ケンドールが訊いた。

「ああ、きみはその件から解放された」わたしは言った。「忘れてかまわない」

「で、わたしは法廷にいく必要がなく、なにかについて証言しなくてもいいわけ？」

それは大きな問題だった。自分が守れるかどうか定かではない約束をするのをやめねばならないとわたしはわかっていた。

「わたしがするつもりなのは、明日、フルゴーニに会いにいき、きみがこの件に関わる必要がないと彼にはっきりさせることだ。きみはこの件で彼にとって役に立つような知識は持っておらず、彼はきみのことを忘れるべきだとね。それで処理できると思う」

「ありがとう」

「どういたしまして」

わたしは立ち去る動きをせず、彼女はわたしの肩越しに、ふたたび駐車禁止場所に駐められたわたしの車がある通りを見た。

「で、あなたの相棒はどこ？　あの感じの悪い人」

わたしは笑いはじめた。

「ああ、アールかい？　いまはオフだ。実際には、彼はわたしの運転手なんだ。きょうのあの件について、もう一度謝罪する。ここにきたとき、自分がなにに出会うのかわかっていなかったんだ」

「謝罪を了承します」

わたしはうなずいた。この時点でほかになにも言うことはなかったが、わたしはまだ玄関の戸口の場所から動いていなかった。沈黙が居心地の悪いものになり、ついに彼女のほうから沈黙を破った。

「あの……」

「ああ、すまない、木偶《でく》の坊かなにかみたいにここに突っ立って」

「かまわないわ」

「いや、わたしは、あの……じつは、戻ってきた本当の理由は、きみが訊ねたあの質問について話をしたかったんだ。つまり、きょう最初にここにきたときの」

「どんな質問？」

ケンドールはドアのフレームに寄りかかった。

「過去についてわたしに訊いただろ。過去とどう折り合って生きてきたかということ。自分の過去と」

ケンドールはうなずいた。質問を思いだしたのだ。

「ごめんなさい」彼女は言った。「わたしは辛辣な気分になっていて、あれは場違いな質問だった。わたしには関係のない――」

「いや、かまわない。辛辣であろうとなかろうと、あの質問はもっともなものだった。だけど、そこであいつが偽の召喚状を持ってきて、ドアをノックしたので、わたしは、ほら、質問に答えなかった」

「それで、あなたは答えるために戻ってきた」

わたしはばつが悪い笑みを浮かべた。

「まあ、そんなもんだ。思ったんだ……われわれふたりにとって過去はなにか……」

わたしは決まり悪さのあまり、笑い声を上げはじめ、首を横に振った。

「実を言うと、自分がここでなにを言っているのかわからないんだ」

「なかに入りません、ハラーさん？」

「そうしたいところだが、まず、そんなふうに呼ぶのをやめてもらわなくては。マイクルと呼んでほしい。あるいはミッキーかミックで。ほら、グロリアはわたしをミッキー・マントルと呼んでいたんだ」

ケンドールはドアを広くあけ支え、わたしは玄関エリアに足を踏み入れた。

「ときどき、ミッキー・マウスとも呼ばれてきた。ほら、刑事弁護士は、ときどき、マウスピースと呼ばれているから」

「ええ、わかったわ。わたしは赤ワインを飲もうとしていたの。いっしょにいかが？」

わたしはもっと強い酒はあるだろうかと訊きそうになったが、そうしないほうがいいと考えた。

「赤ワインで完璧だ」

ケンドールはドアを閉め、われわれはグラスを取って、ワインを注ぐためにキッチンに入った。彼女はわたしにグラスを渡し、ついで自分のグラスを手にした。カウンターに寄りかかり、わたしを見る。

「乾杯」わたしは言った。

「乾杯」ケンドールは言った。「ひとつ訊いていい？」

「どうぞ」

「あなたがここにきたのは、それはその手のことを期待してじゃないわね？」

「どういう意味だい？　その手のこととは？」

「あなたはその手の女性を知ってるでしょ……わたしみたいな」

「わたしはけっして――」

「わたしは引退したの。その手のことはしていません。召喚状で苦しむ乙女を救ってくれたのは、あなたに思惑が――」

「いや、そんなのじゃない。残念だ。決まりが悪いな。たぶん帰ったほうがいいだろう」

わたしはカウンターにグラスを置いた。

「きみの言うとおりだ」わたしは言った。「ただ電話をすればよかった」

わたしは廊下を途中まで進んだところ、彼女が呼び止めた。

「待って、ミッキー」

わたしは彼女を振り返った。

「ただ電話をすればよかったのにとは言わなかったわ。ただ電話して下さるだけでよかったのにと言ったの。それとこれとは違うわ」

彼女はカウンターからわたしのグラスを取ってきて、わたしに渡した。

「ごめんなさい」彼女は言った。「わたしはむかしの人生から遠ざかっておかねばならなかったの。むかしの人生がいまの人生にいまだにひどく影響を与えているのは、驚きだわ」

わたしはうなずいた。

「わかるよ」

「じゃあ、座りましょう」

われわれはリビングに向かい、昼間とおなじ席についた――コーヒーテーブルをあいだに挟んで向かい合った。当初、会話はぎこちなかった。他愛のない社交辞令を交わし、わたしはワイン愛好家のようにワインを褒めた。実際は、ワイン愛好家ではなかったのだが。

やがてわたしはどうやってヨガ・スタジオを経営するようになったのか、彼女に訊ねた。エスコート嬢だった当時の客が初期投資をしてくれたのだ、と彼女はこともなげに説明した。グロリア・デイトンを助けようとした自分の試みをわたしは思いだしたが、明らかに結果は異なっていた。

「女の子のなかには、抜けだしたくないと本気で思っている子もいるんだと思う」ケンドールは言った。「彼女たちはそこから必要なものを得ている――さまざまなレベルで。だから、抜けだしたいという話はするかもしれないけど、けっして抜けださない。わたしは運がよかった。わたしは抜けだしたかったし、わたしに手を貸してくれる人がいた。あなたはどうして弁護士をするようになったの？」

彼女は出し抜けではなかったにせよ巧みに話の矛先をわたしに向け、わたしは家族の伝統を継ぐというよくある説明で返した。わたしの父がミッキー・コーエンの弁護士だったことを話したが、彼女はその名前を知っているような様子をまったく目に浮かべなかった。

「きみの生まれるずっとまえの話さ」わたしは言った。「ミッキー・コーエンは、四〇年代と五〇年代にこの地にいたギャングだ。とても有名だった——彼を扱った映画が何本もある。いわゆるユダヤ系マフィアの一員だった。バグジー・シーゲルと手を組んでいた」

それも彼女になんの印象も与えないあらたな名前だった。

「もし四〇年代にそんな連中とつるんでいたとしたら、あなたは、お父さんがずいぶん年を取ってからの子どもなのね」

わたしはうなずいた。

「わたしは再婚で生まれた子どもなんだ。予想外の子どもだったんだろう」

「奥さんが若かった？」

わたしはふたたびうなずき、この会話がべつの方向に向かえばいいのにと願った。こうしたことを自分で以前に調べたことがあった。郡の記録を調べたのだ。父親は最初の妻と離婚し、それから二ヵ月もしないうちにふたり目の妻と結婚していた。わたしはその五ヵ月後に生まれた。点を結ぶのに法学部の学位は要らなかった。わたしが子どものころ、母はメキシコ出身だと言われた。有名な女優だった、と。だが、一枚の映画のポスターも、ひとつの新聞記事の切り抜きも、一枚の宣伝用スチール写真も、家のなかで見たことはなかった。

「ロス市警の警官をしている半分血のつながった兄弟がいる」わたしは言った。「彼のほうが年上だ。殺人事件担当をしている」

なぜその話を持ちだしたのか、自分でもわからなかった。話題を変えようとしたのだろう。

「父親がおなじ？」

「ああ」

「仲はいいの？」

「ああ、ある程度は。数年まえまでおたがいのことを知らなかったんだ。だから、結果的に、それほど親しい間柄ではないと思う」

「おたがいに相手のことを知らないのに、あなたが刑事弁護士になり、お兄さんが警官になったのって、奇妙じゃない？」

「ああ、そうだな。奇妙だ」

いまわれわれがたどっている話の道筋から外れたくてたまらなかったが、そうさせてくれるような話題がなにひとつ思い浮かばなかった。ケンドールがあらたな方向を指す質問をして救ってくれたが、それも答えるのにおなじように苦しいものだった。

「元の妻って言ったでしょ。ということは、いまは結婚していないの？」

「ああ。結婚していた。実際には二度だ。だけど、二度目のは、ろくに勘定に入れていない。短く、痛みのないものだった。おたがい結婚したのは間違いだとわかっていたし、われわれはまだ友だち同士だ。それどころか、彼女はわたしのために働いてくれている」

「でも、最初の結婚は？」

「娘がひとりいる」

彼女は、子どもをもうけたうえで失敗に終わった結婚が生みだす、一生つづくややこしい事態と結びつきをわかっているかのようにうなずいた。

「で、娘さんの母親とあなたはいい関係なの？」

わたしは悲しげに首を振った。

「いや、もうそんな関係じゃない。実を言うと、現時点では、どちらともいい関係じゃないんだ」

「残念ね」

「ああ、残念だ」

わたしはワインをもう一口飲むと、彼女の様子をじっと見た。

「わたしみたいな人間は、長い関係を築けない。二十歳のとき結婚したわ。一年つづいた。子どもはいない、ありがたいことに」

「きみはどうなんだ？」わたしは訊いた。

「彼がいまどこにいるのか知っている？　元旦那が？　つまり、たがいの消息を摑んでいる？　元妻とわたしは、おなじ業界にいるんだ。法律業務という意味で。だから、ときどき裁判所で彼女を見かける。もしわたしが廊下の向こうからやってくるのを見たら、彼女はべつの方向に向かうのが普通だ」

彼女はうなずいたが、そこになんの同情も表れていないのをわたしは感じ取った。

「元旦那から最後に連絡があったのは、ペンシルヴェニアの刑務所から届いた手紙だった」彼女は言った。「毎月金を送ってもらいたいからわたしの車を売ってほしいと頼んできたわ。わたしはその手紙に返事をしなかった。およそ十年まえのこと。わたしが知るかぎりじゃ、彼はまだそこにいるわ」

「ワウ。元妻が裁判所で顔を背けるからと言って、『ああなんと悲しいかな』とわたしは嘆いている。きみの勝ちだな」

わたしは自分のグラスを彼女に掲げて、乾杯し、彼女はうなずいて勝利を受け入れた。

「で、ほんとはなぜあなたはここにいるの？」彼女が訊いた。「わたしがグローリーのことをもっと話せるだろうと期待していた？」

わたしはグラスを見下ろした。もうほとんど空になっていた。これは物事の終わりになるのか、始まりになるのか、どちらかだった。

「もし彼女のことでわたしが知る必要のあるなにかがあるのなら、きみは話してくれるだろうか？」

彼女は眉をひそめた。

「知ってることは全部話したわ」

「じゃあ、それを信じるよ」

わたしはワインを飲み干して、グラスをテーブルに置いた。

「ワインをありがとう、ケンドール。もう帰る頃合いだ」

彼女はわたしを玄関のドアまで送って、ドアを開け支えてくれた。通り過ぎしなにわたしは彼女の腕に触れた。また会える可能性を残すようななにかを言おうとした。彼女のほうが先手を打った。

「ひょっとしたら、この次あなたが戻ってくるとき、あなたは死んだ女の子よりわたしに興味を抱いているかもしれないな」

わたしが振り返ると彼女はドアを閉めた。わたしはうなずいたが、彼女は家のなかに姿を消していた。

16

〈フォー・グリーン・フィールズ〉でラストオーダーの案内があったあと、ランディからパトロン・シルバー・テキーラを最後にワンショット入れてもらおうと話していると、バー・カウンターに置いている携帯電話の画面が灯った。シスコからで、彼は遅くまで働いていた。

「シスコ？」

「起こしたのならすまん、ミック、だけど、知りたいだろうと思ったんだ」

「気にしなくていい。なにがあった？」

ランディは照明を明るくするスイッチを入れ、音響システムから「クロージング・タイム《閉店時間》」を大きな音で流しはじめ、長っ尻の酒飲みどもを追い払おうとした。

わたしは消音ボタンを押して、スツールから滑り降り、戸口に向かった。

「いったいいまのはなんだ？」シスコが訊いた。「ミック、聞いてるか？」

店の外に出ると、わたしは消音を取り消した。

「すまん、iPhoneの誤作動だ。いまどこにいて、なにが起こってる?」

「おれはザ・スタンダード・ダウンタウンのなかにいる。トリナ・トリックスはホテルの部屋にいて、仕事をしている。だが、おれが電話したのはそのことじゃない。そっちは待つことができる」

どうやってトリナを見つけたのか訊きたかったが、シスコの声に切迫感が表れているのに気づいた。

「わかった。それで、待てないのはなんだ?」

わたしは携帯電話をふたたび消音にし、自分の車に乗りこむと、ドアを引き閉めた。ケンドールと分かちあったワインにテキーラをチェーサーにするというのは愚かな行動だった。だが、彼女の家をあとにすると、後悔した。どういうわけかボールをファンブルした気がし、その思いをパトロンで焼き尽くしたかった。

「ときおり便宜をはかってくれるやつからいましがた電話がかかってきたんだ」シスコは言った。「さっきフェラーリの販売店のことを話したな?」

「ああ、ウィルシャー大通りにある店だ」

「そうだ、そこでおれは金脈を掘り当てた。たくさんビデオがあった。クラウドに一年間デジタル・フィルムを保存しているんだ。そこで、二重の幸運に出会った」

「帽子の男の顔が見えたのか？」

「いや、そこまでは運がよくなかった。まだ、顔は摑めていない。だが、問題の夜のビデオを調べて、グロリアと彼女の運転手の乗った車が通り過ぎるのを見た。そして四台あとにマスタングが通り、どうやら、おれたちが追っているやつのようだった。あいかわらず帽子を被っているが、九十パーセントの確率で、やつだと思う」

「なるほど」

「店のまわりのカメラの一台が、駐車場の正面に沿って、東向きの角度を押さえていた。おれはそのビデオ映像に切り換えて、マスタングを追った」

「ナンバープレートを摑んだんだ」

「そのとおり、ナンバープレートを手に入れた。で、それをその友人に渡したところ、今夜調べてたったいま電話をしてくれたんだ」

〝友人〟というのは、自分のためナンバープレートを検索してくれた警察組織にいる情報源という意味だとわたしにはわかっていた。部外者とコンピュータの情報を分かちあうというこの行動は、カリフォルニア州の法律では違法だった。そのため、シスコがいまから分かちあおうとしている情報を提供した人間に関するいかなる説明もわたしは求めなかった。わたしはシスコが名前を伝えてくれるのを待つだけだった。

「オーライ、で、マスタングは、リー・ランクフォードという名前の男のものだった。それから、聞いてくれ、ミック、そいつは法執行機関の職員なんだ。そいつの住所はコンピュータに載っていないとおれの友人は言った。そんなふうにして警官は保護されている。個人の車両の登録情報に法執行機関によるブロックをかけることができるんだ。だが、ランクフォードは、法執行機関の人間であり、おれたちはこれからやつがだれのために働いていて、なぜグロリアを尾行していたのかを突き止めなければならない。これだけはわかる。やつはロス市警の人間じゃない。おれの友人が確認した。要するに、ミック、われわれの依頼人がはめられたと主張していることに根拠があるかもしれない、とおれは考えはじめたよ」

マスタングの所有者の名前をシスコが口にしたあと、わたしはシスコが言ったことの大半を聞いていなかった。ランクフォードという名前とともに、頭をフル回転させていた。グロリア・デイトンがヘクター・アランデ・モイアを地区検事局に売ることになる取引——それが巡り巡って、モイアを連邦政府に引き渡すことになった——をわたしがまとめた八年まえ、シスコはわたしのところで働いていなかったので、ランクフォードの名前に覚えがなかった。もちろん、当時、ランクフォードはその取引となんの関係もなかったが、禿鷹のように当時の事件のまわりをぐるぐるまわっていた。

「ランクフォードは元グレンデール市警の人間だ」わたしは言った。「いまは調査官として、地区検事局のために働いている」

「やつを知ってるのか？」

「知ってるようなもんだ。やつはラウル・レヴィンの殺人事件を担当していた。それどころか、おれを最初犯人にしようとしたやつだ。ランクフォードは、今回の事件を担当している地区検事局の調査官だ」

わたしはシスコが口笛を吹くのを聞きながら、車を発進させた。

「じゃあ、ちょっと話させてくれ」シスコは言った。「グロリア・デイトンが殺された夜、ランクフォードが彼女を尾行しているのをおれたちは見つけた。どうやらランクフォードはグロリアを自宅まで尾行したようで、そのおよそ二時間後、彼女は自分の部屋で殺された」

「そして、その二日後、冒頭手続きの場で、ランクフォードはその場にいた」わたしは言った。「デイトン殺人事件の担当に任命されたんだ」

「それは偶然じゃないな、ミック。そんな偶然はありえない」

わたしはうなずいた。たとえ車にひとりきりで乗っているにせよ。

「罠だったんだ」わたしは言った。「アンドレは真実を話していたんだ」

わたしはグロリア・デイトンのファイルに取りかからねばならなかったが、まだジェニファー・アーロンスンがそれを持っていた。朝のスタッフ・ミーティングを待たねばならないだろう。さしあたり、わたしは最初にランクフォード刑事と出会い、わたし自身の調査員の殺人の有力容疑者になった八年まえの日々を思いだそうとした。

わたしは会話の最初にシスコが言ったことを突然思いだした。

「トリナ・トリックスをいま尾行しているんだよな？」

「ああ、見つけるのは難しくなかった。彼女の住んでいるところの感触を摑もうと車で通りかかったところ、彼女が出てきた。おれはここまで彼女を尾行した。グロリア・デイトンがやっていたのとおなじ手はずだ。運転手やなにやかや。およそ四十分間、彼女はホテルのなかにいる」

「わかった、いまからそっちへ向かう。彼女と話をしたいんだ。今夜じゅうに」

「その手配をするよ。運転して大丈夫なのか？　何杯か飲んでいるような口調だぞ」

「大丈夫だ。途中でコーヒーをひっかける。おれがそちらへ到着するまで、彼女を見失わずにいてくれ」

17

ザ・スタンダード・ダウンタウンに到着するまえにわたしはシスコから携帯メールを受け取り、スプリング・ストリートの住所と部屋番号に行き先を変えるよう指示された。ついで二通目の携帯メールが届き、途中でATMに寄ってくるように助言された――トリナは話をするには金を欲しがっていた。ようやくその住所にたどり着くと、そこはロス市警本部ビルの真裏にある再利用ロフトの一軒であるのがわかった。ロビーのドアはロックされており、わたしが部屋番号12Cのブザーを押すと、わたしの調査員が応答し、ロックを解除してくれた。

十二階でエレベーターを降りると、シスコが12C号室の戸口をあけて待っていた。

「ザ・スタンダードから自宅まで彼女を尾行し、車から降ろされるまで待ったんだ」シスコは説明した。「方程式から彼女の運転手を取り除いたほうが楽だろうと踏んだので」

わたしはうなずき、あいた戸口の奥を覗きこんだものの、なかには入らなかった。

「彼女はわれわれに話してくれるだろうか？」

「いくら現金を持ってきたかによる。彼女は徹底したビジネスウーマンだ」

「充分なだけは持ってきた」

わたしはシスコの傍らを通り過ぎ、市警本部ビルとシヴィック・センターを見渡す眺めがそなわったロフトに足を踏み入れた。市庁舎のタワーが中央でライトアップされていた。そこはすてきな部屋だったが、ほとんど家具がなかった。トリナ・ラファティは最近越してきたのか、あるいは越していく途中だった。彼女はクローム製の脚がついた白い革張りカウチに座っていた。短い黒のカクテルドレスを着ており、慎み深さなど一顧だにしない様子で脚を組み、タバコを吸っている。

「あたしにお金を払ってくれるの?」トリナは訊いた。

わたしは部屋のなかまで入り、彼女を見下ろした。トリナ・ラファティは四十がらみで、疲れているように見えた。髪の毛が少し乱れており、口紅が唇からずれ、アイラインが目尻で乾いてダマになりかけていた。長い夜がつづくあらたな一年を迎えて、また長い夜を一晩過ごしたのだ。以前に会ったことがなく、たぶん二度と会うことはないだれかとセックスをして戻ってきたところなのだ。

「なにを話してくれるかによる」

「前金で払ってくれないかぎり、なにも話さないからね」

わたしはボナヴェンチャー・ホテルのロビーにあるATMで、引きだし上限金額である四百ドルを二度引きだしていた。その金は、百ドル紙幣と五十ドル紙幣と二十ドル紙幣で出てきて、わたしはそれをふたつのポケットにわけて入れた。まず最初の四百ドルを取りだし、コーヒーテーブルの吸い殻がてんこ盛りになっている灰皿の隣にポンッと置いた。

「四百ドルある。話をはじめるには充分じゃないか？」

トリナは金を手に取り、二度折ると、ハイヒールの片方に押しこんだ。その瞬間、かつてグロリアが話してくれたことを思いだした。現金での支払いはかならず靴に入れておく、なぜなら通常、靴は最後に脱ぐものだからだ、と——仮に脱ぐとして。おおぜいの客は、セックスしているあいだ、グロリアがハイヒールを履いたままでいるのを好んだ。

「それはどうかな」トリナは言った。「まず、訊いてみて」

ダウンタウンへ向かうあいだ、わたしはなにを訊いたらいいのか、どう訊いたらいいのか、ずっと考えていた。トリナ・トリックスと話ができるのは、これが唯一の機会かもしれないという気がしていた。わたしが彼女にたどり着いたことをいったんチーム・フルゴーニが知れば、彼らはわたしの接近を遮断しようとするだろう。

「ジェイムズ・マルコとヘクター・モイアのことを話してくれ」

驚きで彼女は体をうしろにのけぞらせたが、ついで体勢を元に戻すと、背を伸ばした。下唇を二、三秒突きだしてから、返事をする。

「これが連中のことだとはわかっていなかったな。もし連中のことを話してもらいたかったら、もっと払ってもらわないと」

躊躇することなく、わたしはポケットからもうひとつの折り畳んだ紙幣を取りだし、テーブルの上に放った。それはトリナのもう一方の靴に消えた。わたしはテーブルを挟んでトリナの真向かいにあるオットマンに腰を下ろした。

「さあ、聞かせてくれ」わたしは言った。

「マルコは麻薬取締局の捜査官で、ヘクターにご執心だったんだ」トリナは言った。

「本気でヘクターを捕まえたがっていて、実際に捕まえた」

「どうしてきみはマルコを知っていたんだ？」

「あいつがあたしを逮捕したの」

「いつ？」

「おとり捜査だったんだ。マルコは客のふりをして、セックスとコカインを欲しがった。あたしが両方を提供した。そしたら、逮捕されたの」

「それはいつのことなんだ？」

「十年くらいまえかな。日付は覚えてない」

「マルコと取り引きしたのか？」

「ああ、釈放してくれたけど、情報を売らないとならなかった。よく電話をかけてくるんだ」

「どんな情報だ？」

「聞いたり、知ったりしていたことだよ——ほら、客から。もし情報を連絡するなら、釈放すると言ってくれた。で、あいつはいつだって情報に餓えていた」

「ヘクターの情報に餓えていたんだな」

「ううん、ちがう。マルコはヘクターのことを知らなかった。少なくともあたしからは聞いていない。あたしはそこまで馬鹿でも、やけでもなかった。ヘクターを売るくらいなら、あたしは逮捕されるよ。あの男はメキシコの麻薬カルテルの人間なんだ。どういう意味かわかってる？　それであたしはマルコにささいな情報を渡していた。ファックしているあいだに客たちが口走るたぐいのどうでもいい情報さ。大成功したとか、すごい計画があるんだとか、そんなたぐいの話。男たちはしゃべることで埋め合わせをしようとするのよ、知ってた？」

　わたしはうなずいたが、同意することで自分に関するなにかを明らかにしているのかどうか、わからなかった。トリナの話に沿って聴取を進め、グロリアの事件の最新の展開にどう当てはまるのか考えようとした。

「なるほど」わたしは言った。「ではきみがマルコにヘクターを売ったんじゃないんだ。だれが売った？」

　わたしは少なくとも間接的にその答えを知っていた。グロリア・デイトンがモイアを売ったのだ。だが、トリナがなにを知っているのかわからなかった。

「あたしに言えるのは、売ったのはあたしじゃないってこと」トリナは言った。

　わたしは首を横に振った。

「それだけじゃ充分じゃない、トリナ。八百ドル分の情報には足りない」

「なに、フェラチオもつけてほしいの？　まったくかまわないよ」

「いや、全部話してほしいんだ。きみがスライ・フルゴーニになにを話したのか話してもらいたい」

　トリナは最初にわたしがヘクター・モイアのことに触れたときとおなじように身震いした。一瞬、その名前に衝撃を受けたが、そののち、やはり気を取り直した。

「どうしてスライのことを知ってるの？」

「知ってるからだ。そしてその金を持っていたかったら、きみがあの男に言った内容を話す必要がある」

「でも、それは弁護士依頼人間の守秘義務みたいなもんじゃないの？　法律で守られているとかなんとかいうやつ？」

わたしは首を横に振った。

「きみは誤解している、トリナ。きみは証人だ。依頼人ではない。フルゴーニの依頼人はヘクター・モイアだ。きみはフルゴーニになにを言ったんだ？」

そう言いながらわたしはオットマンの上で身を乗りだし、返事を待った。

「そうね、マルコが逮捕し、働かせていたべつの女の子のことをスライに話したわ。あたしみたいな子のことを。ただし、マルコはその子を意のままに利用していた。なぜだかわからない。捕まったとき、あたしよりもたくさん持っていたからじゃないかな」

「たくさんコカインを所持していたという意味かい？」

「そう。それに彼女の記録はあたしほど綺麗なものじゃなかったんだ。もし自分よりも大物を持ちださなかったら、ひどい処分を受けるはずだった。どういう意味かわかるでしょ？」

「ああ」

大半の麻薬関連事件はそんなふうになっていた。小魚が大きな魚を差しだす。どういう具合になるのか、完璧にわかっているかのようにわたしはうなずいたが、またしても、自分自身の依頼人と麻薬取締局との取引の詳細を知りさえしていなかったことに内心恥じ入っていた。トリナは明らかにグロリア・デイトンの話をしており、しかもわたしの知らない話をしていた。

「では、きみの友だちはヘクターを売ったんだ」事件に関する自分自身の失敗にくよくよせず、話を先へつづけてもらうことを期待して、わたしは言った。

「まあ、そんな感じ」

「〝そんな感じ〟とはどういう意味だ？　きみの友人はヘクターを売ったのか、売らなかったのか？」

「彼女が売ったようなものなの。マルコに言われて、モイアのホテルの部屋に銃を隠したんだって、彼女に教えてもらった。連中がモイアを逮捕したとき、容疑を追加して、終身刑が下されるように。ほら、ヘクターは頭がいいの。大きな事件にならずにすむよう、自分の部屋にはたくさんのコカインを置かないようにしていた。ほんの数オンスだけ。だけど、銃がすべてを変えてしまうの。グローリーが銃を持ちこんだ人間。彼女がヘクターとしたあと、彼の眠っているすきに、ハンドバッグから銃を取りだして、マットレスの下に隠したと言ってたわ」

ショックを受けたというのは、控え目な言い方だった。過去数ヵ月のあいだにわたしはある意味グロリアに利用されていたという事実をすでに受け入れていた。だが、もしトリナ・ラファティの話が事実であれば、惑わしと操作のレベルは、完璧なくらい巧みであり、わたしは恰好の役割を演じていたのだ。依頼人のため、正しい紐を引いてやることでよき弁護士としての力を発揮していると思っていたのだが、その間ずっと、紐を握っていたのは——わたしの紐を握っていたのは、自分の依頼人とその麻薬取締局の人形遣いだった。

トリナが概要を伝えたシナリオに関して、まだたくさん訊きたいことがあった——主に、その計画になぜわたしが必要だったのかに関する疑問だ。だが、その瞬間、わたしはほかのことを考えていた。いま知ったことがより屈辱的なものになるのは、それが表沙汰になった場合のみだが、目のまえに座っている娼婦が言っていることはすべて、まさにその方向を指していた。

いま感じている心のなかのメルトダウンをいっさい表に出さないように努めた。声を落ち着かせ、次の質問を訊いた。

「きみがグローリーと言ったとき、わたしはそれをグロリア・デイトンのことだと受け取った。当時はグローリー・デイズとして知られていた女性だ」

トリナが答えるまえに、コーヒーテーブルに置かれたｉＰｈｏｎｅが振動をはじめた。トリナは急いでそのスマートフォンを引っ摑んだ。今夜が台無しになるまえに最後の予約が取れるかもしれないと期待していたのだろう。彼女は発信者ＩＤを確認したが、それはブロックされていた。いずれにせよ、彼女は電話に出た。

「こんばんは、こちらトリナ・トリックスよ……」

彼女が電話をかけてきた相手の言葉に耳を傾けているあいだ、わたしはシスコのほうをちらっと見やり、彼の顔に浮かんでいる表情を読み取れるか確かめた。いまここで話されていることから、わたしが無法な麻薬取締局捜査官の計画にうかつにも加わってしまったのだとシスコはわかっただろうか。

「それからもうひとりいる」トリナは電話相手に言った。「あんたはあたしの弁護士ではないと言ってる」

わたしはトリナを見た。潜在客と話しているのではなかった。

「それはフルゴーニかい？」わたしは言った。「彼と話をさせてくれ」

トリナはためらったが、すぐに相手にちょっと待ってと告げてから、電話をわたしに寄越した。

「フルゴーニ」わたしは言った。「こっちにかけ直してくるんじゃなかったのか」

一拍間があいたが、スライ・フルゴーニ・ジュニアの声ではない声が聞こえた。

「かけ直すことになっていたとは知らなかったな」

すると、自分がスライ・シニアと話をしていることに気づいた。ヴィクターヴィルの連邦刑務所から本人が直接かけてきているのだ。たぶん携帯電話を面会人あるいは看守からこっそり手に入れたのだろう。勾留されているわたしの依頼人の多くも、バーナー——通話時間が限られ、寿命が短い、使い捨て電話——でわたしと連絡を取ることができた。

「あんたの息子がおれに電話をかけ直すことになっていたんだ。そっちの具合はどうだ、スライ？」

「そんなに悪いものでもない。あと十一ヵ月したらここから出所できるし」

「どうしておれがここにいるのを知ったんだ？」

「知らんよ。トリナの様子を確認しようとしただけだ」

わたしは一瞬、それを疑った。トリナが携帯電話を寄越すまえに彼はわたしのことを具体的に訊ねているように聞こえた。そこは追及しないことにした——いまのところは。

「どういう用件かな、ハラー弁護士？」

「そうだな……いまここでトリナと席をおなじくして話をしているところなんだ。おれはあんたにどういう用件があるのか思案している。おれは召喚状を受け取っており、あんたがモイアのためにやろうとしている策略を推測しようとしはじめたばかりだ。それからあんたに言わなきゃならん、おれは愚か者のように見せられるのは困るんだ——とくに公開法廷では」

「それは理解できるよ。だが、愚か者をまさに演じたとしても、問題を避けるのは難しいことがままある。きみは真実が表に出る準備をしなければならんな。ひとりの人間の自由がかかってるんだ」

「心しておこう」

わたしは電話を切り、携帯をテーブル越しにトリナに返した。

「あの人なんて言ってた？」トリナが訊いた。

「たいしたことはなにも。連中はきみにいくら払うと約束したんだ？」

「なんですって？」

「おいおい、トリナ。きみはビジネスウーマンだ。ここで二、三質問に答えるだけのために、きみはおれに金を要求した。判事相手に証言録取でさっきの話をするには、きみはいくらか要求するはずだ。いくらだ？　すでにきみの供述を取られたのか？」

「なんの話をしているのかわかんない。あたしはお金をもらっていないわ」

「この場所はどうなんだ？　連中はきみをそばに置いておこうとしてここに住まわせているのか？」

「ちがう！　ここはあたしの住まいだし、出ていってちょうだい。ふたりとも、出ていって。いますぐ！」

わたしはシスコのほうをちらっと見た。押してみることはできたが、八百ドルを使ってしまったのは明白だし、トリナは話すのをやめていた。電話がわたしに渡されるまえにフルゴーニがなにを言ったにせよ、それでトリナの態度が頑なになった。出ていく頃合いだった。

わたしは立ち上がり、シスコにドアのほうをあごで指し示した。

「時間を割いてもらってありがとう」わたしはトリナに言った。「また話をすることになるはずだ」

「それは期待しないでほしいな」

われわれは部屋をあとにし、エレベーターがくるのを待たねばならなかった。わたしはトリナのドアに戻り、身を屈めて、耳を澄ました。彼女がだれかに電話するかもしれないと思ったのだ。ひょっとしたら、スライ・ジュニアに。だが、なにも聞こえてこなかった。

エレベーターがやってきて、われわれは下へ降りていった。シスコは静かだった。

「どうした、ビッグマン？」わたしは訊いた。

「なんでもない、考えごとをしていただけだ。あのときどうやってやつはあの女に電話すべきだとわかったんだろう？」

わたしはうなずいた。いい質問だ。自分ではまだ考えていなかった。

われわれは建物を出て、歩いてスプリング・ストリートにたどり着いた。そこは市警本部ビルの側面に沿って停まっている無人のパトカーが二台ある以外は、がらんとしていた。午前二時をまわっており、どこにもほかの人間がいる気配はなかった。

「おれが尾けられていたと思ってるんだな？」わたしは訊いた。

シスコは一瞬それについて検討してから、うなずいた。

「どういうわけか、あいつはおれたちがトリナを見つけたのを知ったんだ。おれたちが彼女といっしょにいるのを知った」

「それはよくないな」

「あしたあんたの車を調べさせよう。それからインディアンをふたり、あんたにつける。もし物理的な尾行がついているなら、すぐにわかるだろう」

シスコが対監視用に利用している仕事仲間は、建物と建物のあいだに身を隠すのがとても機敏で、古いウエスタン映画にちなんで、シスコは彼らをインディアンと呼んでいた。インディアンが白人の入植者たちにまったく気づかれずに幌馬車隊のあとを尾けるという場面がよくあった。

「それはいい手だな」わたしは言った。「ありがとう」

「どこに駐めているんだ？」シスコが訊いた。

「市警本部ビルの正面にだ。そこだと安全だと判断した。おまえは？」

「おれはここの裏に駐めている。大丈夫か、それとも付き添いをつけようか？」

「大丈夫だ。スタッフ・ミーティングで会おう」

「じゃあな」

われわれは別々の方向に出発した。ダウンタウンでもっとも安全な場所に駐めてあった車にたどり着くまで、わたしは三度、肩越しに振り返った。そこから家に帰るまでずっとバックミラーを注意して見ていた。

18

スタッフ・ミーティングのためロフトに到着したのは、わたしが最後だった。そしてわたしはくたびれはてていた。ほんの数時間まえにやっとこさ家に帰ると、ひそかにキープしていたパトロン・シルバー・テキーラを口にした。アルコール消費と、トリナ・ラファティに聞き取り調査するためダウンタウンまで車を飛ばしたこと、それにおそらく監視されているのを知ったことからくる動揺に苛まれ、目覚ましが鳴るまでほんの二時間、安眠とはほど遠い睡眠を取っただけだった。

会議室に集まっている一同に、やあ、とうめくように言うと、サイド・カウンターにセットされているコーヒーにすぐ向かった。カップに半分注いで、鎮痛剤のアドヴィルを二錠口に放りこみ、火傷するほど熱い液体を一口で飲みこんだ。再度、コーヒーを注ぎ直し、今回はもう少し口に合うようミルクと砂糖を加えた。最初の一口が喉を焼いていたが、その刺激で声が出るようになった。

「きょうのみんなはどうだい？　おれより元気であることを願ってる」

全員肯定的に返事をした。わたしは席を見つけようと振り返り、すぐにアールがテーブルについていることに気づいた。一瞬、その理由を忘れていたが、まえの日にこの内輪の集まりに加わるようアールを招待したのが自分であることを思いだした。

「ああ、諸君、アールに加わってもらうようおれが招いたんだ。今回の仕事の一部で、もっと能動的な役割を果たしてもらうことになるだろう。調査と聞き取りの観点から。リンカーンを運転するのは変わりないが、彼にはほかの技能があり、それをわれわれの依頼人の便宜のため発揮してもらうつもりだ」

わたしはアールにうなずいたが、そうしながら、彼の昇格をシスコに言ってなかったことに気づいた。とはいえ、シスコは驚いた様子を示さなかった。それでその点をローナに助けられたらしいことを悟った。彼女が夫であるシスコに、わたしができなかった、情報の絶え間ない更新をおこなってくれていた。

わたしはテーブルの端にある椅子を引きだして、腰を下ろしたところ、テーブルの中央に、三つの明かりが瞬いている小型の黒い電子装置があるのに気づいた。

「ミッキー、ドーナッツを食べない？」ローナが訊いた。「なにか胃に入れたほうがよさそうよ」

「いや、いまはいい」わたしは言った。「それはなんだい？」

わたしは装置を指さした。ｉＰｈｏｎｅほどの大きさの四角くて黒い箱で、厚さは二・五センチしかなかった。そして一方の端から三本のスタブアンテナが突きでていた。

　シスコが答えた。

「さきほどみんなに説明していたところなんだ。ペイキン七〇〇〇ブロッカーだ。Wi-FiやBluetoothや電波によるすべての送信を遮断する。この部屋のなかでわれわれが話す内容は、この壁の外ではだれも聴けないんだ」

「盗聴器は見つかったか？」

「こういうのがあれば、捜す必要がない。それがこの装置のすばらしいところだ」

「リンカーンはどうだ？」

「何人かが、ただいま調べているところだ。あんたがやってくるのを彼らは待っていたんだ。おれに情報が入り次第、あんたに知らせるよ」

　わたしは車の鍵を取りだすため、ポケットに手を伸ばした。

「彼らはあんたの鍵を必要としていない」シスコは言った。

　もちろん必要としていまい、とわたしは悟った。彼らはプロだ。いずれにせよわたしは鍵束を取りだし、テーブルの上に置くと、アールに向かって滑らせた。きょうはこれからずっと彼が運転することになる。

「よし、さあ、はじめよう。遅れてすまない。長い夜だった。言い訳にはならないのはわかっているが……」

わたしはもう一口コーヒーを飲んで、シャキッとしようとした。今回、コーヒーはさきほどより楽に喉を流れ落ちていき、そのコーヒーがまるでわたしの血の流れを抑制しているような気がした。テーブルのまわりに並んでいる顔を見、本題に取りかかった。

ペイキン七〇〇〇を指さして、わたしは言った。「こういう秘密諜報員めいたものを用意してすまない。だけど、用心するにこしたことはないと思う。きのうの昼間ときのうの夜、重要な事態の進展がいくつかあった。だから全員にこの場に集まってもらい、なにが起こっているのか知ってもらいたかったんだ」

わたしの冒頭陳述の真剣さを強調するかのように、エレキギターの強烈なコードが天井から鳴り響き、わたしはたじろいだ。全員が天井を見上げた。

「ア・ハード・デイズ・ナイト《今日はきつかったなと思う夜》」のオープニング・コードのようだった——その偶然にわたしは否応なく気づいた。

「ビートルズは解散したと思っていた」わたしは言った。

「解散しているわ」と、ローナ。「それに午前中はバンドの練習はないと約束されている」

あらたなコードがつま弾かれ、つづいて即興の演奏がはじまった。だれかがドラムのハイハットを踏み、シンバルのクラッシュ音に、わたしの歯の詰め物が緩みそうになった。

「冗談だろ」わたしは言った。「あの連中は二日酔いか寝ているかしているんじゃないのか？　おれ自身、まだベッドに入っていればよかったのにと思う時間なのに」

「あたしが上がってく」ローナが言った。「これにはほんとに腹が立つ」

「だめだ。シスコ、おまえがいけ。最新状況をおまえは知っている。ローナにそれを聞かせたいし、おまえのほうが上でよりよい結果をもたらすかもしれん」

「わかった」

シスコが部屋を出て、上の階に向かった。仕事をするのに彼がTシャツを着ているのを嬉しく思う数少ない機会だ。Tシャツの袖からは印象的な上腕二頭筋と、威嚇的なタトゥが覗いている。そのTシャツはハーレーダビッドソン・バイクの百十周年を祝うものだった。それもおなじようにメッセージを伝えるのに役立つだろう。

頭上からのバス・ドラムのリズムに合わせて、わたしはほかの所員に最新状況のアップデートをはじめた。まず、きのうの午前中にバレンズエラから送達された召喚状の話からはじめ、その日の残りに起こったことを伝えた。半分ほど話したところで、すさまじいクラッシュ音が頭上から聞こえ、シスコがバンド練習に終止符を打った。わたしは、トリナ・トリックスとの深夜の面談を詳しく説明し、フルゴーニの刑務所からの電話によって導かれた、わたしが監視されているという結論で話をしめくくった。

説明の最中にだれからも質問はなかったが、ジェニファーがメモを取っていた。この沈黙は、朝早い時間の証なのか、監視がわれわれ全員に与えた言外の脅威のせいなのか、語り部としてのわたしの人を惹きつける腕のせいなのか、わからなかった。わたしが紡ぐ入り組んだ話の曲がり角のどこかでたんに全員がついてこられなくなった可能性もあった。

シスコが部屋に戻ってきた。たいしたことをやった様子はまったく見せなかった。椅子に座ると、わたしにうなずいた。問題は解決した。

わたしはほかの参加者を見た。

「質問は？」

ジェニファーがまだ学校にいるかのようにペンを掲げた。

「二、三質問があります」ジェニファーは言った。「まず第一に、シルヴェスター・

フルゴーニ・シニアが午前二時にヴィクターヴィルの刑務所からあなたに電話してきたとおっしゃいました。どうすればそんなことが可能なんです？　そんな時間に電話の使用は認められていないと思いますが――」

「認められていない」わたしは言った。「番号は非表示だったが、携帯電話であるのは確かだろう。外部からこっそり持ちこまれたのか、あるいは看守から渡されたんだ」

「その番号を追跡できないですか？」

「まず無理だろうな。バーナーなら無理だ」

「バーナー？」

「使い捨て携帯電話のことだ――どんな名前も告げずに買ったものだ。いいか、本題から外れているぞ。電話をかけてきたのはフルゴーニであり、刑務所からかけてきた、というだけで充分だ。おれがやつのスター証人トリナ・トリックスと話をしていたことをフルゴーニに伝えるため、リアルタイムでだれかが刑務所にいるやつに連絡したんだ。そこが注目すべき点だ。フルゴーニが刑務所内で電話を持っていることではなく、やつがわれわれの動きを知っていることに注目しなければならない。次の質問はなんだ？」

ジェニファーはメモを確認してから訊ねた。

「そうですね、きのうまでは、わたしたちは進行中の二つの別々の案件を追っていました。ラコース事件があり、このモイアの件がありました。モイアの件はラコースの論点すり替え弁護《ストローマン》の可能性を探る一部として持ちだせば役に立つかもしれないけれど、別個のものだとわたしたちは考えていました。でも、いま、おっしゃっていたことをわたしが正しく理解しているとすれば、ふたつのことをひとつの事件であるとして、わたしたちはしゃべっています」

わたしはうなずいた。

「ああ、おれが言っているのはそういうことだ。いまやすべてひとつの事件なんだ。われわれにとって間を繋いでいるのは、あきらかにグロリア・デイトンだ。だが、ここで重要な鍵は、ランクフォードだ。やつは殺人事件が起こった夜、グロリアを尾行していた」

「ということは、ラコースは、最初から罠を仕掛けられていた」アールが言った。

「そのとおり」

「では、これはわたしたちが仕掛けているたんなる手立てや戦略じゃないんだ」ジェニファーが言った。「いまやこれはわたしたちの事件になったんですね」

「ふたたび、そのとおりだ」

わたしはまわりを見まわした。会議室の三つの壁はガラス壁だった。だが、古いシカゴ煉瓦でできた壁がひとつあった。

「ローナ、あの壁にかけるホワイトボードが要る。今回の件を図解したい。そのほうがわかりやすくなるだろう」

「手配するわ」ローナが言った。

「それからこの場所の鍵を変えてくれ。それから監視カメラが二台要る。一台はドアの外に、もう一台はこの部屋に。陪審審理がはじまったら、ここが拠点になる。安全かつ安心できる場所にしたい」

「ここに人を配することができるぜ——毎日二十四時間体制で」シスコが言った。

「その価値はあるかもしれない」

「それだけのことをするために必要なお金はどれくらいかかるの？」ローナが訊いた。

「人の手配はちょっと待ってくれ、シスコ」わたしは言った。「陪審審理がはじまったら、そうするかもしれない。当面は、鍵とカメラだけでいこう」

そしてわたしはテーブルに肘をついて身を乗りだした。

「今後はひとつの事件になる」わたしは繰り返した。「だから、分解して、すべての個々の部分に目を向ける必要がある。八年まえ、おれは操られた。ひとつの事件を扱い、自分の計画だと信じていた動きをさせられた。だが、そうじゃなかった。今回、おなじことを起こさせるつもりはない」

わたしは座り直し、コメントを待ったが、ただ黙って見つめられるだけだった。シスコがわたしの肩越しに、わたしの背後にあるガラス・ドアの向こうに視線を向けた。わたしは振り向いた。ロフトの広い空間を通して、フロアの出入り口のドアにひとりの男が立っていた。男は実際のところシスコよりもでかかった。

「おれの仲間のひとりだ」シスコはそう言って、会議室を離れた。

わたしは元に向き直り、ほかの連中を見た。

「もしこれが映画なら、あの男の名前は、チビ《タイニー》だろうな」

一同は笑い声を上げた。わたしは立ち上がってコーヒーを淹れ直し、戻ったときにはシスコが会議室に戻ってこようとしていた。わたしは立ったまま評決を待った。シスコはドアに首を突っこんだが、なかには入ってこなかった。

「リンカーンはジャックされていた」シスコは言った。「外させようか？　代わりに取り付ける車を見つけられるぞ。フェデックスの輸送トラックがいいかもしれない

——仕掛けたやつらを走りまわらせることができる」

〝ジャックされた〟とシスコが言っているのは、ロージャック装置が付いているという意味だった。盗難防止追跡システム「ロージャック・ヴィークル・リカヴァリー・システム」が設置されているということだ。だが、今回の件では、何者かがわたしの車の下に潜りこみ、GPS追跡装置を取り付けている、とシスコは言っていた。

「どういう意味です？」ジェニファーが訊いた。

わたしがすでに知っていることをシスコが説明しているあいだ、装置を取り除くべきか、あるいはそのままにして、だれであれ、わたしの動きを監視している輩に対してこちらの有利になるような方法をできれば見つけるべきだろうかという問題をわたしは考えた。フェデックスのトラックに付け替えたなら、連中をグルグル走りまわらせるだろうが、それではこちらの手がすぐにバレ、こちらが連中に気づいたことを知らせてしまうだろう。

「そのままにしておいてくれ」シスコがほかのメンバーに説明を終えると、わたしは言った。「少なくとも当面は。役に立つかもしれない」

「たんなる予備の仕掛けであるかもしれないということを頭に入れといてくれ」シスコが警告した。「人間による尾行があんたにはついているかもしれない。二日ほど、崖にインディアンたちを待機させるつもりだ、見張りのためだけに」

「それでよさそうだ」

シスコは戸口で振り返り、片手を水平にして、テーブルの表面に沿って平行に動かすかのように仲間に合図した。現状維持、追跡装置をそのまま置いておけ。男はシスコを指さし――メッセージ了解――ドアから出ていった。シスコはテーブルに戻り、ペイキン七〇〇〇を指さした。

「すまん。そのブロック装置のせいで、おれに電話をかけられなかったんだ」

わたしはうなずいた。

「あの男はなんて名前だ？」わたしは訊いた。

「だれだ、リトル・ガイか？　本名は知らないんだ。たんにリトル・ガイとして知っている」

わたしは指をパチンと鳴らした。正解に近かった。ほかの連中は笑いをこらえ、シスコはなんらかの冗談があり、それが自分に関することだとわかったかのようにわれわれ全員を見た。

「あだ名を持っていないバイク乗りっているんですか？」ジェニファーが訊いた。

「あー、ブロックスみたいなあだ名のことか？　ああ、正直言って、いないと思う」

さらに笑い声が起こった。やがてわたしはふたたび真剣な面持ちになった。

「オーケイ、こいつを検討しよう。現在、われわれは表面にあるものを知っている。下に潜ろう。まず最初に、なぜだという問題がある。八年まえ、人を操ったのはなぜだ？　もしこれまでに言われたことを信じるなら、当時マルコがグロリアのところにいき、モイアが滞在しているホテルの部屋に銃をこっそり隠せと伝えた。モイアが逮捕されたとき銃器の違法所持による量刑追加が科せられ、終身刑の要件を満たすことになるだろうから。オーケイ、そこまではわかる。だが、そこから難しい部分がやってくる」

「銃が置かれてすぐになぜマルコはモイアを逮捕しなかったのか？」シスコが言った。

わたしはシスコを指さした。

「まさしく。簡単で直接的なルートを取るのではなく、グロリアが地元警察に逮捕され、おれのところにやってくるという迂遠な戦略を立てた。グロリアは、おれの目を輝かせ、おれが介在して取引ができると思わせるに足る情報をもたらした。おれは地区検事局にいき、その取引を成立させた。モイアは逮捕され、銃が見つかり、あとは歴史だ。なぜそんなややこしい手を取るんだという疑問がしつこく残っている」

沈黙が下り、チームの面々はその複雑な仕掛けについて考えを巡らした。ジェニファーが最初に思い切って意見を言った。

「マルコはその事件に結びついていると見られるわけにはいかなかったんじゃないですか」ジェニファーは言った。「なんらかの理由があって、彼はその事件から外れておかねばならず、事件が自分にもたらされるまで待たなければならなかった。ロサンジェルス郡地区検事局があなたと取引をおこない、ロス市警が逮捕をおこなった。そのあとで、マルコがあらゆるものを踏み潰す傑出した連邦政府令状を持って割りこんできた。たんに彼の膝の上に転がりこんできたように見えますが、実際は彼がすべてを振り付けていた」

「だとしてもなぜという問題におれたちは引き戻される」シスコが言う。

「そのとおり」わたしが賛同した。

「マルコはモイアを知っており、自分が仕組んだのをモイアに知られたくなかったのだとは思いませんか？」ジェニファーが訊く。「だから、モイアはグロリアとあなたのうしろに隠れたのかも？」

「ことによるとな」わたしは言った。「だがそれでも最終的にマルコは事件を手に入れた」

「モイアのせいだということはないだろうか？」シスコが言った。「モイアはメキシコの麻薬カルテルの人間だ。連中はこの星でもっとも暴力的な人間だ。ひとりの密告者を確実に処分するために、村ひとつを丸々消すようなことをする連中だ。ひょっとしたら、マルコはモイアを失脚させるために自分が的になるのは嫌だったのかもしれない。ああいう方法を取れば、マルコはただ座っていたら、必要な署名はすべて済み、封印され、運ばれてきたうえで事件は自分のものになる。もしモイアが復讐する相手を捜しはじめても、それはグロリアで止まってしまうだろう」

「その可能性はあるだろうな」わたしは言った。「だが、モイアが復讐相手を捜していたとすれば、なぜグロリアを殺すのに七年待ったんだ？」

シスコは首を横に振った。どの意見にも納得できずにいる。そこが思いつくままに考えをしゃべるやり方の問題だった。気がつけば論理的なコーナーに向かって話していないことがよくある。

「わたしたちはふたつの別々のことについて話しているのかもしれません」ジェニファーが言った。「両者には七年の間隔が空いています。モイアの逮捕と、マルコがどうしてそれを仕組んだのか未知の理由がある。それとはべつにグロリアの殺害があり、それはまったく異なる理由から起こったのかもしれません」

「われわれの依頼人がグロリアを殺したと考えることに戻るのか？」わたしは言った。

「いえ、まったくそうじゃありません。それどころか、ラコースがこの件で他人の罪を負わされているのは、はっきり確信しています。ただ、七年は長い時間だと言っているだけです。物事は変わります。モイアが復讐を果たすのになぜ七年待ったんだろう、とあなた自身いま訊ねましたね。わたしはモイアがやったとは思いません。グロリアの死はモイアにとって大きな損失なんです。彼の人身保護令状の請願では、銃がホテルの部屋にこっそり隠されていたと主張しています。その立証をするのにモイアにはグロリアが必要だったんです。いまモイアにはだれがいます？　トリナ・トリックスと彼女の伝聞証拠？　連邦控訴裁でトリナに証言させられれば幸運でしょう」

わたしは長いあいだジェニファーを見つめ、ゆっくりとうなずきはじめた。

「赤子の口から（新約聖書「マタイによる福音書」二十一章十六節）」わたしは言った。「けっして見くびった形で言ったんじゃない。きみはここでは新人だが、大きなものを仕留めたと思うと言ってるんだ。モイアは人身保護令状のため、グロリアを生かしておく必要があったんだ。彼女がやったことを裁判所に証言させるため」

「ことによるとグロリアが真実を話そうとしないので、モイアは彼女を殺させたのかもしれない」そう言ってシスコは、自分を納得させるためにうなずいた。

わたしは首を横に振った。その説は気に入らなかった。なにかが欠けている。

「モイアがグロリアを生かしておく必要があるということからはじめるなら」ジェニファーは言った。「問題は、だれが彼女を殺す必要があったかということになります」

わたしはうなずき、そのロジックを気に入った。一拍待ち、両手をほかのメンバーに広げて、明白な答えを待った。答えはなかった。

「マルコだ」わたしは言った。

わたしは椅子にもたれ、シスコからジェニファーに目をやった。ふたりはぽかんとした表情で見つめ返した。

「なんだ、これが見えているのはおれだけなのか？」わたしは訊いた。

「ということは、わたしたちの論点すり替え《ストローマン》の対象としてカルテルの悪党より連邦捜査官を選ぶということですか？」ジェニファーが訊いた。「それはいい戦略とは思えません」

「それが真実の弁護なら、もはや論点すり替え弁護ではない」わたしは言った。「もしそれが実際に起こったことだとしたら、説得に骨が折れるかどうかは問題ではない」

わたしの言葉が考慮されるにつれて沈黙が下り、やがてジェニファーがその沈黙を破った。

「でも、なぜです？　なぜマルコはグロリアに死んでもらいたいんです？」ジェニファーが訊いた。

わたしは肩をすくめた。

「それがわれわれの突き止めなければならないことだ」わたしは言った。

「ドラッグにはたくさんの金がかかわる」アールが言った。「それがおおぜいの人を歪めてしまう」

わたしはアールが天才であるかのように彼を指さした。

「まさにそこだ」わたしは言った。「マルコがグロリアに銃をひそかに隠させたという話を信じるなら、われわれはすでに悪徳捜査官を相手にしている。悪党を捕まえるのにルールを破っているのか、あるいは、ほかのなにかを守るためなのかどうか、われわれにはわかっていない。どちらにせよ、自分自身とどんなものであれやつの違法な作戦行動を守るためにやつが人を殺したかもしれないと考えるのは、論理の飛躍ではないのではないか？　もしグロリアがマルコにとって危険な存在になったのなら、彼女はまちがいなく照準を合わせられていたとおれは思う」

わたしはまえに身を乗りだした。

「では、われわれがしなければならないのは、こうだ。マルコについてもっと情報を掴む必要がある。それにやつが所属しているグループ――ICEチームについてもだ。モイアが捕まるまえと捕まってから、彼らが捜査したほかの事件を突き止めろ。連中がどんな評判のチームなのか調べるんだ。ほかの事件を見て、歪められた様子があるかどうか確かめる」

「わたしは裁判記録でマルコの名前を調べます」ジェニファーが言った。「州の裁判と連邦政府の裁判の両方で。見つけられるものを全部引っ張りだして、そこからはじめます」

「おれは訊いてまわる」シスコが付け加えた。「ある種の人間を知っているある種の人間が知り合いにいる」

「で、おれはフルゴーニ親子《ボーイズ》を引き受ける」わたしは言った。「それから、ミスター・モイアも。彼ら三人は、いまやわれわれの事件の資産になったかもしれない」

わたしは血管にアドレナリンが分泌されるのを感じ取れた。方向が定まった感覚ほど、血を騒がせるものはない。

「これにより、あなたの車をジャックしたのは麻薬取締局と考えています？」ジェニファーが訊いた。「モイアかフルゴーニではなく？」

悪徳麻薬取締局捜査官がわたしの動きを監視しているという考えに、アドレナリンが血管のなかで小さな氷柱《つらら》になった。

「もしその場合だと、昨夜おれがいるときにフルゴーニがトリナに電話してきたのはたんなる偶然だ」わたしは言った。「自分でそれを信じるかどうか確信が持てないが」

そこはこの事件の難問であり、全容を解明するには、解き明かさねばならないだろう。

ジェニファーはメモ帳とファイルをまとめ、椅子をうしろに押しやろうとした。

「ちょっと待ってくれ」わたしは言った。「話はまだ終わっていない」

ジェニファーは腰を落ち着け直し、わたしを見た。

「ランクフォードだ」わたしは言った。「あの男は、グロリアが殺された夜、彼女を尾行していた。もしマルコを調べるなら、マルコとランクフォードのあいだの結びつきを探らねばならない。それが見つかれば、必要とするすべてのものを手に入れることになりそうだ」

わたしはシスコに目を向けた。

「ランクフォードに関して見つけられるものを全部洗い出せ」わたしは言った。「もしランクフォードがマルコと知り合いなら、どこからそれがはじまったのか知りたい。どうやって知り合ったのかを知りたい」

「わかった」シスコは言った。

わたしはジェニファーに視線を戻した。

「マルコを調べるからと言って、モイアから目を離していいことにはならない。モイアの事件に関して知るべきあらゆることを知る必要がある。それがわれわれがマルコを理解するのに役立つだろう。きみにはそれにも取り組んでほしい」

「了解です」

こんどはわたしはローナとアールのほうを見た。

「ローナ、ボートを浮かばせつづけてくれ。それから、アール、きみはおれといっしょに行動する。以上だ、諸君。少なくとも、いまのところは。慎重にやってくれ。だれを相手にしているのか忘れないように」

全員が立ち上がりはじめた。動きながら、彼らはみな黙っていた。仲間からずっとつづくおどけた言行を引き出したり仲間意識を生むたぐいのミーティングではなかった。われわれは危険な人物である可能性の高い連邦捜査官の秘密調査をおこなうため、それぞれの方向に向かって出発しようとしていた。じっくり考えてみて、それ以上に身が引き締まることは、あまり多くなかった。

19

ダウンタウンに向かいながら、わたしはアールに、尾行がついていないか見定めるためのひたむきな努力をよせと言わざるをえなかった。アールは縫うように車の流れを出入りし、加速と減速を繰り返し、出口車線に入ったかと思うと、最後の瞬間にステアリング・ホイールを切って、フリーウェイ本道に戻ることを繰り返していた。

「尾行はシスコに任すんだ」わたしは言った。「おれを無事に裁判所まで届けてくれるだけでいい」

「すみません、ボス、悪乗りしすぎました。だけど、ああいうのは、とても嬉しかったと言わせて下さい。ミーティングに出て、なにが起こっているのか知るのは」

「まあ、さっきも言ったように、なにかあって、きみの協力が必要なときには——たとえば、きのうのように——きみを参加させるよ」

「そいつはクールだ」

そのあとアールは落ち着き、われわれは事故に遭わずにダウンタウンに到着した。アールに刑事裁判所ビルで降ろしてもらった。どれくらいかかるかわからない、とアールに伝えた。法廷での用事はなかったが、地区検事局は十六階にあり、わたしはそこへ向かうのだ。車を降り、その屋根越しにテンプル・ストリートとセカンド・ストリートの交差点になにげなく目を走らせた。とくに変わった物や人は見えなかった。しかしながら、インディアンたちの車の屋根の輪郭線を確認しようとしているのに突然気がついた。それとてなにも目に入ってこなかった。

金属探知機を通ってから、混み合ったエレベーターに乗って、十六階に上がった。約束はしておらず、固いプラスチック製の椅子に座って長く待たされるかもしれないとわかっていたが、レスリー・フェアに会えるかどうか試す価値はあると思っていた。彼女は八年まえの出来事の中心プレイヤーだった。もっとも最近はほとんど話題にのぼってこなかったが。彼女はヘクター・アランデ・モイアの逮捕とグロリア・デイトンの釈放を生んだ取引をおこなった地区検事補だった。

レスリーはその取引が成立して以降、成功を収めていた。二、三の大きな裁判に勝ち、検事長選でわたしの対立候補デーモン・ケネディを支持するという正しい選択をした。そのおかげで、大きな出世を果たしていた。彼女はいまや地区検事補のトップであり、重要裁判課の責任者だった。それにより彼女は、裁判担当の検事や法廷のスケジュールの管理者としての仕事が多くなり、もはや人民のために法廷に立つ姿はめったに見られなくなった。それはもちろんわたしにとっていいことだった。彼女は屈強な検察官であり、法廷で彼女とふたたび顔を合わせる心配がなくなったのをわたしは喜んだ。グロリア・デイトンの一件をこれまでに唯一彼女に勝利を収めた事件としてわたしは勘定していた。もちろん、いまでは空しい勝利としてわたしの目に映っていた。

レスリー・フェアに事件で相対するのは嫌っていたかもしれないが、わたしは彼女を尊敬していた。そしてグロリア・デイトンの身になにがあったのか彼女は知ったほうがいいとわたしは思っていた。ひょっとするとそのニュースを聞いて、彼女はわたしに協力する気になり、八年まえの事件の詳細を幾分かでも教えてくれるかもしれない。彼女がこれまでにマルコ捜査官と会ったことがあるかどうか、わたしは知りたかった。会ったとしたら、いつ。

わたしは受付係に、約束はないが、待つつもりである、と告げた。受付係は、おかけになって下さいと言い、ミズ・フェアの秘書に、わたしが十分間の面会を求めていることを知らせた。フェアが秘書を持っているという事実は、ケネディ王国での彼女の聳《そび》え立つ地位を強調していた。わたしが知っているたいていの検察官は、仕事の補佐をしてくれるスタッフを持たず、秘書を共有できれば運がいいほうだった。

わたしは携帯電話を取りだし、わたしが弁護士資格を取るまえから待合室に生息してきたプラスチック椅子のひとつに腰を下ろした。到着を確認しなければならない電子メールがあり、書かねばならない携帯メールがあったが、まず最初にしたのは、ダウンタウンへのドライブ中にインディアンたちがなにかを見つけたかどうかシスコに確認する電話だった。

「仲間と話していたところだ」シスコが応じた。「なにも見なかったそうだ」

「わかった」

「だからと言って、尾行がないわけじゃない。これはたった一度のドライブにすぎない。少し遠くまで運転してもらう必要があるかもしれない。そうしたら確実なことがわかるだろう」

「ほんとか？　街じゅうを走りまわる時間なんてないぞ、シスコ。その連中は優秀だと言ってたと思うが」

「ああ、崖の上にいるインディアンたちは、フリーウェイ101号線を見張る必要はなかったな。連中に尾行確認に専念するよう伝える。ところで、あんたのスケジュールはどうなっている？」

「おれはいま地区検事局にいる。どれくらいここにいることになるのかわからない。

ここのあと、フルゴーニの事務所にいって、ジュニアに会うつもりだ」

「その事務所はどこにある？」

「センチュリー・シティだ」

「そうだな、センチュリー・シティだとうまくいくかもしれない。あそこはすてきな幅広い大通りがある。仲間に伝えておくよ」

わたしは電話を切り、携帯電話の電子メール・フォルダーをあけた。現在投獄されている依頼人からのさまざまなメッセージが入っていた。近年、刑事弁護士たちに起こっていることで最悪のことは、たいていの刑務所で、収監者に電子メールのアクセスを許可したことだ。自分たちの事件を気に病む以外にほかにすることがなく、彼らはわたしやほかの弁護士に質問や心配事や、ときには脅迫を含む電子メールを果てしなく送りつづけた。

わたしはそれらの電子メールをかきわけはじめ、二十分が経過して、目の焦点を変えようとして顔を起こした。レスリー・フェアを諦めるまで丸一時間待とうと決めた。電子メールの発掘作業に戻り、未処理メールを大量に処理し、その途中で二、三のメールには返事すらすることができた。うつむいてその作業に四十五分かけたところ、携帯電話の画面に人影が映るのを見た。顔を起こすと、ランクフォードがわたしを見下ろしていた。わたしは怯みそうになったが、どうにか彼を見て驚いていないふりをした。

「ランクフォード調査官」

「ハラー、ここでなにをしている？」

ランクフォードはわたしが以前、立ち去って戻ってこないよう警告されていた不法占拠者かそれ以外の厄介者であるかのような口調で言った。

「人を待っているんだ。あんたはここでなにをしている？」

「おれはここで働いているんだ、覚えているだろ？　これはラコースの件か？」

「いや、ラコースの件じゃないが、なんの件かは、あんたには関係ないことだ」

ランクフォードはわたしに立ち上がるよう合図した。わたしは座ったままでいた。

「人を待っていると言っただろ」

「いや、待っていない。レスリー・フェアがおまえの望みがなんなのか確かめるよう、おれをこさせたんだ。いくぞ。立ち上がれ。おまえの商売をするために待合室を使ってもらっちゃ困る。そのために自分の車があるだろ」

その答えにわたしは凍りついた。フェアに寄越されただと。それはグロリア・デイトン殺人事件の背景でなにが起こっているのかフェアが知っていることを意味するのではないか？　わたしは彼女に伝えにきたのだが、なにが起こっているのかすでにわたしより知っているのかもしれない。

「いくぞと言ったんだ」ランクフォードは強い口調で言った。「立ち上がれ。さもなきゃ、おれが立ち上がらせてやる」

わたしから椅子ふたつ離れたところに座っていた女性が立ち上がると、物理的に排除されることになりそうだと彼女が判断したものから逃れようとした。その女性は部屋の反対側にいって腰を下ろした。

「落ち着け、ランクフォード」わたしは言った。「いくよ、いくってば」

わたしは携帯電話を上着の内ポケットに滑りこませ、床からブリーフケースを摑んで立ち上がった。ランクフォードは動かなかった。そばにいて、わたしのパーソナル・スペースを侵害することを選んでいた。わたしは彼を迂回する動きをしたが、彼はサイドステップをした。われわれはふたたび顔と顔をつきあわせた。

「面白いか？」わたしは言った。

「ミズ・フェアもおまえにここに戻ってきてほしくないと思っている」ランクフォードは言った。「彼女はもう法廷に出ていないし、おまえみたいなおぞましい輩と関わり合いを持つ必要がない。わかったか？」

ランクフォードの息はコーヒーとタバコの臭いがした。

「ああ」わたしは言った。「わかった」

わたしはランクフォードをまわりこんで、エレベーター・ホールに向かった。ランクフォードはわたしについてきて、わたしが下りボタンを押して待っているあいだ、黙って見ていた。わたしは肩越しに彼を見た。

「しばらくかかるぞ、ランクフォード」

「おれには丸一日ある」

わたしはうなずいた。

「確かにそうだろうな」

わたしは一瞬エレベーターのドアに目をやってから、ふたたび肩越しにランクフォードを見た。そうせずにはおれなかった。

「見た目が変わったな、ランクフォード」

「はあ？　どんなふうに？」

「最後に会ったときからだ。なにかが違ってる。植毛するかなにかしたのか？」

「とても面白いよ。だが、ありがたいことに去年のラコースの冒頭手続き以来、おまえのケツを見ずにすんでいた」

「いや、もっと最近だ。よくわからんが」

わたしの言ったのはそれだけだった。元に向き直り、エレベーターのドアに集中した。ようやく頭上の明かりが灯り、ドアがあき、四人しか乗っていない籠が見えた。ロビーに下りるころには、壁際まで一杯になり、安全な重量制限を軽く超えるだろうとわかっていた。

わたしはエレベーターに乗り、振り返ってランクフォードを見た。想像上の帽子をちょっと持ち上げる仕草をして、別れの挨拶をした。

「あんたの帽子だ」わたしは言った。「あんたはきょう帽子を被っていないんだ」

エレベーターのドアがランクフォードの感情の消えた目つきのままで閉まった。

ランクフォードとの対峙はわたしを昂奮させた。下っていく最中にわたしはゴングが鳴るのを待ってコーナーに立っているボクサーのように足を踏み換えていた。地上階に到着すると、どこにいかねばならないのか、はっきりわかっていた。スライ・フルゴーニ・ジュニアは、待たせることができた。リーガル・シーゲルに会わねばならない。

20

四十分後、わたしはメノラー・マナーの三階でまたしてもエレベーターを降りた。受付デスクを通り過ぎようとすると、看護師に呼び止められ、リーガルの部屋につづく廊下を通るには、ブリーフケースをあけてもらわねばなりません、と言われた。

「いったいなんの話だね？」わたしは言った。「わたしは彼の弁護士だ。ブリーフケースをあけろなんてわたしに言えるわけがない」

看護師は厳しく、いっさい譲歩しない口調で言い返した。

「だれかが外部からシーゲルさんに食べ物を持ってきているのです。それは当施設の健康と宗教における方針を破っているだけでなく、患者にとって危険なんです。入念に考えて予定を立てた栄養摂取計画を阻害するのですから」

わたしはこの話がどこに向かうのかわかっており、退くつもりはなかった。

「きみは彼になにを食べさせ、いくら金を払わせるかを栄養摂取計画と呼んでいるのか？」

「患者がここで出る食事のあらゆる側面を楽しんでいるかどうかは、別問題です。もしシーゲルさんを訪ねたいのなら、ブリーフケースをあけていただかねばなりません」

「もしわたしのブリーフケースのなかになにがあるのか見たいなら、令状を見せてくれ」

「ここは公的施設ではありませんよ、ハラーさん。それに法廷でもありません。私立の医療施設です。この病棟の看護師長として、わたしはそのエレベーターのドアからやってくるだれでも、なんでも点検する権限を有しています。ここには病人がおり、わたしどもは患者さんを守らねばならないのです。あなたがブリーフケースをあけるか、わたしが警備員を呼んであなたをこの建物から退去させるかのどちらかです」

その脅しを強調するため、彼女はカウンターの上にある電話に手をかけた。

わたしは腹立たしげに首を振ると、ブリーフケースをカウンターの上に置いた。ふたつのロックをパチンと外し、ケースの上半分をひらいた。その中身を看護師長が長いあいだ探っているのをわたしは見ていた。

「ご満足か？　どこかにこぼれ落ちたミントタブレットのティクタックがあるかもしれない。それは問題ではないと願いたいな」

看護師長はその軽口を無視した。

「ブリーフケースを閉じて、シーゲルさんを訪ねていただいてかまいません。ありがとうございます」

「どういたしまして」わざとらしく挨拶を返した。

わたしはブリーフケースを閉じ、得意になって廊下を進んだが、次にリーガルに食べ物を持ってきたくなったときのために計画を練らねばならないだろうとわかった。自宅のクロゼットに、かつて弁護と引き換えに依頼人から取り上げたブリーフケースがある。一キロのコカインを入れておける隠し部屋が備わっていた。そこなら楽にサンドイッチを一個隠せるだろう。二個でもいけるかもしれない。

リーガル・シーゲルは、ベッドに背中を支えられて、大音量で『オプラ・ウィンフリー・ショー』の再放送を見ていた。目はあけていたものの、なにも見ていない様子だった。わたしはドアを閉め、ベッドのかたわらに近づいた。リーガルの顔のまえで手を上下し、一瞬、彼が死んでいるのではないかと恐怖に戦いた。

「リーガル？」

リーガルは物思いから覚め、わたしに焦点を合わせるとほほ笑んだ。

「ミッキー・マウス！　なあ、なにを持ってきてくれた？　当てさせてくれ、ウェストレイクの〈ガスの店〉からツナ・アボカド・サンドを持ってきた」

わたしは首を横に振った。

「すまん、リーガル、きょうはなにも持ってきていない。いずれにせよ、ランチには早すぎる」

「なんだって？　おいおい、寄越せ。〈コールズ〉のポーク・ディップ・サンドだろ？」

「いや、本気だ。なにも持ってきていない。それに仮に持ってきていたら、あそこのラチェッド師長（映画『カッコーの巣の上で』に登場する、精神科病院に君臨する師長）に没収されていただろう。彼女はおれたちに目をつけており、おれのブリーフケースをあけさせたんだ」

「ああ、あのおしゃべり婆か――人生のささやかな喜びを否定しおって！」

わたしは彼の腕に手を置いて宥めようとした。

「落ち着いてくれ、リーガル。彼女にビビりやしない。こっちには計画がある。次にくるときは、途中で〈ガスの店〉に寄るよ。それでいいだろ？」

「ああ、いいとも」

わたしは壁際から椅子を引っ張ってきて、ベッドの隣に座った。寝具の折り目にリモコンを見つけ、TVの音声を消した。

「ありがたい」リーガルは言った。「あの音のせいで頭がおかしくなりそうだった」

「じゃあ、なんで消さなかったんだい？」

「いまいましいリモコンが見つからなかったからだ。ところで、なぜ、なんの滋養物も持ってこずに会いにきたんだ？　きみはきのうここにきたばかりだろ？　ヴァレーの〈アートのデリ〉からパストラミ・サンドを持ってきた」

「そのとおりだ、リーガル。覚えていてくれて嬉しいよ」

「では、どうしてこんなに早く戻ってきた？」

「なぜなら、きょうは、おれが滋養物を必要としているからだ。法的な滋養物だ」

「どういう意味だね？」

「ラコース事件だ。いろいろと起こってね、木を見て森を見るのが難しくなってきたんだ」

わたしは指を使って、登場人物を数えあげた。

「まずうさん臭い麻薬取締局捜査官がおり、性格の歪んだ地区検事局調査官がいて、メキシコの麻薬カルテルの悪党、それに弁護士資格を取り消された弁護士がいる。そして拘禁されているおれの依頼人がおり、被害者がいる。そもそも、彼女はいま挙げたなかで、唯一おれが好きな、いや好きだった人物だ。こうしたことに加えて、おれは監視されている——だが、だれに監視されているのか必ずしもわかっているわけじゃない」

「では、全部話してみろ」

わたしはつづく三十分を費やして、話を要約し、リーガルの質問に答えた。彼に伝えた前回の最新状況以降の進展を補い、話をまえに進めて、前回伝えたよりもはるかに詳しい細部に入っていった。リーガルはわたしが話すにつれて数多くの質問をしたが、けっしてなにかの意見を返しはしなかった。たんにデータを集め、自分の反応を抑えていた。地区検事局の待合室であったばかりのランクフォードとの対峙と、自分がなにかを——目のまえにあるなにかを見落としているという不安な感覚を抱いているというところまでリーガルに伝えた。

話し終えると、わたしは反応を待ったが、リーガルはなにも言わなかった。か細い両手でなにかの仕草をした。一切合切を宙に放り上げ、風に捕らえさせるかのような仕草だった。リーガルの両腕が、注射針や、この病院で彼におこなっている突いたり押したりのせいで、紫色になっているのにわたしは気づいた。年を取るということは、弱者には向いていない。

「それだけ？」わたしは言った。「花びらを風に投じるだけ？　なにも言うことはない？」

「ああ、言いたいことはたくさんあるが、きみはそれを聞く気がないだろう」

わたしは片手を動かして、言いたいことを全部ぶつけてくれと合図した。

「きみは大きな絵を見失っているんだ、マウス」

「ほんとかい？」わたしは皮肉っぽく訊いた。「どんな大きな絵なんだ？」

「ほらな、それがまちがった質問だ」リーガルは教えを垂れた。「きみの最初の質問は、どんなじゃなくどうしてであるべきだ。なぜおれは大きな絵を見失っているんだろう？」

わたしはうなずき、渋々相手のペースに合わせた。

「じゃあ、なぜおれは大きな絵を見失っているんだろう？」

「きみの事件の状態についてたったいまおこなった報告からはじめようじゃないか。けさのスタッフ・ミーティングで、安物雑貨店から雇ったあの新米ショートに、正しい方向を見させてもらった、ときみは言った」

リーガルの言ってるのはジェニファー・アーロンスンのことだった。わたしがサウスウエスタン大のロースクールを出た彼女を雇ったのは事実だった。そのロースクールは、ウィルシャー大通りにある古いブロックス・デパートの建物のなかにあった。そのせいで彼女のあだ名がついたのだが、安物雑貨店としてあのロースクールのことを言うのは、新安値がついたようなものだった。

「信用を与えるべきところに与えようとしているだけだ」わたしは言った。「ジェニファーはまだ新米かもしれないが、いままでに雇えた南カリフォルニア大出身の三人の弁護士のだれよりも鋭い」

「ああ、そうだ、それは文句のつけようがない。彼女はいい弁護士だ、それは認めよう。要するにだ、きみはつねに自分がだれよりも優れた弁護士であることを期待しており、心の奥底で、それが正しいと思っている。だから、けさ、いきなり、チームの新米が事態を明晰に把握したとき、癪に障ったのだ。自分は部屋のなかでもっとも賢い人間であるはずだったのに」

わたしはそれにどう反応していいのかわからなかった。リーガルは畳みかけてきた。

「わたしはきみの精神分析医じゃない。わたしは弁護士だ。だが、きみは夜に大酒を飲むのをやめなければならず、家のなかを整理整頓すべきだと思う」

わたしは立ち上がり、ベッドのまえを行きつ戻りつしはじめた。

「リーガル、いったいなんの話をしているんだ？　おれの家は——」

「きみの判断力ときみの目のまえにある障害物を切り抜けていく能力は、外部の課題によって鈍っているのだよ」

「うちの子どものことを言っているのか？　子どもが自分となんの関わりも持ちたくないと思っているのを知りながら生きていかねばならないことを？　それを課題と呼ぶつもりはない」

「わたしは言葉の正確な意味においてそう言っているのではない。その根っこのことを言っているんだ。きみがそのことで抱えている罪悪感のことを話している。それが弁護士としてのきみに影響を与えている。弁護士としてのきみの遂行能力に、被告人の弁護人としてのきみの遂行能力に。そして今回の事件では、濡れ衣を着せられた可能性の高い人物の弁護士なのだ」

リーガルはサンディとケイティのパタースン母娘と、ふたりの命を奪った事故のことを言っていた。わたしはうつむき、両手でリーガルのベッドの足側についている鉄製の手すりを摑んだ。リーガル・シーゲルは、わたしの導師だった。彼はわたしにどんなことでも言えた。彼はわたしの元妻よりも激しく叱りつけることができ、わたしはそれを受け入れるつもりだった。

「よくお聞き」リーガルは言った。「この星で、濡れ衣を着せられた被告人の代弁に立つことほど気高い大義はない。きみはこれを失敗できないんだ、坊主」

わたしはうなずき、頭を下げたままでいた。

「罪悪感」リーガルは言った。「きみはそれを克服しなければならない。亡霊に立ち去らせるんだ。さもなければ、きみは亡霊に引きずり下ろされ、自分がそうあるはずの弁護士でけっしていられないぞ。けっして大きな絵を見ないようになる」

わたしは両手を上げた。

「頼む、もうその大きな絵のくだりは充分だ。なんの話をしているんだ、リーガル？おれはなにを見逃している？」

「きみが見逃しているものを見るためには、一歩退いて、角度を広げなければならない。そうすれば、より大きな絵が見える」

わたしはリーガルを見、理解しようとした。

「いつ人身保護令状が申請されたのだ？」リーガルは静かに訊いた。

「十一月だ」

「いつグロリア・デイトンは殺されたんだ?」

「十一月だ」

 わたしはもどかしげに答えた。われわれふたりともその質問に対する答えを知っていた。

「では、きみはいつその弁護士に召喚状を送達された？」

「つい最近だ――きのうだ」

「で、きみが話題にしているその連邦捜査官は、いつ召喚状を送達された？」

「送達されたのかどうかわからない。だが、バレンズエラは召喚状をきのう持っていた」

「そしてそのとき、当時の仲間だったもうひとりの女性に当ててフルゴーニがでっち上げた偽の召喚状があった」

「ケンドール・ロバーツのがな、そのとおり」

「なぜフルゴーニは彼女には偽の召喚状を送り、きみには送らなかったのか、なにか考えはあるか？」

わたしは肩をすくめた。

「わからん。おれならそれが本物か否かわかるだろうとフルゴーニはわかっていたからじゃないか。ロバーツは弁護士じゃないので、見破られないだろう。裁判所に申請するコストを削りたかったんだ。そんなふうにやってる弁護士の話を聞いたことがある」

「わたしには根拠が薄い主張に思えるな」

「うーん、パッと思いつくのはそんなところだ――」

「では、人身保護令状が裁判所に申請された五ヵ月後に、最初の召喚状を出したということか？　いいか、もしわたしがそんなふうに法律事務所を経営していたら、商売あがったりになって、路上を彷徨《さまよ》っていただろう。法律の時宜にかなった実践ではない。それは確かだ」

「このフルゴーニという若造は、まったく無知な馬鹿者で――」

わたしは途中で言葉を止めた。ふいにとらえどころのない大きな絵の断片を捕らえた。わたしはリーガルを見た。

「ことによるとあれは最初の召喚状でなかったかもしれない」

リーガルはうなずいた。

「さて、きみは大きな絵にたどり着こうとしているな」リーガルは言った。

21

アールにオリンピック大通りまで南下して、センチュリー・シティにあるスライ・フルゴーニ・ジュニアの法律事務所に連れていってくれるよう頼んだ。そののち、法律用箋を新しくして、グロリア・デイトン殺人事件とヘクター・アランデ・モイアの人身保護令状請願に関する出来事を時系列に並べはじめた。たちまち両方の事件が二重螺旋のように絡み合っているのにわたしは気づいた。大きな絵を目の当たりにしていた。

「ほんとにこの住所でいいんですか、ボス？」

わたしは時系列図から顔を起こし、窓の外を見た。フランスのプロヴァンス風タウンハウスの事務所が軒を連ねている一帯のまえでアールはリンカーンの速度を緩めた。まだオリンピック大通りを通っていたが、センチュリー・シティの東端に到達していた。その住所が召喚状に記されていた正しい郵便番号などが示している場所なのは確かだったが、センチュリー・シティの法律事務所を人が想像したとき思い浮かべるアヴェニュー・オブ・ザ・スターズにある光り輝く高層ビルからほど遠かった。はじめてここにきて、ここに並んでいる建物を目にしたすべての依頼人に、なにか品物を買って後悔するときとおなじ感情がわいたことだろうと考えざるをえない。またしても、おれはだれと話をすることになるんだ、という疑問が浮かんだ。わたしも、わたしが車の後部座席で働いているのを知り、買って後悔するときとおなじ感情を抱いている依頼人に対処させられることがよくあった。

「ああ」わたしは言った。「ここで合ってる」

わたしは飛び降り、ドアに向かった。狭い待合室に入ったところ、受付デスクの前から左右のドアに通じるふたつの通路があり、すり切れた絨毯が敷かれていた。左側のドアに記された名前にわたしは見覚えがなかった。右側のドアには、シルヴェスター・フルゴーニの名があった。スライ・ジュニアは、べつの弁護士とこの場所をわかちあっているような気がした。秘書も共有するのだろう。だが、いまこの瞬間、わかちあう秘書はいなかった。受付デスクは無人だった。

「こんにちは？」わたしは言った。

だれも応えない。わたしはデスクの上に積まれた書類と郵便物を見下ろし、一番上にスライ・ジュニアの法廷予定表のコピーが置かれているのを見た。今月は、そこに記載されている出廷日がほとんどないことに目がいく。スライはたいして仕事がない

――少なくとも裁判所のなかに入るような仕事は。来週火曜日にわたしの証言録取が記入されているのは見たが、ジェイムズ・マルコあるいはケンドール・ロバーツに関する記入はなかった。

「こんにちは？」わたしは再度声をかけた。

今回は前回より大きな声にしたが、あいかわらず応答はなかった。フルゴーニのドアに近づき、耳を澄ました。なにも聞こえなかった。ノックし、ノブをまわしてみた。鍵はかかっておらず、ドアを押しあけたところ、大きな装飾机の向こうに若い男が座っているのが目に入った。事務所のほかの部分が表しているよりもよりよき時代があったことを示している豪華な机だった。

「すみません、なにかご用ですか？」若い男はこの侵入に苛立っているようだった。

男は目のまえの机に置いているノートパソコンを閉じたが、立ち上がりはしなかった。わたしはオフィス内に二歩足を踏み入れた。部屋にはほかにだれの姿も見えなかった。

「スライ・ジュニアを捜しているんだが」わたしは言った。「それはきみかな？」

「すみませんが、ぼくは約束のある方としかお会いしません。予約をしてから出直していただかないと」

「受付係がいなかった」

「秘書は昼食に出ています。ぼくはとても忙しく――待って、あなたはハラーでしょ？」

彼はわたしを一本の指でさし、急いで逃げなければならない場合に備えて身構えるかのように椅子の肘置きに反対の手を乗せた。わたしは両手を掲げ、武器を持っていないことを示した。

「喧嘩をしにきたわけじゃない」

スライ・ジュニアはせいぜい二十五歳という様子だった。見栄えのするやぎひげを生やそうともがいており、ドジャースのユニフォームを着ていた。きょう、彼に出廷仕事がないのは明白であり、ことによるといつもないのかもしれなかった。

「なにが望みです？」スライ・ジュニアが訊いた。

わたしは机に向かってさらに数歩進んだ。机は巨大で、部屋の広さからするとでかすぎた――あきらかに父親が弁護士稼業をしていた、よりよき、より広い事務所時代の遺物だ。わたしは机のまえに置かれている椅子の一脚を引いて、腰を下ろした。

「座らないで。あなたは――」

わたしは座った。

「わかった、どうぞ」

わたしはうなずいて礼を伝え、ほほ笑んだ。机を指さす。

「立派な机だ」わたしは言った。「親父さんからのお下がりだろ?」

「だから、なにが望みなんです?」

「言っただろ。喧嘩をしにきたんじゃない。どうしてそんなにビクついているんだい?」

スライ・ジュニアは激怒して息を吐きだした。

「人がノックせずに部屋に入ってくるのは嫌なんだ。ここは法律事務所だ。あなたでも勝手に人が——ああ、そうだった、あなたは事務所を持ってさえいないんだ。映画を見たよ」

「勝手に入ってきたんじゃない。秘書がいなかった。声をかけ、ノックをした」

「言ったでしょ、ランチに出ているんだって。いまは昼時だ。ねえ、用事を済ませてもらえません? なにが望みなんです? 用事を言って、出ていって下さい」

スライ・ジュニアは、大仰に片手で宙を切る仕草をした。

「いいか」わたしは言った。「わたしがここにきたのは、われわれが出だしで誤ったからだ。それを謝罪する。わたしが悪かった。わたしはきみを——そしてきみの父親を――この事件の敵として遇してしまった。だが、いまでは、そんなことはありえないと思っている。ここにきたのは仲直りのためと、おたがいに協力できるかどうか確かめるためだ。いいかね、もしきみが自分の手札を見せてくれるなら、わたしの手札を見せよう」

フルゴーニ・ジュニアは首を横に振った。

「いや、そんなことはしないぞ。ぼくにはぼくの事件があり、あなたはなんでも好きな事件を扱えばいいが、ぼくらがいっしょに働くことはない」

わたしは身を乗りだし、アイコンタクトをしようとしたが、若造は理性を失っていた。

「われわれの依頼人が訴えられた理由には共通点があるんだ、スライ。きみの依頼人ヘクター・アランデ・モイアとわたしの依頼人アンドレ・ラコースは、われわれが協力し、情報を共有することによって利益を受ける立場にある」

フルゴーニ・ジュニアは、提案を一蹴するように首を振った。

「そうは思わない」

わたしは部屋を見まわし、彼の卒業証書が額に入って壁に飾られているのに気づいた。文字が小さすぎて、離れていると読めなかったが、自分がここで相手にしているのがアイヴィー・リーグ出身者ではないと思っていた。検討をつづけ、車のなかで図示してきたことのなにがしかを明かし、どうなるか見てみることにした。

「わたしの依頼人はグロリア・デイトンを殺害した罪で起訴されている。彼女は、きみの人身保護令状請願でも重要な形で現れている。要点を言うと、わたしの依頼人がその事件を起こしたとはわたしは思っていない」

「そうか、それはよかったね。ぼくらとは関係のないことだ」

彼の使う〝ぼくら〟というのが自分とヘクター・アランデ・モイアという意味だと思っていたが、徐々に疑わしくなっていた。チーム・フルゴーニのことを言っているのだ——ミスター塀の中とミスター塀の外。ただし、ミスター塀の外は、人身保護令状《ヘイビアス・コーパス》と犯罪構成事実《コーパス・デリクティ》の違いをわかっておらず、わたしは間違った相手と話をしていた。

話をつづけ、大きな質問をフルゴーニ・ジュニアにぶつけることにした。わたしが一歩退いて大きな絵を見たときに現れた質問だった。

「質問にひとつ答えてくれ。そうしたらわたしは出ていく。去年、きみはグロリア・デイトンが殺されるまえに召喚状を送達しようとしたな？」

フルゴーニ・ジュニアは、大げさに首を振った。

「ぼくらの事件のことであなたと話す気はない」

「バレンズエラにそれをさせたんだな？」

「言っただろ、ぼくは話す気は――」

「わからんな。助け合えるんだぞ」

「だったら、ぼくの父と話をして、納得させようとしてみるんだな。ぼくにはあなたとなにかについて勝手に話をする権限がないんだ。もう出ていってくれ」

わたしは立ち上がるそぶりを見せなかった。ただじっとフルゴーニ・ジュニアを見つめた。彼は両手でわたしを押しのけるような仕草をした。

「頼むから出てって、」

「だれかがきみに渡りをつけてきたのか、スライ？」

「渡りをつける？　なんの話かわからない」

「なぜきみはバレンズエラを使ってケンドール・ロバーツに送達した召喚状をでっち上げたんだ？」

フルゴーニ・ジュニアは、片手を持ち上げて、頭痛を和らげようとしているかのように鼻梁をつまんだ。

「もう一言だってしゃべるもんか」

「わかった、じゃあ、きみの父親と話す。いますぐ電話して彼をスピーカーに出してくれ」

「父には電話できない。刑務所に入っているんだ」

「できるだろうが。昨晩、わたしは彼と電話で話したぞ」

その発言にフルゴーニ・ジュニアの眉が持ち上がった。

「そうだ、わたしがトリナといっしょにいるときに」

フルゴーニ・ジュニアの眉がまたしても持ち上がってから、水平に戻った。

「やれやれ。父は深夜以降に電話をかけられるだけなんだ」

「おいおい、でたらめはよせ。彼はあそこのなかで携帯電話を持っている。わたしの依頼人の半分が持っているんだ。公然の秘密だ」

「ああ、だけど、ヴィクターヴィルには、妨害電波発生装置があるんだ。親父には自分のために装置を切ってくれる人間がいる——ただし、午前零時をまわってからのみだ。それに仮にあんたの依頼人が携帯電話を持っていたとしても、あんたが自分から電話をかけたりはしないだろ。向こうからかけてくるだけだ。安全なときに」

わたしはうなずいた。彼の言うとおりだ。収監されているほかの依頼人との経験から、ほぼすべての刑務所や拘置所で、携帯電話がありふれた密輸品であることをわたしは知っていた。頻繁に身体検査や囚房の捜索をして見つけることに頼るよりも、多くの矯正施設では、携帯電話の使用を不可能にする携帯電話ブロッカーを採用していた。スライ・シニアには、深夜勤のあいだに機械を操作してくれる友好的な看守がどうやらいるようだ――金を払って友好的な間柄になった可能性がきわめて高い。そのことは、昨夜のスライ・シニアからの電話は偶然であり、彼がわたしを尾行させたからではなかったことの裏付けだった。だれかほかの人間がわたしを尾行させているという意味でもあった。

「どれくらいの頻度で彼はきみに電話をかけてるんだ？」わたしは訊いた。

「それを教えるつもりはない」スライ・ジュニアは言った。「話はここで終わりだ」

わたしの推測では、スライ・シニアは毎晩、翌日のやるべき仕事リストをかたわらに置いて電話をかけてくるのだろう。ジュニアは、みずから率先して仕事をするような人間にはあまり見えなかった。わたしはあの卒業証書を見たくてたまらなかった。どんなロースクールが彼に学位を与えたのか知りたかったのだが、いまここで確かめる価値はないと判断した。トップクラスのロースクールを出たのに、法廷からの出口も見つけられない弁護士を何人も知っていた。その一方、もし自分の手首に手錠がかけられるようなことになれば、わたしがただちに電話を入れるべき夜間ロースクール出の弁護士も知っていた。重要なのは弁護士本人であり、出身のロースクールではなかった。

わたしは立ち上がり、椅子を押しやって、元の場所に戻した。

「オーケイ、シルヴェスター、きみがやらねばならないのはこういうことだ。親父が今晩電話してきたら、あす、わたしが彼に会いにいくと伝えろ。刑務所のゲートのところで、彼の弁護士として署名するつもりだ。モイアの弁護士でもある。きみとわたしは共同弁護人だ。われわれふたつの陣営同士の協力をわたしが求めている、ときみは必ず親父さんに伝えろ。敵対関係ではなくてだ。その面会を受け入れて、わたしの言うことを聞いたほうがいい、とシニアに伝えろ。ヘクターにもおなじことを伝えるよう父親に伝えるんだ。その二件の面会を拒否しないように彼に伝えろ。さもないと砂漠のなかで、事態は彼にとって不愉快な方向に向かってしまうぞ」

「あんたはいったいなんの話をしているんだ？　共同弁護人だって？　くだらない」

わたしは机に歩みを戻し、マホガニー材に両手をついて、見下ろした。スライ・ジュニアは、椅子の上で精一杯背中をのけぞらせた。

「大切なことを言わせてくれ、ジュニア。わたしが車で二時間かけてあそこにいき、言ったとおりに手配がなされていなかったら、ふたつのことが起こる。ひとつは、一晩じゅう、妨害電波発生装置が稼働し、なにをすればいいのか、どのファイルを見ればいいのか、なんと言えばいいのかということについてのいっさいの手がかり抜きで、きみはここで干からびてしまうだろう。第二に、カリフォルニア州法曹協会は、きみがパパとおこなったそのささやかな手配に真剣な興味を抱くだろう。きみのパパは、弁護士資格がないのに弁護士業務をおこなったことになる。そうなるときみは、法律のことをなにひとつ知らないのに弁護士業務をやる羽目になるな」

わたしは背を伸ばし、立ち去ろうとしたが、回れ右して、ジュニアのところに戻った。

「それから法曹協会に話をするとき、わたしはあの偽造された召喚状を提示するぞ。連中はそれもあまり気に入ったりしないだろう」

「あんたはクソ野郎だ。知ってるだろ、ハラー？」

わたしはうなずいて、ドアに向かった。

「クソ野郎にならねばならないときにはな」

わたしは外に出た。ドアはわたしの背後で大きくひらいたままにさせておいた。

22

リンカーンはわたしが降りたところで待っていた。わたしが後部座席に飛び乗ったところ、わたしの真横で、アールのまうしろになる場所にひとりの男が座っている光景に出迎えられた。わたしはバックミラーに映る運転手の目を見て、申し訳なさそうな表情がそこに浮かんでいるのを見た。

わたしは見知らぬ男に関心を戻した。操縦士用サングラスをかけており、ブルージーンズと黒いゴルフシャツ姿だった。黒い髪と口ひげによく似合っている浅黒い顔色をしていた。すぐに頭に浮かんだのは、男が麻薬カルテルのヒットマンぽいということだった。

男はわたしの目に浮かんだ表情に気づいて、笑みを浮かべた。

「リラックスしてくれ、ハラー」男は言った。「おれはあんたが考えているような人間じゃない」

「では、いったい何者なんだ？」わたしは訊いた。

「おれがだれなのか知っているだろ」

「マルコか？」

男はまた笑みを浮かべた。

「運転手に散歩に出かけたらどうだと言ってくれないか？」

わたしは一瞬ためらったが、バックミラーに映っているアールを見た。

「いってくれ、アール。だけど、そばにいてくれ。おれから見えるところに」

わたしがほんとに望んでいたのは、わたしの姿を見られるところにアールがいることだった。マルコがこれからなにをしようとしているのかわからなかったので、証人が欲しかった。

「いいんですか？」アールが訊いた。

「ああ」わたしは言った。「いってくれ」

アールは車を降り、ドアを閉めた。一メートルほどまえに歩いて、車のフロントフェンダーに寄りかかり、腕組みをした。わたしは座席の隣にいるマルコを見た。

「オーケイ、なにが望みだ？」わたしは言った。「おれを尾行しているのか？」

答えるべきか決めるまえにマルコはその質問をじっと考えているようだった。

「いや、尾行はしていない」マルコはようやく答えた。「自分に書類をしつこく送りつけようとしている弁護士を確かめにきたんだ。そして、あんたがいた。あんたとあの男は、協力して動いている」

もっともらしく聞こえるいい回答だった。その回答で、マルコがわたしの車に追跡装置をつけた人間だったと認めるのを避けていた。そして彼はその様子に喜んでいるようだった。わたしは納得していなかったのだが。マルコは四十代なかばだとわたしは見積もった。自分のまわりにオーラをまとっていた。自信と豊富な知識を持っている感じがする。ほかのだれよりも二手先を読んで行動する男のような感じだ。

「なにが望みだ？」わたしはまた訊ねた。

「おれの望みは、あんたが大失敗をするのを避ける手伝いをしたいというものだ」

「で、それはどんな形で失敗するんだ？」

マルコはその質問を聞いていなかったかのように振る舞って、先をつづけた。

「〝シカリオ〟という言葉を知っているか、弁護士さん？」

マルコは、きついラテン訛りでその単語を発音した。わたしはマルコから目を逸らし、窓の外を見てから、ふたたびマルコのほうを見た。

「聞いたことがあると思う」

「その言葉を英語に直した場合、正確に意味を伝えるのは難しいが、メキシコでの麻薬カルテルの殺し屋のことだ。シカリオ」

「わざわざご教示ありがとう」

「向こうでは、法律は、ここと は違っている。ティーンエイジャーを成人として告発することを認める法典あるいは条例がないのを知ってるか？　どんなことをやろうと、十八歳を越えないかぎり、子どもがおこなった犯罪に対して、成人としての告発はないし、勾留もない」

「この次あそこへいく際のため、知っておいてよかったよ、マルコ。だが、わたしはここカリフォルニア州で弁護活動をおこなっている」

「結果的に、カルテルは、自分たちのシカリオとしてティーンエイジャーを採用し、訓練する。彼らが捕まって、有罪になったとしても、一年、せいぜい二年入っているだけで、十八歳で出所し、すぐにでも仕事に戻れる用意が整っている。おわかりか？」

「まさに悲劇だな。その少年たちが更生して出てくる方法はない。それは確かだ」

マルコはわたしの皮肉になんの反応も示さなかった。

「十六歳のときへクター・アランデ・モイアは、クリアカンの法廷で、十五歳になるまでに七人の人間を拷問して殺害したことを認めた。そのうちふたりは女性だった。三人は地下室で首吊りにし、四人には生きたまま火をつけた。ふたりの女性はレイプし、そのあと死体をバラバラにして、丘陵地帯のコヨーテに食わせたんだ」

「で、それがどうわたしと関係しているんだ？」

「モイアはそれらの殺人のすべてをカルテルからの命令でやったんだ。ほら、彼はカルテルで育てられた。そして十八歳で刑務所《ペンタ》を出所すると、そのままカルテルに戻った。そのころには、むろん、彼は通り名をもらっていた。モイアは、エル・フエゴと呼ばれていた。スペイン語で『火』だ——人を燃やしたからだ」

わたしはもどかしさを表そうと腕時計を確認した。

「それはいい話だが、なぜそんなことをわたしに話すんだ、マルコ？　きみはどうなんだ？　きみは事件と——」

「あんたがフルゴーニと共謀して釈放させようとしているのは、そういう男なんだ。エル・フエゴだ」

わたしは首を横に振った。

「なんの話かわからん。わたしが釈放しようとしている唯一の人物は、アンドレ・ラコースだ。彼はいま囚房のなかに座っており、やっていない殺人の罪で起訴されている。だが、ヘクター・アランデ・モイアについて、これだけは言わせてくれ。きみはそのクソ野郎を一生刑務所に入れておきたがっている。ならば、まずその主張を公明正大にするがいい。けっして――」

わたしは途中で口をつぐみ、てのひらを上にして両手を掲げた。もう充分だ。

「わたしの車から降りてくれないか」わたしは静かに言った。「もしきみに話をする必要があるなら、法廷で話す」

「戦争が起こっているんだぞ、ハラー。あんたはどっちの側につくのか選ばなければならない。犠牲者が出ており――」

「ああ、こんどは選択の話をするつもりなのか？　グロリア・デイトンはどうなんだ、彼女に選択肢はあったのか？　彼女は生け贄だったのか？　クソ食らえ、マルコ。世の中にはルールがある。法のルールだ。さあ、車から出てってくれ」

五秒間、われわれはにらみ合った。だが、最後はマルコがひるんだ。彼はドアを少しひらくと、ゆっくりと車から出ていった。そののち、腰を折って身をかがめ、わたしに視線を向けた。

「ジェニファー・アーロンスン」

わたしはマルコがそれ以外に言わねばならぬことを待っているかのように両手を広げた。

「だれだ？」

マルコは笑みを浮かべた。

「おれのことを知りたいなら、直接おれのところにこいと彼女に伝えてくれ。いつでもかまわん。裁判所にこっそり入って、ファイルを引きだし、質問を囁く必要はない。おれはここにいる。いつだってな」

マルコはドアを閉め、歩み去った。わたしは彼が歩道を進み、角を曲がるまでじっと見ていた。この近所にいて、たまたまわたしを見つけた理由だと主張していたくせに、マルコはフルゴーニの事務所には入っていかなかった。

すぐにアールが運転席に戻った。

「大丈夫ですか、ボス？」

「大丈夫だ。いこう」

アールは車を発進させた。苛立ちとおのれの無防備さを思い知って動揺し、アールにきつい言葉を投げかけた。

「いったい全体どうやってあの野郎は車に入れたんだ？」

「あいつはやってきて窓をノックしたんです。バッジを見せて、後部座席のロックを外せと言ったんですよ。てっきり後頭部に銃弾を叩きこまれると思いました」

「そいつはすばらしい。で、後部座席にみすみすおれを飛び乗らせたんだ」

「おれはどうしようもなかったんです、ボス。あいつに動くなと言われたので。あいつはなんて言ってたんです？」

「自己欺瞞《ぎまん》の戯言を山と言ってたよ。いこう」

「どこへ？」

「わからん。ロフトに向かえ。とりあえず」

わたしはすぐに携帯電話でジェニファーに連絡した。彼女を怖がらせたくはなかったが、マルコの背景調査をし、マルコが関わったほかの事件を調べる彼女の努力をマルコ本人が知っているのは明らかだった。

電話は留守録に直に繋がった。録音されたジェニファーの声を聞きながら、わたしは完全なメッセージを残すべきか、たんに電話してくれと伝えるだけにするか、検討した。携帯電話の電源を入れればすぐに情報が伝わるのだから、十全のメッセージを残すのが最善かつもっとも安全だろう、とわたしは判断した。

「ジェニファー、おれだ。たったいまマルコ捜査官のささやかな来訪を受けた。彼は自分の歴史の証拠書類を探っているきみの努力に気づいている。書記官室か、きみが記録を取りだしている場所にやつの友人がいるにちがいない。だから、いまその件で入手したものはそのまま取っておいて、手を止め、モイアの調査に切り換えてもらったほうがいいと思う。おれはあすモイアに会いにヴィクターヴィルにいく。それまでに知るべきことがあれば全部知りたい。この伝言を受け取ったら、連絡してくれ。以上だ」

次に連絡したのはシスコで、彼には電話が繋がった。わたしはマルコとの遭遇について話し、わたしの尾行に注意しているはずのインディアンたちから事前の警告がなかったのはなぜなのか、訊いた。そのことにわたしはあまり嬉しい気分ではなかった。

「警告はなかったぞ、シスコ。あいつはよりにもよっておれの車のなかで待っていたんだ」

「なにがあったのかわからんが、確かめる」

わたしとおなじくらいシスコも憮然としている口調だった。

「ああ、そうして、結果を教えてくれ」

わたしは電話を切った。アールとわたしはそのあと二、三分、黙って車を走らせていた。わたしは頭のなかでマルコとの会話を再生した。あの麻薬取締局捜査官の来訪の動機を解き明かそうとする。なによりもまず、あれは脅迫だった、とわたしは判断した。おのれの活動を調べるうちのチームの努力に水を差したかった。また、わたしをモイア事件から遠ざける方向に操りたかったように思えた。モイアの有罪判決と終身刑は、人身保護令状請願の舵を取っているのが経験の浅いスライ・フルゴーニ・ジュニアであれば覆ることはないだろうと、おそらくマルコは思っていたのだろう。そしてその考えはたぶん正しかった。だが、悪魔の次にひどい存在としてのモイアの横顔をわたしにぶつけてきたのは、たんなるごまかしだった。マルコの動機は利他的なものではなかった。一瞬たりともわたしは彼の言葉を買わなかった。結局のところ、マルコは、わたしが彼をビビらせたので、わたしをビビらせようとしたのだ、という結論をわたしは下した。つまり、われわれは正しい方向に進んでいるということだった。

「いいですか、ボス？」

わたしはバックミラーでアールを見た。

「ジェニファーへの伝言を聞いていたんですが、あしたヴィクターヴィルにいくという。あれってほんとですか？　あそこにいくんですか？」

わたしはうなずいた。

「ああ、われわれはいく。あすの朝一番に出発する」

そう口に出していうことで、わたしはマルコに沈黙のクソ食らえという罵詈《ばり》を送っていた。

携帯電話が振動した。シスコだった。説明のため折り返しかけてきたのだ。

「すまん、ミック、連中はドジをこいた。連中はあの男がやってきて、アールのいる車に乗りこむのを見ていた。そいつはバッジを示したと連中は言っていたが、そいつがだれなのか連中は知らなかった。友好的な人間だと、連中は思ったんだ」

「友好的な人間だと？　あいつは車に乗りこむのにアールにバッジを見せなければならなかったのに、おまえの仲間は、あいつがクソいまいましい友好的な人間だと思ったというのか？　そいつらは、その場でおまえに電話しなければならなかったんだ。そうすればおまえがおれに電話をかけてくることができ、おれがジッパーをおろしたままやってくるのを止めさせられたんだ」

「そういうことはもうおれから伝えた。やつらの監視をやめさせたいか？」

「なんだと？　なぜだ？」

「あんたの車にジャックしたのはだれかはっきりわかったようだ。そうだろ？」

わたしは召喚状のせいでフルゴーニ・ジュニアの様子を見にきてたまたまわたしを見かけたというマルコの主張について考えてみた。その話を一瞬たりとも買わなかった。シスコの言うとおりだ。マルコがわたしの車に追跡装置を取り付けたのだ。

「金は節約したほうがいいな」わたしはシスコに言った。「連中を引き上げさせてくれ。いずれにせよ、連中は早期警戒部門では、ろくに役に立たなかった」

「GPSも車から外させたいか？」

そのことを一瞬考え、翌日の自分の計画についても考えた。マルコを挑発したいと思った。今回のささやかな来訪と口にされなかった脅迫にわたしが屈しないことを見せつけてやりたかった。

「いや、そのままにしておけ。当面は」

「わかった、ミック。こんなこと言ってもなんの足しにもならないが、連中は本気で申し訳ないと思っている」

「はいはい、わかったよ。おれはいかないと」

わたしは電話を切った。わたしの家に向かう途中、アールがリトル・サンタモニカ大通りを通ってビバリーヒルズを横切ろうとしているのにウインドシールド越しに気づいていた。腹が空いており、見た目は悪いが料理はうまい定食屋〈パパ・ジェイクの店〉に近づいているのがわかった。フィラデルフィアの西で最高のステーキ・サンドイッチを出す店だ。最寄りのビバリーヒルズ上級裁判所が州の予算危機でシャッターを下ろし、その地域でわたしにもたらされていた仕事を失ってから、その店に入ったことがなかった。だが、そのうち、オニオンとピッザイオーラ・ソースで焼かれたジェイク・ステーキへのリーガル・シーゲルめいた渇望を持つようになってしまった。

「アール」わたしは呼びかけた。「このあたりで昼食を取ろう。もし麻薬取締局捜査官がまだ尾行しているなら、やつはビバリーヒルズでもっともよく守られている秘密を知ることになるだろうな」

23

遅い昼食を済ませると、きょうの仕事は終わりだった。わたしの予定表は綺麗なもので、さらなる約束は入っていなかった。ダウンタウンへ戻り、きたる裁判に関連していくつかの事柄を打ち合わせするため、アンドレ・ラコースに面会する手続きに並んでみるかどうか検討した。だが、過去数時間の出来事――リーガル・シーゲルの小言からはじまり、スライ・ジュニアとの面談、マルコの突然の来訪まで――がわたしを自宅へ導いた。きょうのところは、もう充分だった。

アールが自分の車に乗り換えられるよう、まずロフトまで運んでもらった。スタッフ・ミーティングに出席するため、アールはロフトまで自分の車できていた。わたしはフライマン・キャニオンの野生の地をハイキングするのにふさわしい服装に着替える時間だけ車を停めておいてから、自分で運転して自宅へ向かった。ゴールを守る練習をしている娘を最後に見てから、ずいぶん経っていた。学校のオンライン・ニューズレターで、サッカー・シーズンがあと数週しか残っておらず、チームは州のトーナメントに備えているのを知っていた。娘の姿を眺めるため、丘の向こうへいくことにした。しばらくのあいだはラコース事件のことを考えずにすむかもしれない。

だが、その気晴らしは遅れた——少なくともロウレル・キャニオン大通りをのぼっていくのは遅れた。ジェニファーが折り返しの電話をかけてきて、伝言と、マルコの調査からいったん手を引く指示を受け取りました、と彼女は言った。

「PACERに登録されているものが不完全に思えたので、ICEが担当したほかの事件の裁判所記録をいくつか、閲覧の申し込みをしたんです」ジェニファーは説明した。「きっと、カウンターの職員のだれかがマルコに電話して、伝えたんです」

「どんなことでも可能だ。だから、いまはモイアの調査に集中してくれ」

「了解しました」

「きょうの終わりまでに摑んだものをどんなものであれ、おれに送ってくれないか？あした、刑務所までの長いドライブがあるので、読み物があればありがたい」

「そうしますが……」

そういうジェニファーの口調にためらいがあった。まるでほかになにか言いたいことがあるかのように。

「ほかになにかあるのか？」わたしは訊いた。

「よくわからないんです。正しい道を進んでいるんだろうか、という気がまだしているんです。モイアのほうが、麻薬取締局よりも、わたしたちにとってよりましなターゲットじゃないか、と」

ジェニファーが言いたいことはわかった。きたる裁判でモイアに疑いを投げかけるほうが、連邦捜査官に光を当てるよりも、はるかに容易だし、おそらくはもっと成果があがりうるものだろう。ジェニファーは、真実を求めることと、依頼人に有利な評決を求めることとのあいだの紙一重の差をそれとなくほのめかしていた。両者はかならずしも同じものではない。

「言いたいことはわかる」わたしは言った。「だが、ときには自分の勘に従わねばならない。おれの勘は、こっちが向かうべき道だと言っている。もしおれが正しいなら、真実はアンドレを自由の身にするはずだ」

「そう願いたいです」

ジェニファーは得心していないか、ほかになにか気になることがあるのだろう、とわかった。

「それでかまわないんだな？」わたしは訊いた。「もしそうじゃないのなら、この件はおれひとりで対応できる。きみはほかの依頼人の世話をしてくれるだけでいい」

「いいえ、大丈夫です。ちょっと不気味なだけです。物事がひっくり返って」

「物事とは？」

「ほら、善人が悪党かもしれない。それに刑務所にいる悪党が、わたしたちの最高の希望であるかもしれない」

「ああ、不気味だな」

翌朝、わたしがヴィクターヴィルに向かうまえに、調査結果の要約をかならず送ってくるよう念押ししてからわたしは電話を切った。ジェニファーは必ず送りますと言い、われわれは別れの挨拶を口にした。

十五分後、わたしはフライマン・キャニオンの頂上にある駐車場に車を停めた。グラブボックスから双眼鏡を掴み、車に施錠し、山道を下っていく。やがて、踏みならされた小道を外れて、わが観測地点にたどり着いた。そこに到着してみると、わたしが置いた石が動かされており、だれかがそこを使ったように見えた。おそらくは、夜、眠るためだろう。背の高い草が、寝袋に合う形で倒されていた。慎重にまわりを見て、ひとりであることを確認してから、石を自分が置いたとおりに戻した。

下のほうで、サッカーの練習はちょうどはじまったところだった。双眼鏡を目に当て、北側のゴールネットを確認しだす。ゴールキーパーは、赤毛のポニーテールだった。ヘイリーではなかった。反対側のゴールネットを確認したところ、べつのゴールキーパーがいたが、それもわたしの娘ではなかった。ポジションを変えたのかと思い、フィールド全体を見だした。選手ひとりひとりを確認したが、娘の姿はなかった。背番号7はいなかった。

わたしは双眼鏡を首から垂れるに任せ、携帯電話を取りだした。わたしの元妻の勤務先である地区検事局ヴァンナイズ支部に電話した。共同秘書に電話を保留にされ、やがて彼女は戻ってきて、マギー・マクファースンは法廷に出ているので、連絡できない、と告げた。それが誤っているのは、わかっていた。マギーは文書整理担当検事補だからだ。彼女はもはやけっして法廷にはいない——彼女との関係においてわたしが責任を有している数多くのことのひとつだった。まだそれを関係と呼べるのであれば。

わたしは次に携帯電話を試した。緊急の場合を除いて、勤務時間中にけっして携帯にかけてこないよう、元妻はわたしに指示していたのだが。

「マイクル？」

「ヘイリーはどこにいる？」

「どういう意味？　彼女は自宅にいるわ。さっき話したばかり」

「なぜサッカーの練習に出ていないんだ？」

「なに？」

「サッカーの練習だよ。そこにいないんだ。怪我をしたり、病気になったりしたのか？」

一拍間があった。その間に、父親として本来ならすでに知っておくべきことをいまから知ろうとしているのだとわかった。

「彼女は元気よ。一ヵ月以上まえにサッカーを辞めたの」

「なんだって？　なぜだ？」

「あのね、ライディングのほうにずっと興味を抱くようになって、両方をやりながら、学業もおろそかにしないことができなくなった。だから、辞めたの。話したつもりだったけど。あなたに電子メールを送ったわ」

わたしが所属しているさまざまな法律団体や、わたしの電子メール・アドレスを知っている多くの獄中の依頼人のおかげで、わたしの電子メール・フォルダーには一万件以上のメッセージが未読のまま残っている。きょう午前中に地区検事局の待合室で消去したメッセージは、氷山の一角にすぎなかった。あまりに多くが未読のままだったので、この件に関する電子メールもそこにあった可能性はあるとわかっていたが、通常は、マギーや娘からのメッセージを見逃すことはなかった。とはいえ、その点について議論できるほど確かな地面に立っているわけではなかったので、話を先につづけた。

「ライディングって、乗馬《ホース・ライディング》のことか？」

「ええ、ハンター／ジャンパー競技。彼女は、バーバンク近くにあるロサンジェルス乗馬センターに通ってるの」

こんどはわたしが黙る番だった。娘の生活で起こっていることについてあまりに少ししか知らずにいて、恥ずかしかった。閉めだされるのはわたしが選んだことではないのは関係なかった。わたしは父親であり、ともかくわたしが悪かった。

「マイクル、聞いてちょうだい、もっと都合のいいときに話すつもりだったけど、いま言ってもいいと思うので言うわね。そうすればあなたがメッセージを受け取ったとわたしにわかるので。わたしは転職することにしたの。わたしたちは、ことしの夏にヴェンチュラ郡に引っ越すわ」

ワンツー・パンチのコンビネーションでは、二発目の衝撃のほうが強いことになっている。そしてこの場合もそうだった。

「いつそれが起こったんだ？　どんな仕事だ？」

「きのう、ここの人間に話しました。一ヵ月まえの事前通告をおこない、住むところを探し、いろいろ準備するために一ヵ月の休暇を取る予定。ヘイリーはここの学年がもうすぐ終わるの。それからわたしたちは引っ越すわ」

ヴェンチュラ郡は、沿岸沿いの北隣にある郡だった。どこに引っ越すかによるが、マギーと娘は、一時間から一時間半離れたところに住むことになる。ロサンジェルス郡のなかでも、交通量のせいで、それよりも移動に時間がかかりうる場所はあった。だが、それでも、ドイツに引っ越すのも同然だった。

「どんな仕事をすることになるんだ？」

「ヴェンチュラ郡地区検事局での仕事。わたしはデジタル犯罪課をはじめるの。わたしはまた法廷に戻るわ」

そしてもちろんすべてはわたしのせいだった。わたしが選挙に負けたことで、彼女はロサンジェルス郡地区検事局でのキャリアが台無しになった。州の法律の公正かつ平等な執行を担っている機関であるにもかかわらず、そこは郡内でもっとも政治的な官僚組織のひとつだった。マギー・マクファースンは、地区検事長選挙でわたしを支持した。わたしが敗れたとき、彼女もまた敗れた。デーモン・ケネディが権力を握ると、マギーは法廷から追われて、管理課に異動になり、そこでほかの検事補が裁判にもっていく事件の書類整理を担当することになった。もっと悪い運命が降りかかる可能性もあった。わたしが最有力候補だったとき、選挙の決起集会でわたしを紹介した検事補は、法廷からアンテロープ・ヴァレーの刑務所への異動を命じられた。

マギー同様、その検事補は辞職した。マギーが辞める理由をわたしは理解した。また、彼女が、法廷の通路を横切って刑事弁護の仕事をするようになったり、大規模法律事務所の空きポストに収まったりできないのも理解していた。彼女は根っからの検察官であり、やろうとしていることに選択の余地はなかった——どこでそれをやるかだけの問題だった。その点に関して、彼女がたんに隣の郡に引っ越すだけなのは、嬉しく思ったほうがいいとわかっていた。北のサンフランシスコやオークランドではなく、南のサンディエゴでもなく。「では、どこに住まいを探しにいくんだい？」

「そうね、仕事はヴェンチュラ市内だから、そこから、あまり遠くないところね。オーハイを見てみたいけど、たぶん高すぎるでしょうね。そこだとヘイリーは乗馬に没頭できるだろうと、わたしは考えている」

オーハイは、北にあるその郡の山間の谷間にある、リベラルでニューエイジ志向の強い村だった。何年もまえ、娘が生まれるまえに、マギーとわたしは週末によくそこに出かけたものだった。娘をそこで妊娠した可能性すらあった。

「で……その乗馬というのは、趣味的なものじゃないのか？」

「そうなるかもしれない。だれにもわからないわ。だけど、いまのところ、あの子は熱心に携わっている。六ヵ月間、馬を借りているの。気に入ったら購入するオプション付きで」

わたしは首を横に振った。こいつは痛すぎる。元妻はどうでもいい。だが、ヘイリーはそのことをなにひとつわたしに話してくれなかった。

「ごめんなさい」マギーが言った。「あなたにこれがきついのはわかってる。わたしがけしかけたんじゃないのは、知っててほしい。たとえわたしたちのあいだになにがあろうと、あの子は父親と結びつきを持っていたほうがいいと思う。本気でそう思っているし、あの子にそう話してもいる」

「それはありがたいね」

わたしはほかに言うべき言葉を持っていなかった。わたしは石から立ち上がった。ここから出て、家に向かいたかった。

「ひとつ頼まれてくれないか？」わたしは訊いた。

「どんなことを？」

わたしは自分が即興で考えているのを悟った。自分の悲しみと、どうにかして娘を取り戻したい願望からわき起こった生煮えのアイデアをこねくりまわす。

「もうすぐ裁判があるんだ」わたしは言った。「ヘイリーにきてもらいたい」

「あなたが代理人を務めているポン引きの話？　マイクル、だめよ、あの子にそんなものを見せたくはないわ。それに、あの子には学校があるのよ」

「彼は無実なんだ」

「ほんとに？　陪審員みたいにわたしを弄ぼうとしているの？」

「いや、本気だ。無実なんだ。彼はやっていない。おれはそれを証明するつもりだ。ヘイリーがその場に居合わせてくれるなら、ひょっとしたら――」

「わからない。考えてみます。学校があるし、あの子の時間を潰させたくない。それに引っ越しもある」

「評決にきてくれ。きみたちふたりとも」

「ねえ、もう仕事をしないと。警官たちがここに積み重なっているの」

自分たちの事件の手続きをしようとオフィスで待っている警官たち。

「わかった、でも、考えてくれ」

「いいわ、考えてみる。もういかないと」

「待った――最後にひとつ。馬に乗っているヘイリーの写真を電子メールで送ってくれないか？　見てみたいんだ」

「いいわ。送ります」

そのあと、マギーは電話を切り、わたしはしばらくのあいだ、サッカー場をじっと見下ろしていた。いまの会話を頭のなかで繰り返し、娘に関するすべてのニュースを計算しようとした。リーガル・シーゲルが過去の罪悪感をやり過ごすことについてわたしにした話を考えた。言うは易くおこなうは難いこともあれば、不可能なこともある、とわたしは悟った。

（下巻につづく）

|著者|マイクル・コナリー　1956年、アメリカ・フィラデルフィア生まれ。フロリダ大学を卒業し、フロリダやフィラデルフィアの新聞社でジャーナリストとして働く。彼の手がけた記事が、ピュリッツァー賞の最終選考まで残り、ロサンジェルス・タイムズ紙に引き抜かれる。「当代最高のハードボイルド」といわれるハリー・ボッシュ・シリーズは二転三転する巧緻なプロットで人気を博している。著書は『暗く聖なる夜』『天使と罪の街』『終決者たち』『リンカーン弁護士』『真鍮の評決　リンカーン弁護士』『判決破棄　リンカーン弁護士』『スケアクロウ』『ナイン・ドラゴンズ』『証言拒否　リンカーン弁護士』『転落の街』『ブラックボックス』など多数。

|訳者|古沢嘉通　1958年、北海道生まれ。大阪外国語大学デンマーク語科卒業。コナリー邦訳作品の大半を翻訳しているほか、プリースト『双生児』『夢幻諸島から』、リュウ『紙の動物園』『母の記憶に』（以上、早川書房）など翻訳書多数。

罪責《ざいせき》の神々《かみがみ》　リンカーン弁護士《べんごし》（上）

マイクル・コナリー｜古沢嘉通《ふるさわよしみち》 訳

講談社文庫

定価はカバーに
表示してあります

2017年10月13日第1刷発行

発行者――鈴木　哲
発行所――株式会社　講談社
東京都文京区音羽2-12-21　〒112-8001
電話　出版（03）5395-3510
　　　販売（03）5395-5817
　　　業務（03）5395-3615

Printed in Japan

デザイン―菊地信義
本文データ制作―講談社デジタル製作
印刷―――豊国印刷株式会社
製本―――株式会社国宝社

ISBN978-4-06-293776-4

講談社文庫刊行の辞

二十一世紀の到来を目睫に望みながら、われわれはいま、人類史上かつて例を見ない巨大な転換期をむかえようとしている。

世界も、日本も、激動の予兆に対する期待とおののきを内に蔵して、未知の時代に歩み入ろうとしている。このときにあたり、創業の人野間清治の「ナショナル・エデュケイター」への志を現代に甦らせようと意図して、われわれはここに古今の文芸作品はいうまでもなく、ひろく人文・社会・自然の諸科学から東西の名著を網羅する、新しい綜合文庫の発刊を決意した。

激動の転換期はまた断絶の時代である。われわれは戦後二十五年間の出版文化のありかたへの深い反省をこめて、この断絶の時代にあえて人間的な持続を求めようとする。いたずらに浮薄な商業主義のあだ花を追い求めることなく、長期にわたって良書に生命をあたえようとつとめるところにしか、今後の出版文化の真の繁栄はあり得ないと信じるからである。

同時にわれわれはこの綜合文庫の刊行を通じて、人文・社会・自然の諸科学が、結局人間の学にほかならないことを立証しようと願っている。かつて知識とは、「汝自身を知る」ことにつきていた。現代社会の瑣末な情報の氾濫のなかから、力強い知識の源泉を掘り起し、技術文明のただなかに、生きた人間の姿を復活させること。それこそわれわれの切なる希求である。

われわれは権威に盲従せず、俗流に媚びることなく、渾然一体となって日本の「草の根」をかたちづくる若く新しい世代の人々に、心をこめてこの新しい綜合文庫をおくり届けたい。それは知識の泉であるとともに感受性のふるさとであり、もっとも有機的に組織され、社会に開かれた万人のための大学をめざしている。大方の支援と協力を衷心より切望してやまない。

一九七一年七月

野間省一

講談社文芸文庫

多和田葉子
変身のためのオピウム／球形時間
解説＝阿部公彦　年譜＝谷口幸代

ローマ神話の女達と〝わたし〟の断章「変身のためのオピウム」。少年少女の日常が突然変貌をとげる「球形時間」。魔術的な散文で緻密に練り上げられた傑作二篇。

たＡＣ４
978-4-06-290361-5

中野好夫
シェイクスピアの面白さ
解説＝河合祥一郎　年譜＝編集部

人間心理の裏の裏まで読み切った作劇から稀代の女王エリザベス一世の生い立ちと世相まで、シェイクスピアの謎に満ちた生涯と芝居の魅力を書き尽くした名随筆。

なＣ２
978-4-06-290362-2

講談社文庫　海外作品

R・ゴダード
北田絵里子訳　宿命の地(上)(下)〈1919年三部作③〉

マイクル・コナリー
古沢嘉通訳　暗く聖なる夜(上)(下)

マイクル・コナリー
古沢嘉通訳　天使と罪の街(上)(下)

マイクル・コナリー
古沢嘉通訳　終決者たち(上)(下)

マイクル・コナリー
古沢嘉通訳　リンカーン弁護士(上)(下)

マイクル・コナリー
古沢嘉通訳　真鍮《しんちゅう》の評決(上)(下)〈リンカーン弁護士〉

マイクル・コナリー
古沢嘉通訳　スケアクロウ(上)(下)

マイクル・コナリー
古沢嘉通訳　ナイン・ドラゴンズ(上)(下)

マイクル・コナリー
古沢嘉通訳　判決破棄(上)(下)〈リンカーン弁護士〉

マイクル・コナリー
古沢嘉通訳　証言拒否(上)(下)〈リンカーン弁護士〉

マイクル・コナリー
古沢嘉通訳　転落の街(上)(下)

マイクル・コナリー
古沢嘉通訳　ブラックボックス(上)(下)

レナ・コバブール&アニタ・フリース
土屋京子訳　スーツケースの中の少年

ルイス・サッカー
幸田敦子訳　穴〈HOLES〉

コーティ・ザン
三角和代訳　禁止リスト(上)(下)

エリック・ジャコメッティ
ジャック・ラヴェンヌ
吉田花子訳　ヒラムの儀式(上)(下)

テイラー・スティーヴンス
北沢あかね訳　インフォメーショニスト〈上・潜入篇〉〈下・死闘篇〉

テイラー・スティーヴンス
北沢あかね訳　ドールマン(上)(下)

キャロル・N・ダグラス著・編
青木多香子訳　ホワイトハウスのペット探偵

L・チャイルド
小林宏明訳　前夜(上)(下)

L・チャイルド
小林宏明訳　新装版 キリング・フロアー(上)(下)

L・チャイルド
小林宏明訳　アウトロー(上)(下)

L・チャイルド
小林宏明訳　最重要容疑者(上)(下)

L・チャイルド
小林宏明訳　61時間(上)(下)

L・チャイルド
小林宏明訳　ネバー・ゴー・バック(上)(下)

ネルソン・デミル
白石　朗訳　王者のゲーム(上)(下)

ネルソン・デミル
白石　朗訳　アップ・カントリー(上)(下)〈兵士の帰還〉

ネルソン・デミル
白石　朗訳　ニューヨーク大聖堂(上)(下)

ネルソン・デミル
白石　朗訳　ナイトフォール(上)(下)

ネルソン・デミル
白石　朗訳　ワイルドファイア(上)(下)

ネルソン・デミル
白石　朗訳　ゲートハウス(上)(下)

ネルソン・デミル
白石　朗訳　獅子の血戦(上)(下)

ジェフリー・ディーヴァー
越前敏弥訳　死の教訓(上)(下)

ジェフリー・ディーヴァー他著
北沢あかね訳　死者は眠らず

エマ・ドナヒュー
土屋京子訳　部屋〈上・インサイド〉〈下・アウトサイド〉

ハックスリー
松村達雄訳　すばらしい新世界

デイヴィッド・ハンドラー
北沢あかね訳　シルバー・スター

デイヴィッド・ハンドラー
北沢あかね訳　ダーク・サンライズ

デイヴィッド・ハンドラー
北沢あかね訳　ゴールデン・パラシュート

ロバート・ハリス
熊谷千寿訳　ゴーストライター

リチャード・プライス
堀江里美訳　黄金の街(上)(下)

C・J・ボックス
野口百合子訳　凍れる森

C・J・ボックス
野口百合子訳　神の獲物

C・J・ボックス
野口百合子訳　震える山

C・J・ボックス
野口百合子訳　裁きの曠《こう》野《や》

C・J・ボックス
野口百合子訳　フリーファイア

C・J・ボックス
野口百合子訳　復讐のトレイル

C・J・ボックス
野口百合子訳　ゼロ以下の死

2017年10月15日現在